懲毖錄

나의 징비록

이 도서의 국립중앙도서관 출판예정도서목록(CIP)은 서지정보유통지원시스템 홈페이지(http://seoji.nl.go.kr)와 국가
자료공동목록시스템(http://www.nl.go.kr/kolisnet)에서 이용하실 수 있습니다.(CIP제어번호:CIP2017026774)

나의 징비록(懲毖錄)

초판 1쇄 인쇄 / 2017년 11월 1일
초판 1쇄 발행 / 2017년 11월 7일

지은이 / 강철근
펴낸이 / 한혜경
펴낸곳 / 도서출판 異彩(이채)
주소 / 06072 서울특별시 강남구 영동대로 721, 1110호(청담동, 리버뷰 오피스텔)
출판등록 / 1997년 5월 12일 제16-1465호
전화 / 02)511-1891
팩스 / 02)511-1244
e-mail / yiche7@hanmail.net
ⓒ 강철근 2017

ISBN 979-11-85788-15-9 03810

※값은 뒤표지에 있으며, 잘못된 책은 바꿔드립니다.

懲毖錄

나의 징비록

강철근 지음

이채

왜 부끄러움은 항상 민초들 몫인가?

나는 임진왜란이 부끄럽다. 저 섬나라의 무지하고 막된 왜인들한테 침략당해서 부끄러운 것이 아니다. 그 당시 우리 양반네들의 이기심과 충의의 이름으로 자행한 백성들에 대한 가렴주구와, 당파 싸움으로 나라를 빼앗긴 것이 부끄럽고 원통하다. 충의의 이름으로 이순신, 김덕령과 신충원 같은 수많은 의절들을 잡아먹은 왕조의 증오심과 이기심이 부끄럽다. 백성들의 통분을 저들의 권력과 탐욕으로 게걸스레 뒤덮어버리는 그 작태가 부끄럽고 또 부끄럽다. 어진 이들은 언제까지 고향으로 돌아가서 자연에 의지하고 살아야만 하는가! 고관대작들의 배부른 기름덩이 쓰레기 냄새를 피하여, 언제까지 산천초목으로 피신해 살아야 하는가!

새삼스레 지금 왜 징비록인가? 서애 유성룡의 참회록과도 같은 임진왜란의 기록을 왜 지금 꺼내서 재론하는가? 그것은 너무도 안타깝고 아쉽고 가슴 아프기 때문이다. 극일(克日)만을 말하는 것이 아니다. 일본은 옛날부터 우리 이웃이지만 이웃 아닌 것처럼 행동하고, 그 옛날부터 현대사에 이르기까지 얼룩진 역사를 만들어 왔다. 우리는 언제까지 그들의 망령된 말과 행동을 바라만 보고 있어야 하는가? 유럽의 독일은 기회 있을 때마다 역사 앞에 무릎 꿇고 참회록을 쓰고 또 쓰고 있는데, 우리 이웃 일본은 그렇지 않다. 지금 이 순간도 아니다.

작은 소녀상 하나 가지고도 자국의 대사를 소환하고 몇 달이 지나도록 안 보내고 있는 소인배들이다. 대체 소녀상이 왜 만들어졌는지 그들은 정녕 모를까? 역대 총리 중에서 단 한 사람도 진정한 사과 한 마디 없었다. 오히려 적반하장 격으로 큰소리만 치고 있다. 대체 언제까지 저들은 이런 짓을 할까? 저들의 안하무인은 언제까지 계속될 건가? 독도 문제는 또 어떤가? 교과서 문제는? 생각하면 할수록 답답함만 더해 간다.

임진왜란은 아직도 끝나지 않았다. 1910년 일제가 강도짓을 하여 한국을 병탄했을 때, 초대 총독 데라우치는 그해 8월 30일 남산의 총독관저에서 그들 무리들과 함께 거나하게 술을 마시며 "가토 기요마사(加藤清正), 고니시 유키나가(小西行長), 고바야카와 다카카게(小早川隆景) 등의 임진왜란 당시의 선조들이 오늘밤의 달을 어떻게 보았을까?"라며 갖은 주접을 떨었다. 그들은 절대로 자신들의 만행을 포기하지도 반성하지도 않는다. 독일처럼 처절하게 잘못을 뉘우치지 않는다.

이 책을 지금 다시 쓰는 이유와 목적이 여기에 있다. 포기하지 않고 반성하지 않는 그들을 이웃으로 둔 우리들 또한 잊지 말아야 한다. 기억하고 있어야 한다.

옛날부터 임진왜란을 읽을 때마다 궁금했었다. 이순신이 해상에서 분투하고 있을 때, 그때 육지에서는 대체 무엇을 하고 있었을까? 선조는 대체 왜 그렇게 이순신을 미워했을까? 유성룡은 이럴 때 왜 가만히 있었을까? 육해군 동시 전투는 불가능했을까? 협공을 했더라면 어땠을까?

우리 백성들의 피난 행렬은 어디로 향해 갔을까? 그토록 전국 각지에서 의병들이 들고 일어나 싸울 때 조정은 무얼 하고 있었을까? 명나라의 전투 태세와 전투력은 과연 어땠을까? 명과 왜는 진정 한통속이었을까? 이순신은 정말 자살했을까? 질문은 한도 끝도 없다.

"모든 지나간 역사는 현대사이다."
4백여 년 전 이 땅에서 있었던 7년간의 참혹한 전란의 역사를 오늘날의 언어로 재해석하여 실로 피눈물을 흘리며 썼다. 바다에서 육지에서, 그리고 전장에서 조정에서 벌어지는 일들을 입체적으로 가급적 자세하게 재조명하여 써 나갔다. 조바심을 내 가며 마음 졸이며 써 나갔다. 마치 지금 한반도에서 전투가 급박하게 벌어지고 있는 것처럼 생각했다.
이 글은 사실 처음에는 SNS상에서 지인들에게 전철 안에서 가볍게 읽으라고 쓴 글이었다. 그러나 몇 회 안 가서 그것은 말도 안 되는 시도였다는 걸 알게 되었다. 대체 이런 일을 그토록 가볍게 다루는 것이 가당하기나 한 일인가? 그때의 일들이 마치 오늘처럼 다가오는데 어떻게 그리 쉽게 쓰고 읽을 수 있을까? 나는 바로 나의 실수를 인정해야만 했다.
또한 수많은 독자들이 가만있지 않았다. 그들은 끊임없이 작가와 교감하고자 했다. 이순신에 대해서 그리고 임진왜란에 대해서. 그것은 당연했다. 아직도 우리들 가슴에 응어리진 것이 너무도 많기 때문이다. 이런 주제로 글을 쓰면서 어떻게 혼자서만 묵묵히 글을 쓸 수 있단 말인가? 대학교수 친구들조차 임진왜란에 대해서 잘 알고 있다고 생각했지만, 모르는 사실이 너무도 많았다고 고백한다. 독자들은 말하고자 했다.

"임진왜란은 두고두고 우리가 교훈으로 삼아야 할 대목이지만, 『나의 징비록』을 읽을 때마다 가슴이 먹먹해짐을 자주 겪는 건 정신건강상 그리 좋은 일은 아니라고 생각됩니다. 그렇다고 서둘러 끝내야 한다는 것은 아니고, 단지 이런 가슴 먹먹함을 뻥 뚫을 이야기들도 함께 제공해 주시길 바랍니다."

그렇다. 과거의 일로만 마무리하지 말고 새로운 내일도 함께 말해야 하는 것이었다. 그들은 끊임없이 말했다.

"민생, 국방, 외교 이 세 가지 문제는 고대, 삼국, 조선 시대에 이어 오늘날까지도 우리의 영욕과 생존을 위해 집권 엘리트와 민초들이 힘과 지혜를 모아 풀어나가야 하는 화두라고 생각합니다."

"조선이 일제에 의해 망하게 된 주요 원인에 당파 싸움과 삼정의 문란이 들어 있었지요. 지역적 기반이냐 이념적 기반이냐를 불문하고 집단적 이기주의에 매몰되면 나라고 뭐고 안중에 없는 건 동서고금을 막론하고 마찬가지였던 것 같습니다. 정의적 가치, 도덕적 가치를 상실한 집단의 힘은 무너질 수밖에 없는 것이 역사의 법칙 아닐까요?"

"잊지 않고 기억하고 있어야 하는 역사적인 사실들을 찾아내고 각인시켜야 하는 작업이 끊임없이 지속되어야 할 것입니다. 시대를 읽는 작가의 상상력, 그에 대한 논리적 근거를 탐색하는 집요한 노력, 형체를 구성하고 살을 붙이고 생명을 불어넣는 역동적인 작업, 이런 것은 작가만의 몫 아니겠습니까?"

"『나의 징비록』 애독자입니다. 몇 해 전에 대형 지진이 났던 일본의 구마모토현에 갔을 때 가이드로부터 들은 이야기입니다. 『나의 징비록』에 나오는 가토 기요마사가 구마모토 성주였는데 그는 임진왜란 때 조선에 출병했다가 어디에선가 조선군(또는 조명연합군)에 포위되어 며칠간 굶은 일이 있었다고 합니다. 그리하여 그는 구마모토성으로 돌아와 성벽을 온통 떡가루로 발라 놓았다는 것이었습니다. 왜냐하면 그가 내전 등으로 구마모토성에 포위되어 농성할 때 그 떡가루로 양식을 대신하기 위해서였다는 것입니다. 그것이 사실이라면 그들도 이순신 장군의 연전연승, 조명연합군의 분전, 충성스런 의병활동 등으로 상당히 고전했던 것 같습니다. 수려한 문장과 사실적인 묘사로 우리의 심금을 울려 주셨습니다. 불굴의 노력과 피 끓는 충성심에 삼가 경의를 표합니다."

이렇게 우리 가슴속에 임진왜란은 아직 끝나지 않았고, 우리들은 한참 더 자성해야 하고, 『나의 징비록』은 더욱더 계속 써야 할 것으로 생각한다. 충무공과 서애 선생을 언제나 마음속에 그리며, 지난 시간 글을 쓰고 있을 때의 뜨거운 마음을 되새기며 서문에 대신한다.

사진 자료 등을 협조해 주신 국립진주박물관, 국사편찬위원회, 문화재청 현충사관리소, 육군박물관, 전쟁기념관 등 기관과 담당자님께 깊이 감사한다.

한강변의 고즈넉한 가을 향기를 느끼며

저자 강 철 근

| 목 차 |

제1장

아득한 꿈결 같은 봄날에

나의 징비록 1
무심한 비는 비통한 가슴을 적시고

〈선조수정실록(宣祖修正實錄)〉 25년(1592) 5월 1일자에 이르기를, 선조가 두 대신을 불러, "이 모야, 유 모야. 내가 어디로 가란 말이냐! 일단 북으로 가자. 의주로 가서 사태를 기다리자!"라고 했다. 신립이 탄금대 전투에서 대패하고 전사했다는 소식을 듣자마자 선조는 이미 인사불성 혼절 상태에 이르렀다. 그는 여러 대신들에게 돌아가며 묻고 또 묻는다. 도승지 이항복(李恒福)에게도 또한 묻는다.

"승지의 뜻은 어떠하냐?"

"어가가 의주에 머물 만합니다. 만약 팔도가 허물어지면 명에 가서 호소할 수 있습니다."

"함경도는 군사와 말이 모두 날래고 강하며, 지형도 천연의 요새로 아주 좋으니 북쪽으로 가는 것이 좋겠습니다."

우의정 윤두수(尹斗壽)도 옆에서 거든다. 이렇게 대신들 모두가 임금의 파천을 찬성하고 있을 때, 계속 침묵하던 좌의정 유성룡(柳成龍)이 나선다.

"상감마마! 그건 아니 되옵니다. 대궐을 버리고, 도성을 버리고, 백성을 버리고 어디로 가신단 말입니까? 어가가 우리 국토 밖으로 한 걸음만 떠나도 조선은 이미 우리 땅이 되지 않습니다! 다시 생각하십시오. 이건 역사상 한 번도 없던 일입니다. 상께서 대궐을 버리시고 파천하신다면 나라를 버리는 것과 같습니다."

임금이 그런 유성룡을 거들떠보지도 않은 채 다른 대신들에게 이렇게 말한다.

"아니다, 이 밤 안에 떠나야 한다. 가자! 압록강을 건너 요동으로 가야 한다."

"아니 되옵니다. 그것만은 안 됩니다."

이때 왕의 눈치를 살피던 영의정 이산해(李山海)가 슬쩍 거든다.

"꼭 안 될 것도 없습니다. 성상께서 하신다면 되는 일입니다."

이에 좌의정 유성룡이 더욱 필사적으로 매달린다.

"천부당만부당한 일입니다! 그럴 수는 없습니다!"

이때부터 선조는 서애 유성룡을 증오하기 시작했다. 그 밤에 선조 일행, 모든 대궐 가족들과 대신들 수백 명은 임진강 나루터로 향했다. 선조는 두려움에 이성을 잃고 있었다. 조선의 앞날과도 같은 처량한 비가 밤새도록 쏟아지고 있었다. 그 비는 다가오는 조선의 운명을 암시라도 하는 것 같았다.

선조는 몇 년 전부터 계속해서 왜국으로부터 날아오는 전란의 기미에 속을 끓이다가 그토록 참담한 왜국의 전국시대가 끝났다는 소식에 일단 한숨을 돌렸고, 재작년에는 드디어 조선통신사까지 보내 저들을 위무한 바 있었다. 그리고 작년 왜국의 사신 일행이 와서 '가도입명(假道入明)',

그러니까 "명나라를 치러 가는 길 좀 내 달라"라는 말도 안 되는 헛소리를 늘어놓을 때도 겉으로는 들은 척도 안 했지만 내심으로는 불안하기 짝이 없었다. 무도(無道)하기 그지없는 섬나라 왜적들이 이제 정말로 이 나라를 쳐들어와서 코앞까지 밀어닥칠 줄은 정녕 몰랐다. 조선국의 왕 선조는 공포심으로 온몸을 떨었다.

부산진순절도. 보물 제391호. 출처: 육군박물관

―1592년 4월 13일, 꽃 같은 날들이 지나고 있었다.

이날부터 우리 강산은 장장 7년 동안 백성들의 피로 물들고 절규로 가득하였다. 다만 임금과 고관대작들은 피신하느라 바빴다. 임금은 저 살기에도 바빠서 한 치 앞도 못 보고 있었고, 신하들은 이런 임금 밑에서 눈치 보기 바빴고, 장수들은 어찌할 바 몰라 우왕좌왕하다 죽거나 도주하였다. 그나마 좌의정 유성룡이 있어 중심을 잡고 사태를 논의하고 전장의 장수를 불렀다. 이런 신하를 왕은 뜨악하게 내려다보고 있었다.

전쟁 개시 전에 왜군은 조선을 잘못 판단하였다. 그들은 오랜 세월 동안 조선이 대단히 막강하다고 오판하여 철저하게 준비하고 신중하게 접근하였다. 해서, 그들은 군사도 어마하게 모으고 오랫동안 잘 훈련시켰다. 장수들도 엄선하여 뽑았다. 고니시 유키나가(小西行長), 가토 기요마사(加藤淸正) 등 기라성 같은 전국시대의 역전의 장수들을 앞세웠다.

도요토미 히데요시(豊臣秀吉)는 자신의 모든 것을 걸었다. 정치적 야망도, 왜국의 미래도 걸었다. 전쟁만이 그의 살길이었다. 전국시대를 평정한 이후 전국 지방의 수장들인 모든 다이묘(大名)들과 무사들의 분출하는 욕구를 충족시켜 줄 대상이 필요했다. 오랫동안 준비하고 준비한 전쟁이었다. 전년에도 조선에 사절단을 보내 조선의 상황을 염탐했다.

왜국에게 있어 조선은 넘을 수 없는 벽과 같은 존재, 언제나 존경과 동시에 질시의 대상이었다. 조선과 왜국의 역사는 길고도 질긴 숙명과도 같은 관계, 그것은 단순한 이웃이 아닌 피로 이어진 부모형제와도 같은 것이다. 고대 선사시대 이래 삼국시대를 거치는 동안 조선의 고구려, 신라, 백제, 가야 등 제국과 왜국은 역사의 굴곡이 있을 때마다 함께 요동치고 함께 부침해 왔다. 그 많은 이야기들을 어찌 단번에 말할 수 있으랴!

왜국은 언제나 조선을 바라보고 있었고 무언가를 계속 간구해 왔다. 역사 이전부터 그랬다. 조선시대에도 왜국 조정은 항상 조선통신사를 보내 주길 원했고, 통신사들이 가져다주는 선물들을 기대했다. 조선통신사가 지나간 자리는 지금껏 일본의 사적으로 남아 있으며, 남기고 간 것은 서적이든 평범한 물건이든 모두 보물로 여겼다. 지금까지 일본에서 가장 커다란 축제이며 가장 화려한 오사카의 '왓쇼이' 축제. 그것은 조선통신사를 환영하는 행렬을 그대로 재현하는 것으로서 그 장관은 정말 볼만하다. 와쇼이는 물론 '오셨네요'라는 우리말. 일본의 어느 현대 작가가 지적한 대로, 일본은 항상 조선이라는 양반댁의 아씨를 탐하는 머슴이나 산적 같은 존재로 있었다.

도요토미 히데요시는 전국시대를 평정한 영웅 오다 노부나가(織田信長)의 하급 가신 출신으로 열등감과 자만심으로 뒤섞인 복잡한 인물이다. 그는 자신의 막강한 위세를 확인하듯 불시에 전국 지역 토호 다이묘들에게 총동원령을 내려 역전의 용사 16만 명을 일거에 모았다. 육군 15만 명, 해군 1만여 명, 그야말로 왜국의 총력을 기울여 전쟁에 나선 것이다. 자신의 천하평정 이후 갈 곳 없는 무사들을 한데 묶고 전국시대의 혼란을 잠식시키기 위한 묘수를 이 전쟁에서 찾았다. 자칫 잘못하면 천 길 낭떠러지로 떨어질 수 있는 외줄 타기 묘기를 부렸다.

1590년, 왜국에서 들려오는 전쟁의 기미를 불안하게 바라보고 있던 조선 조정은 오래전부터 통신사를 간절하게 원하던 왜국 정부의 요청을 무시하다가, 이래저래 한 번 꼴을 보자는 심산으로 간신히 아주 오랜만에 통신사를 보내기로 결정했다. 정사(正使) 황윤길(黃允吉)과 부사 김성일(金誠一)을 필두로 대규모 조선통신사를 구성해 보냈다. 이는 세종 25년(1443) 통신사 변효문(卞孝文)이 다녀온 지 150년 만이었다. 조선은 왜국에 통신사를 보내는 것을 왠지 꺼려했다. 무슨 수를 쓰든지 그들의 요구를 여러 가지 이유를 들어 묵살해 왔다. 그러다가 이번에는 어려운 사정임에도 불구하고 중론을 모아 통신사를 보내기로 했다. 물론 왜국의 새로운 통치자 도요토미 히데요시의 됨됨이나 생각을 알아보기 위한 목적도 있었다.

문제는 조선통신사의 인사에 있었다. 정사 황윤길은 온건한 서인이었고, 부사 김성일은 잘나가는 동인이었다. 게다가 김성일은 불같은 성정의 전형적인 경상도 사나이. 그는 문명국이자 선진국인 조선의 체모를 중시하였고, 신하급 나라인 왜국의 조정을 무시했다. 하여 그는 조선 사신의 역할을 왜국 교화의 기회로 삼기로 했고, 그렇게 행동했다. 왜국의 사정이나 입장은 그리 눈여겨보지도 않았다. 그는 조선 사절단의 입장을 선진국의 후진국에 대한 시혜 정도로 생각했다. 그는 사사건건 왜국의 행태를 무식하고 건방지다며 비판하고 못마땅하게 여겼다. 반면 정사 황윤길은 온건하고 겁 많은 골샌님이었다. 점잖은 황윤길은 왜국을 이해하려 했고 사신의 역할에 충실하고자 했다. 이런 인사를 하여 두 사신을 보낸 조정도 이렇게까지 문제가 많을 줄 몰랐다.

그러나 통신사 일행이 왜국에 가서 사사건건 당하고 모욕받은 일은 한둘이 아니다. 우선 도요토미 히데요시부터 의도적으로 몇 달 동안 종적을 감춰, 사신 일행이 면담은커녕 얼굴조차 볼 수 없었고, 덩달아 그의 부하들의 무례함은 극에 달했다.

사신을 맞는 쓰시마의 영주 소 요시토시(宗義智)란 자는 임진왜란 내내 말썽을 부린 자인데, 그는 조선 사신들이 있는 영접대 대청마루까지 말을 타고 올라오는 무례를 범했고, 이에 김성일이 분노하여 그대로 숙소로 되돌아간 일이 있었다. 이를 문제 삼자 그자는 마부가 잘못했다고 뒤집어씌우더니 그 자리에서 한칼에 마부의 목을 쳤다. 나아가 그자는 조선의 음악이 훌륭하다 하니 이 자리에서 한번 들어나 보자고 감히 청하자, 정사 황윤길은 이를 두려워하여 고개를 숙이고 있었고, 부사 김성일은 왜국이 대대로 우리의 은덕으로 커 온 신하의 나라인데 저러한 방자함은 가당치 않다며 당장 귀국하자고 화를 냈다.

　도대체 조선통신사를 그토록 염원해 놓고 이토록 박대하는 이유는 뻔

통신사행렬도 도중행렬도(정사 부분). 출처: 국사편찬위원회

했다. 조선을 이리저리 시험해 보자는 것이다. 무려 5개월을 기다리게 한 후 도요토미 히데요시가 나타났다. 그의 행동거지는 안하무인, 주변에 아무도 없는 듯이 행동했다. 그는 작고 못생겼는데 다만 눈빛이 반짝반짝하여 사람을 쏘아보는 듯했다. 그야말로 왜국의 전형적인 무사의 모습이었다. 조선의 양반들이 보기에 범상치 않은 야심가로 볼 수도 있고, 한편으로는 그저 그런 섬나라의 졸장부로 볼 수도 있었다.

　도요토미 히데요시가 조선 임금의 국서에 아무런 대답도 하지 않고 시간을 보내자, 김성일은 답서가 없으면 귀국하지 않겠다며 버텼고, 황윤길은 두려움에 어서 이대로 귀국하자 우겼다. 그런데 도요토미 히데요시로부터 어렵게 받은 답서의 내용과 형식이 또한 엉망이었다. 그는

시작부터 저의 모친의 태몽이 범상치 않아 자신의 일생이 비범한 것이라 자찬했다. 그러면서 갖은 건방을 떨었다. 조선에게 요구하는 것은 가도입명, 명으로 가는 길에 조선은 그저 길만 내줄 것이며, 우리가 명을 칠 테니 조선 왕은 군사를 거느리고 군영을 받아라, 합하(閤下)께서 보낸 방물은 잘 받았다 등등 답서 내용과 글자 하나하나가 도저히 읽어 내려가기 힘들 정도였다.

이건 도저히 상상도 할 수 없는 무례의 극치였다. 명나라 황제로부터도 받아보지 않은 오만불손한 짓을 자행했다. 도대체 저들이 명을 치러 가는 길에 어떻게 길을 내주며, 섬나라의 신하국 왜가 조선 왕에게 군사를 도열하여 영을 받으라는 말을 할 수 있으며, 더군다나 '합하'라는 표현은 일국의 왕이 정일품 신하에게나 쓰는 표현이고, '방물'은 지방 수령이 임금에게 바치는 선물을 뜻한다. 하늘 아래 이런 오만무례와 방자함이 없다. 이에 황윤길은 당황하여 아무려나 그냥 귀국하자 하고, 김성일은 통분하여 발을 구르다가 그래도 타협하여 합하와 방물 두 글자만은 수정하라고 주장하여 기어코 수정했다.

우여곡절 끝에 통신사 일행이 돌아와 왕에게 귀국 보고하는 자리에서, 그들은 역사에 남는 상반된 보고를 하게 된다. 김성일은 여전히 남아 있는 왜국에 대한 불쾌한 기억으로 감정에 이끌리는 보고를 한다. 당연히 황윤길과는 다른 내용이다. 황윤길은 필시 전란이 있을 것이다, 도요토미 히데요시의 모습은 눈빛이 반짝반짝하여 담과 지략이 있어 보인다, 그자는 보통 인물이 아니며 분명 사고 칠 위인이라 했다. 반면 김성일은 왜국에 감히 전쟁 기미는 안 보이고, 황윤길이 공연히 인심을 동요시키는 것이며, 왜국이 그럴 힘도 없고 도요토미 히데요시란 자의 눈은

쥐새끼 같고 두려워할 인물이 아니다 하였다.

김성일은 서인인 황윤길의 모든 것에 분노하고 경멸하여 감정에 치우치는 보고를 했다. 후에 같은 동문인 유성룡이 이에 질문하니, 솔직하게 답했다.

"나 역시 그런 기미는 느꼈지만, 황윤길의 작태로 온 나라가 놀라고 미혹될까 걱정되어서."

사람들은 이에 유성룡 또한 전란의 우려를 하게 되었다라고 한다. 그러나 실은 세상사람 모두가 알고 있었다. 도요토미 히데요시의 왜국이 분명 전쟁을 일으킬 것이라는 사실을. 다만 모른척할 뿐, 조선 조정은 눈 가리고 아웅 하고 있었다.

나의 징비록 2

아득한 꿈결 같은 봄날에

"지금 왜적의 세력이 왕성해진 것은 모두 적들과 바다에서 싸우지 않고 적들이 멋대로 뭍으로 올라가게 내버려 둔 때문입니다. 지난번 부산과 동래의 여러 장수들이 만약 바다 가득히 진 치고 있다가 적들이 뭍으로 기어오르지 못하게 했더라면 이런 욕됨은 없었을 것이며, 생각이 이에 미치니 감정이 복받쳐서, 죽을 작정으로 왜적의 소굴을 짓이겨서 나라의 수치를 씻고자 합니다."

-이순신의 장계(1592. 4. 30.)

1592년 4월 13일 오후 4시, 아득한 꿈결 같은 봄날 부산 앞바다, 낯선 배 몇 척이 갑자기 나타나더니 곧이어 순식간에 새카맣게 선단으로 뒤덮였더라. 임진왜란 7년 전쟁의 전단을 여는 일본군 제1군단 1만 8천 명 고니시 유키나가의 군사를 실어 나르는 5백여 척 선단이다.

부산진성 절제사 백면서생 정발(鄭撥)은 적들의 침공에 대한 사전 정보도 없었고, 당연히 이에 대한 대책이나 전략도 없이 허겁지겁 성내의

1천여 군사와 농민군 5백 명을 거느리고 오직 순혈의 열정으로 마구잡이로 성을 지켰다. 아니, 몸을 던져 막았다.

그러나 그것은 단 세 시간 동안 만이었다.

애국심 하나로 무장한 정발을 위시한 1천5백여 명의 조선군은 그 시간 동안 차례차례 처참한 시체로 변했다. 어떻게 죽는지도 모른 채 그들은 몸을 던졌다. 거기에는 전쟁의 비장함도, 애국의 장렬함도 없었으며, 오직 처참한 살육과 비통한 죽음만이 있었다.

전투로 긴장하기는 왜군이나 조선군이나 마찬가지였지만, 한쪽은 익숙한 긴장감이었고, 다른 한쪽은 생전 처음 겪는 전투며 죽음이었다. 그 전투는 너무도 허망하게 끝났다. 왜군 측도 조선군도 모두 어리둥절하였다. 이럴 수는 없는 일이었다. 조선군은 자신들의 죽음이 의미하는 바가 이렇게 참담한 패배라는 것을 한동안 느끼지 못했다. 그 시간 집에서 기다리는 가족들의 안위도 너무도 익숙한 평화의 시간 위에 천천히 사라지고 없었다. 피비린내 나는 전장 속에 모든 것이 사그라지고 있었다.

왜국의 조선 침공은 이렇게 시작되었다. 그들은 그토록 준비해 오던 전쟁을 첫 번째 전투의 대승으로 장식했다. 그리고 바로 다음 날 다대포진을 똑같이 함락시키고, 그 다음 날 4월 15일 동래성으로 향했다.

부산진성 전투 이야기를 전해 들은 동래 부사 송상현(宋象賢)은 피가 솟구치는 격렬한 감정을 억누르며 장병들을 모았다. 그런데 전투 경험이 있는 자는 자신을 포함해서 단 한 명도 없었다. 성내의 모든 장병들과 농사일로 바쁜 농부들까지 탈탈 털어 모았다. 그들은 죽기 위해 모였다. 목소리는 떨렸고 수염은 곤두섰지만 옥쇄의 각오로 전 장병과 함께 하였다. 송상현은 조정을 원망해 보았지만 이제 와서 뭘 어쩌겠는가? 자부심으로 가득했던 자신의 가문과 학문이 이토록 초라해지기는 처음이었다.

　송상현은 3천5백여 군민들과 실로 장렬하게 싸웠다. 버틴 시간은 역시 세 시간여뿐이었다. 마지막에 그는 성루에 버티고 앉아 왜군의 칼을

동래부순절도. 보물 제392호. 출처: 육군박물관

그대로 받았다. 조선 양반의 자존심이었다. 왜군의 칼은 조금의 망설임도 없었다.

그러나 그의 죽음은 장엄했지만 많은 논란을 일으켰다. 과연 그렇게 죽었어야 했을까? 전시의 사령관이 그렇게 허망하게 죽어야 했을까? 전쟁이 범부의 장렬함으로 해결되는 일일까? 궁녀도 그렇게 죽는다. 허나 그의 장렬한 죽음은 의미가 있었다. 그의 죽음은 인근의 뜻있는 사람들을 불러일으켰다. 경상 의병이 곧이어 일어났다.

왜군은 이제 마음 놓고 파죽지세 일직선으로 북상하고 있었다. 고니시 유키나가 군은 밀양, 대구에까지 무혈입성했다. 그들은 진군하면서 계속 의문에 싸였다. 대체 이게 무슨 일인지 해석이 불가능했다. 그러나 사실 이것은 아주 간단한 이치였다. 왜군의 침략 소문을 듣고 아무런 준비도 없던 조선군이 미리 도주했기 때문이다.

후속 부대 제2진 가토 기요마사의 제2군단 2만 2천여 명이 부산에 도착한 것은 4월 18일이었다. 그들도 곧장 동북쪽으로 언양, 경주, 영천, 군위로 무혈입성, 구로다 나가마사(黑田長政)의 제3군단 1만 1천 명은 낙동강을 거쳐 김해로 곧장 진군, 적들도 예상치 못한 허탈지경이었다. 이제야 적들의 머릿속에는 문경새재 조령의 험지에서 조선군이 어떻게 나올지에만 관심이 있었다. 가토 기요마사는 정적 고니시 유키나가가 먼저 수도 한양을 점령할 것이 싫었다. 해서 가토 기요마사는 자신의 길을 틀어 고니시 유키나가의 진군로를 따라 조령으로 서둘렀다. 왜적 최정예 1, 2군이 조령으로 몰려든 것이다. 그 길은 한양으로 가는 지름길이자 요충지로 험난했지만 전쟁의 승부처라 할 만한 곳이어서 우선 탈취해야 했다. 고니시 유키나가나 가토 기요마사 모두 이곳에서 비로소 전투다운 전투를 해볼 것이라 각오를 다졌다. 저들끼리 전국시대의 무용담을 떠들며 조바심을 달랬다.

～

임진왜란 두 달 전인 2월초, 왜국에서 날아오는 전쟁의 소문으로 조선 조정은 들끓었다. 대책은 마련하지 않고 걱정만 무성했다. 그런 중에도 유성룡이 안달복달 건의하니 선조는 하는 수 없이 신립(申砬)과 이일(李鎰) 두 장수를 각 도로 보내 군사 태세를 점검시켰다. 신립은 본성이 포악하여 수령들이 그를 두려워하였다. 전국의 수령 방백들은 두려움에 주민들을 동원하여 길을 닦고, 신립 일행을 엄청난 대접으로 위무하였다. 사람들이 신립을 영의정이 납시는 줄 알았다 할 정도였다. 그는 가는 곳마다 위엄을 세워 여차하면 군졸의 목을 쳐서 모두가 두려워하였다. 조정에서는 믿을 자는 오직 신립 장군뿐이라며 그를 추켜세웠다.

유성룡이 그를 시험코자 불러 질문하였다.

"왜군이 쳐들어오면 어떻게 할 작정인가?"

"그리 걱정할 것이 못 됩니다."

"꼭 그렇지 않을 건데, 그들은 조총까지 가지고 온다는데 말이오."

"조총이 쏠 때마다 다 맞힐 수 있겠습니까?"

유성룡이 그를 내보내고서 탄식하기를, 도무지 반성하고 깨달음도 없는 자가 어떻게 중책을 감당할 수 있을지 심히 걱정된다 하였다. 신립은 선조의 둘째아들이며 광해군과 왕위를 다투는 신성군의 장인이다. 연전 유성룡의 건의로, 선조가 비변사를 통해 나라의 위급함에 대비하여 널리 인재를 추천하라는 지시를 내렸다. 이에 유성룡은 이순신(李舜臣)과 권율(權慄)을 추천하여 파격적으로 요직에 앉혔다. 사람들이 이를 시기하여 이순신은 인사가 있을 때마다 뒷말이 생겼다. 여기에는 이순신의 강직하고 타협할 줄 모르는 성정도 크게 한몫하였다. 이런 말썽은 유성룡을 괴롭혔지만, 그때마다 유성룡이 개입하여 해결해 주었다. 이순신은 묵묵히 일하였고 서로 간에 마음속으로 깊은 신뢰를 쌓았다.

전쟁은 왜군의 일방적인 공격으로 치달아가고, 도처에서 조선군은 도주하기 바빴다. 해도 해도 너무했다. 가장 놀라워한 진영은 조선보다 오히려 왜군 측이었다. 어쩌면 조선이 이럴 수가 있단 말인가! 그들은 몇 년 전부터 전쟁을 예상하지 않았던가! 왜국은 몇 년 전부터 기회가 생길 때마다 전쟁 분위기를 띄웠다. 사신까지 보내 알렸다. 전년도에는 사신을 보내 명을 치러 가는 길만 열어 달라 하며 조선 조정의 눈치를 살폈다. 이에 조선 전국이 시끄러웠다. 오만불손하기 짝이 없는 왜국의 사신을 죽여버려야 한다, 안 된다 하며 조정에 상소가 빗발쳤다. 후에 충청 의병장이 되는 조헌(趙憲) 같은 사람이 가장 강경했다.

대장군 신립의 부장 겸 순변사 이일이 전쟁터인 경상도 상주에 도착하니, 고을 수령들이 모두 순변사인 자신을 마중 나갔다며 한 사람도 없었다. 간신히 도주한 수령 중 하나를 붙잡아 목을 치겠다 하니 군사를 모아 오겠다고 애원하여 하루를 더 기다리니 농민 2~3백 명을 구해 왔다. 그러나 아무리 봐도 싸울 만한 사람은 한 사람도 없었다. 그렇게 우왕좌왕하는 중에 왜군이 몰려들며 조총을 쏘아 대자, 이일과 농민들은 황망히 앞뒤 분간 없이 도주했다. 이일은 말과 장수 갑옷을 벗어버리고 머리를 풀어헤친 채 알몸뚱이로 신립이 기다리고 있는 충주로 달아났다. 신립은 하릴없이 이일이 불러 모으는 병사들을 기다리고 있었다.

4월 26일 왜군이 상주를 무혈 접수하고 문경을 접수하러 안심하고 관

아에 들어가는데, 갑자기 날아온 화살에 왜군 10여 명이 쓰러졌다. 문경 현감 신길원(申吉元)이 20여 명의 결사대와 함께 매복 기습한 것이다. 체포된 신길원은 항복을 거부하고 참살당했다.

조정에서 천거한 삼도순변사 신립은 남하하며 계속 군사를 모았다. 그러나 그의 용렬함과 포악한 성정을 잘 아는 장수나 군사는 그와 함께 떠나려 하지 않았다. 합참의장 격인 도체찰사 겸임의 유성룡은 할 수 없이 자신이 모아 둔 군사를 그에게 주었다. 신립은 이리저리 군사 9천을 간신히 모아 4월 26일 충주 단월역에 진영을 구축했다. 이때 상주에서 도주한 이일이 허겁지겁 달려왔다.

"어찌된 일인가?"

"훈련도 안 받은 농민군을 데리고 도저히 적과 싸울 수 없었습니다."

이일은 계속해서 왜군의 조총과 군사력을 과장되게 보고한다. 신립은 이때 중요한 결정을 하게 된다. 제대로 싸워 보지도 않고 도주한 이일의 겁먹은 보고 내용은 신립의 작전계획 수립에 결정적으로 영향을 미친다. 신립은 무조건 왜군과의 백병전은 피하고 보자고 판단한다. 조선과 왜군의 최초의 대결전은 당연 문경새재 조령이 되어야 했다. 부장 김여물(金汝岉) 장군과 모든 장수들이 하나같이 조령의 험준한 요새를 지키면서 방어하자 하였다. 이곳은 천혜의 방어진지이기 때문이다. 적군도 당연히 이곳이 전쟁 초기 최대의 격전지가 될 것으로 예상했다. 이일의 몰골과 일방적인 적에 대한 겁먹은 보고를 듣고 신립은 순간 결심했다. 그들은 보병 위주고 우리는 기병 위주니 문경새재가 아닌 탄금대 넓은 들판에서 싸우는 것이 좋겠다며 그의 의견을 밀어붙였다. 신립은 4월 28일 전군을 탄금대로 이동시켰다.

나의 징비록 3

탄금대에 조선의 희망을 묻다

얼마나 기다렸던가! 총리대신 관백(關白) 도요토미 히데요시와 함께 수십 번을 더 도상 연습하던 곳이었다. 고니시 유키나가, 가토 기요마사 등 왜군 장수들은 이미 조선에 퍼져 있는 첩자들이 보내온 지도들을 살펴보며, 조선 정벌 최고의 요충지 문경새재 조령을 탈취하는 전쟁 연습을 수십 차례 해 왔다. 4월 28일 문경새재에 도착하자마자 고니시 유키나가는 긴장과 두려움으로 험하고 어두운 첩첩산중의 가파른 고갯길을 바라보았다. 이곳을 점령하지 않고는 조선을 정복할 수 없다. 왜군이 대패할 수도 있는 전쟁 최고의 요충지였다. 왜군 수뇌부는 이곳이야말로 조선군과 대격전을 벌이는 피비린내 나는 격전지가 될 것으로 확신했다. 긴장한 고니시 유키나가는 스스로를 달랬다. 반만 살아남아도 대승이다!

가토 기요마사도 이곳의 중요성을 잘 알기에 길을 다퉈서 이곳으로 우회했다. 라이벌인 고니시 유키나가에게 전공을 다 내줄 수는 없었다. 그러나 고니시 유키나가는 독단으로 휘하 지휘관들을 모아 놓고 작전

지시를 내렸다. 같이 돕겠다는 가토 기요마사 군은 얼씬도 못하게 했다.

최고의 긴장감으로 조령을 오르며 진군하는 고니시 유키나가 군. 그러나 조선군은 어디에도 없었다. 고개 구비구비마다 모든 주의를 기울여 살피고 또 살펴도 조령 마지막까지 조선군은 없었다. 고니시 유키나가는 급기야 웃었다. 조선군은 자신들이 속전속결로 진군해 오는 서슬에 지레 겁먹고 도주한 것이다. 안심하고 충주성으로 향했다. 조령을 초긴장 상태에서 넘고 평지에 도달하니 비로소 평상심으로 돌아왔다.

이때 척후병의 급보가 날아왔다. 탄금대 남쪽 달천 평야에 처음 보는 어마어마한 규모의 조선군이 포진하고 있다는 것이었다. 조선에 도착해서 제대로 된 전투를 기다리던 장수들이 서로 공을 세우겠다고 나섰다. 고니시 유키나가는 일성에 그들을 조용히 시키며 직접 보고 판단하자 일렀다.

다음 날 과연 달천강과 남한강을 뒤로한 채 조선군은 한눈에 봐도 2만여 명의 숫자로 배수진을 치고 도열해 있었으며, 그중에서도 당당한 기병들이 특히 눈에 띄었다. 고니시 유키나가는 조선의 기병들이 이토록 준비되어 있을 줄 몰라 내심 당황했다. 신립은 모든 장수들이 강력히 주장하는 조령 전투지를 묵살하고 탄금대를 전장으로 삼았다. 도대체 왜 신립은 천혜의 험지 조령을 쉽게 포기하고 평지로 내려왔을까?

여러 가지 설이 있지만, 심지어 당대의 사랑방 이야기로 신립을 사모하던 동네 처녀가 죽어 처녀 귀신이 되어 신립에게 나타나 '탄금대, 탄금대' 하여 그것이 하늘의 계시인 줄 알고 탄금대로 갔다는 웃지 못할 이야기도 있었다. 민초들 마음이 얼마나 신립을 떠나 있는지 알 수 있는 대목이다. 그는 자신의 포악한 성정과 오만한 태도로 전쟁 시작도 전에 이미 민심을 잃고 있었다.

　각종 상황을 종합할 때, 신립이 문경새재를 버리고 탄금대를 선택한 이유는, 첫째, 부장 이일의 겁먹은 보고 내용으로 신립이 시작부터 기가 꺾였기 때문이다. 그는 소문으로만 들은 왜군 조총의 파괴력과 백병전 실력을 과대평가했다. 왜국 전국시대의 전쟁 경험에서 나오는 막강한 전투력을 두려워했다. 둘째, 신립은 그럴 바엔 전통의 조선의 궁시 기병을 활용코자 했다. 이 분야는 조선군이 더 강할 것으로 판단했다. 사실 그랬다. 조선의 기병들이 마상에서 사용하는 활 실력은 예로부터 발군이었다. 그러나 그건 병사들의 지휘관에 대한 든든한 신뢰를 바탕으로 상호유대가 강할 때의 이야기다. 이순신 함대가 그 좋은 예이다. 그러나 신립에 대한 병사들의 신뢰는 전무했다.

　셋째, 전투력도 약하고 전쟁 경험도 없는 조선군을 독려하기 위한 배수진 치는 전략. 이렇게 진을 쳐야 병사들이 두려워하여 자신을 따르고 전투력도 높아지리라 판단한 것이다. 배수진이란 말은 그 옛날 한나라의 대장군 한신(韓信)이 조나라를 칠 때 나온 말이다. 한신이 조나라를 공격할 때, 주군 유방(劉邦)은 한신을 의심하여 그의 정병을 다 빼앗아가고 남은 것은 신병과 잡병 등 합쳐서 3만여 군이었다. 이에 비해 조나라는 막강한 20만 대군. 한신은 신병 중 1만 명을 선발하여 먼저 정형의 입구에서 강을 등지고 진을 치게 하였다. 배수의 진을 친 신참 병사들은 더 이상 도망할 곳이 없음을 알고 맹렬하게 조나라 군사들과 싸웠다. 조나라 군사들은 그들의 20만 대군에 필사적으로 저항하는 한나라 군사들에 패퇴하고 말았다.

한신은 전투 후에 말했다.

"무릇 병사들은 사지에 몰아넣은 후에야 살게 되고, 망할 지경이 되어서야 존재하게 된다고 병법에서 말하지 않았소? 이번 전투는 길거리에 있는 백성들을 몰아다가 싸우는 것과 같았기 때문에, 이런 형세에서는 그들을 사지에 몰아넣어 스스로 싸우게 하지 않고 빠져나갈 수 있는 곳에 있게 했다면, 모두 달아나버렸을 것이오."

한신은 병사들의 절대적인 신뢰를 받았고, 신립은 병사들이 믿지 않았다. 어쨌거나 유성룡은 선조의 지시대로 신립에게 9천 병사와 전권을 주었다. 여기서 당시 군사 규모에 관한 설이 엇갈리는데, 유성룡이 보내준 군사 9천이 전부일 것이라는 설과 신립 자신도 남하하면서 임금의 군령을 앞세워 계속 군사를 모아 1만 6천여 명 정도의 군사 규모일 것으로 보는 설 두 가지가 대립한다. 선조의 금위군 포함해서 기병 3천까지 있는 것으로 보아 1만 6천 명 설이 맞는 걸로 보인다. 이 중요한 전투에 정확한 기록이 없다.

강을 뒤로하고 배수진을 치고 있는 조선군은 죽기를 각오하고 버티고 있었다. 고니시 유키나가는 즉각 준비한 대오를 정렬시켰다. 그는 막강한 조선의 기마병을 잡기 위해 전군을 3개 대로 나누어, 자신이 중군을 맡고 좌우에 조총 부대와 장창 부대로 나누어 매복시켰다. 우선 조선의 기병들을 유인하여 진흙 습지에서 기다렸다가 조선의 기마 궁시병이 진흙 습지에서 허우적대고 화살도 못 쏘게 될 때 양쪽에서 조총과 장창으로 도륙하기로 한 것이다.

중요한 것은 신립이 이러한 전략 마인드가 없고, 척후나 첩자를 배치하는 전쟁의 기본도 안 되었다는 점이다. 그는 이곳에 논과 밭이 있고

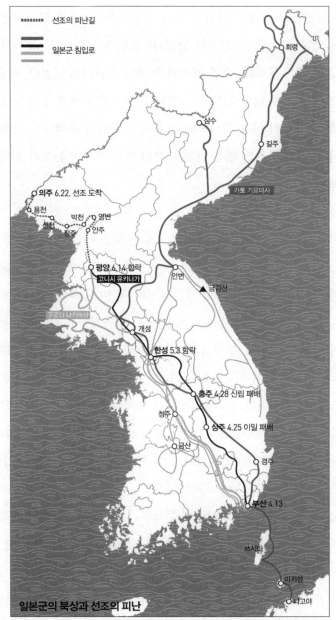

선조의 피난길

일본군 침입로

회령

삼수

길주

가토 기요마사

의주 6.22. 선조 도착
용천
박천 영변
선천
정주 안주

평양 6.14. 함락
고니시 유키나가

안변

▲ 금강산

구로다 나가마사

개성

한성 5.3. 함락

충주 4.28 신립 패배

청주

상주 4.25 이일 패배

금산

경주

부산 4.13

쓰시마

이키섬

나고야

일본군의 북상과 선조의 피난

일본군의 북상과 선조의 피난. 출처: 『충무공 이순신과 임진왜란』(문화재청 현충사관리소, 2011)

바닥은 진흙투성이라는 사실을 정녕 몰랐을까? 놀라운 일이지만 사실이었다. 그는 긴장하여 정신이 없었다. 또한 왜군의 매복 군사가 있는 것도 눈치 채지 못했다. 오직 자신의 용맹만 과신하고 있었다. 이순신이 전투 전에 지역에 대한 지도를 철저히 그려서 모두에게 주지시키고, 자신의 부하 장졸의 목숨 하나하나를 철저히 챙겨서 수색대를 사전에 파견하여, 왜군의 특기인 매복 작전을 미리 살펴 철저히 분쇄한 점과는 너무도 달랐다.

고니시 유키나가 군의 선봉이 먼저 나섰다. 그들은 조선군을 건드렸다. 화살 사정거리인 1백 보 밖에서 그들은 갖은 욕을 하고 조총을 쏘아대며 신립을 자극했다. 신립이 더 이상 참지 못하고 1천 기마병을 내보내 적을 모두 죽이려 하는데, 약간의 적군이 다치고 그들은 도주한다. 잠깐 쉬었다가 다시 2차 공격이 시작되고, 이번에는 3천 기마병 전부가 신립의 명령에 적진으로 돌격한다. 많은 적군이 조선의 궁기병에 벌집이 된다. 아수라장이 되는 적진, 더더욱 몰아치는 조선군들, 마구 도주하던 고니시 유키나가의 왜군, 양쪽의 숲속에서 갑자기 매복하던 병사들이 일어난다. 엄청난 조총 소리와 함성, 조총과 장창으로 수많은 아군이 도륙된다. 더구나 발밑을 보니 논바닥이 전부 찐득한 진흙투성이, 말들이 앞으로 나가지도 돌아가지도 못한다.

왜군의 지근거리에서 조선군이 무참하게 살육된다. 조선군의 화살은 무기력하고 적의 장창은 날아다닌다. 조선군은 죽는 순간까지 단 한 번의 훈련도 없었고 전쟁 개념도 없었다. 전국 시대의 무지막지한 살육전에 너무도 익숙한 왜군에게 신립군은 애초부터 상대가 되지 못했다. 신립은 마지막 순간까지 싸움을 독려하였다. 그러나 다행인지 불행인지 병사들은 신립이 지시하는 방향과 반대로 도주하고 만다. 해서 신립이 대패한 만큼의 사상자는 그리 많지 않았고 수많은 병사가 도주에 성공했다.

신립은 부하 장수들과 장렬히 싸워 왜적 1백여 명을 죽였다. 결국 자신도 부하 장수들과 함께 탄금대에 수장되었고, 순변사 이일은 여기서도 살아 도주했다. 당시 백성들은 이 치욕의 전투를 추모하지 않았다.

조선 조정은 즉시 패닉 상태에 빠졌다. 패전 소식을 들은 선조부터 얼이 빠져 우왕좌왕했다. 제일 먼저 그들이 한 행동은 무조건 도망이었다. 백성들도, 나라의 존망도 안중에 없었다. 신립의 패전을 알리는 보고가 도착하자마자 그 밤으로 선조는 보따리를 싸기 시작했다. 아니 보따리 쌀 정신조차 없었다. 그러기에 단 한 줌의 쌀조차 없어, 임진강가에 이르러 다른 대신들은 고사하고 선조 자신의 한 끼 밥도 못 해먹어 어느 신하가 비상으로 준비해 간 봉지쌀 한 줌으로 왕에게 밥을 지어 먹였다. 반찬은 소금이었다. 왕이 물을 달라고 하자 또 어느 신하가 상투 속에 가지고 다닌 사탕 하나를 임진강 물에 풀어 드렸다더라.

제2장
임진왜란 최초의 승전들

나의 징비록 4
임진왜란 최초의 승전!_옥포 해전

"삼가 적을 무찌른 일로 아뢰나이다."

"경상 우수사 원균(元均)과 함께 적을 쳐부수라는 분부를 받고, 전선을 미리 살펴서 판옥선 24척, 포작선 46척, 협선 15척을 거느리고 수군이 서로 모이기로 한 당포에 이르니, 원균은 단지 전선 6척만 타고 왔고, 5월 7일 정오에 옥포 앞바다에 이르니, 왜군 5십여 척이 옥포 선창에 정박 중, 붉은색, 흰색 온갖 색깔의 깃발들이 어지럽게 휘날리고, 왜적들은 포구로 들어가 분탕질을 해대느라 온 동네에 연기가 자욱한데, 우리 수군을 발견하고는 아우성치며 우왕좌왕하였습니다. 우리 수군이 학익진으로 양쪽에서 에워싸고 대포를 쏘고, 화살과 살탄을 바람처럼 천둥처럼 쏘아대자 적들은 조총을 쏘다가 포기하고 배 안의 물건을 바다에 버리고 도주하다 불이 나자, 바다로 뛰어들기도 하고, 육지에 배를 대고 앞다투어 산으로 도주하였습니다. 낙안 군수 신호(申浩)는 왜적 큰 배 한 척, 왜장 수급 하나, 보성 군수 김득광(金得光)은 큰 배 1척, 흥양 현감 배흥립(裵興立)은 큰 배 2척 모두 합하여 왜선 26척을 총통으로 깨부수고 불태워버렸습니다."

—옥포파왜병장(1592. 5. 10.)

이순신이 조정에 올린 옥포 해전에서 왜군을 격파한 승전 보고서 내용이다. 조선 침략 후 일직선으로 진격하여 왜군 육군이 단 며칠 만에 조선의 수도 한성 땅까지 쳐들어가고 계속 북진하던 중, 왜군 수군은 한반도 남해안의 여러 섬과 포구를 장악한 후 연이어 거제도 쪽으로 마구 쳐들어가자, 이 소식을 들은 원균은 허둥지둥 자신의 경상 우수영 소속의 함선과 무기들을 바다에 다 버리고 자신이 거느리고 있던 수군 1만여 명을 해산시켰다. 그는 옥포 만호 이운룡(李運龍), 거제도 영등포 만호 우치적(禹致績)과 함께 남해 앞바다에 숨어 있다가 육지로 도주할 작정이었다. 이 사건은 전시의 장수로서 치명적인 중대한 잘못이었다. 도저

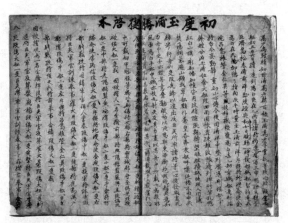

옥포해전의 승리를 아뢰는 장계. 1592년 5월 10일. 임진장초(壬辰狀草).
출처: 『충무공 이순신과 임진왜란』(문화재청 현충사관리소, 2011)

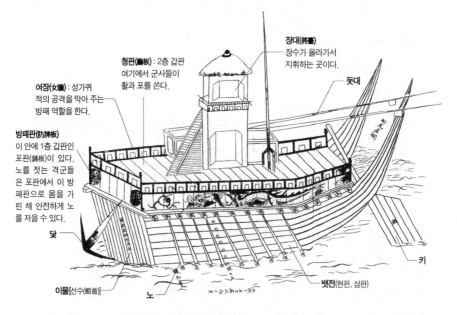

청판(廳板) : 2층 갑판 여기에서 군사들이 활과 포를 쏜다.

장대(將臺) 장수가 올라가서 지휘하는 곳이다.

여장(女墻) : 성가퀴 적의 공격을 막아 주는 방패 역할을 한다.

돛대

방패판(防牌板) 이 안에 1층 갑판인 포판(鋪板)이 있다. 노를 젓는 격군들은 포판에서 이 방패판으로 몸을 가린 채 안전하게 노를 저을 수 있다.

닻

키

이물[선수(船首)]

노

뱃전(현판, 삼판)

판옥선 구조도. 출처: 『충무공 이순신과 임진왜란』(문화재청 현충사관리소, 2011)

히 있을 수 없는 일이었다.

그러나 원균은 전라도·충청도 지방에 이르는 해로의 목줄인 옥포의 중요성을 뒤늦게 깨닫고, 율포 만호 이영남(李英男)을 시켜 급히 이순신에게 도움을 요청했다. 이에 이순신은 대형 전선인 판옥선 24척, 중형 전선인 협선 15척, 소형 쾌속선인 포작선 46척으로 구성된 전라 좌수영의 함대를 이끌고 5월 4일 새벽에 여수항을 출발해, 5월 6일 아침에 당포 앞바다에서 원균의 경상 우수영 함대 6척(당초 1백여 척이던 함대가 원균에 의해 다 파괴되고 남은 판옥선 4척과 협선 2척)과 합류했다. 전라 좌수영과 경상 우수영의 연합함대 91척의 총지휘는 이순신이 맡았다.

거제도 송미포에서 밤을 새우고 낙동강 하구의 가덕도로 항진하던 연합함대는 5월 7일 정오 무렵에 척후장 사도 첨사 김완(金浣)이 옥포에 정박 중인 일본 수군 함선 50여 척을 발견했다. 이때 왜군의 총지휘관은 왜군이 자랑하는 명장 도도 다카토라(藤堂高虎)였다. 이때 도도가 지휘하던 왜선 50여 척은 홍백기를 달고 해안에 흩어져 있고, 왜적들은 포구로 들어가 갖은 분탕질을 다하고 있었다. 그러다가 이순신 함대의 기습 공격을 받았다. 선봉장 이운룡을 선두로 돌격을 감행하며 맹렬한 화포 사격을 퍼붓자, 기습을 당하고 전열을 갖추지 못한 왜 수군은 당황하여 대형 함선 6척을 앞세워 해안을 따라 도주하기 시작했다.

조선 수군은 왜 수군의 퇴로를 봉쇄하고 총통과 화살로 무차별 공격을 퍼부으면서 왜군 수군의 선단을 해안선 쪽으로 압박했다. 왜군의 일부는 포위망을 뚫고 해상으로 탈출했으나, 나머지는 배를 버리고 해안에 상륙하여 산속으로 도주했다. 이순신 함대는 순식간에 왜군 함대 26척을 궤멸했다.

도도 다카도라가 이끄는 왜적 함대는 생전 처음으로 당해 보는 패전의 경험을 하게 되었다. 도대체 어떻게 된 일인지 분간조차 하지 못하고 기습적으로 이순신 함대에 당했다. 그는 이 패배가 창졸간에 이루어진 기습 작전 때문이라 생각하여, 이순신에게 결단코 복수하리라 마음먹으며 도주했다. 그러나 이 결심은 머지않아 헛된 망상이라는 것을 알게 된다. 계속해서 정정당당하게 붙는 한산도 전투를 위시한 모든 전투에서 그는 절망한다. 후에 그는 할복 직전까지 갔다.

또한 이순신 군은 달아나는 왜적을 추격해 거제도 영등포를 거쳐 창원 합포에서 5척, 다음 날 통영 적진포에서 11척을 계속 불태워버렸다. 이순신의 수군이 임진왜란 최초로 완전히 승전했다는 소식을 담은 장계

를, 평양으로 피신한 선조가 대신들과 함께 읽고 다 같이 통곡했다. 이
와 동시에 전라 좌수영의 본진 여수로 귀환한 이순신이 조정의 파천 소
식을 뒤늦게 듣고 또한 통곡했다.

옥포 해전은 역사적인 커다란 의미를 가진다. 연전연패의 육지에서의
패배를 일거에 만회하는 최초의 승전이며, 파죽지세로 진격하는 왜군의
기세를 깨뜨린 것이고, 평양에서 더 이상 함부로 북진하지 못하도록 한
승전이다.

이 장계를 보면, 긴 설명이 필요 없이 이순신의 전략과 전술 그리고
그의 기질과 인격 등 모든 것을 다 알 수 있다. 전황 보고에는 이순신이
어떻게 싸웠으며, 무엇을 보았으며, 어떻게 나라와 백성을 생각하는지,

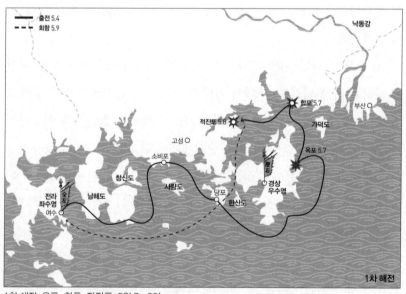

1차 해전: 옥포·합포·적진포. 5월 7~8일.
출처: 『충무공 이순신과 임진왜란』(문화재청 현충사관리소, 2011)

그의 모든 생각과 모습이 전부 표출된다. 임금과 조정에 장계를 쓰면서 부하들의 전공부터 하나하나 챙기고, 모든 백성을 가족처럼 보호하고, 지나칠 정도로 상세하게 전황을 기록하여 조정에 앉아서도 전시 상황을 다 판단할 수 있도록 하였다. 그렇기 때문에 오늘날 일본에서도 국내외 모든 임진왜란 기록 중에서 이순신의 『난중일기』와 조정에 올린 장계의 기록성을 높이 평가하여 가장 귀중하게 여긴다.

옥포 해전 시간은 딱 한 시간이었다. 속전속결 순식간에 전투를 끝내고 이순신 함대는 수색대의 첩보를 받고 합포로 나아가니 오후 4시, 그곳에서 5척의 왜선을 발견, 조선 수군이 없다고 믿고 도처에서 분탕질하던 왜군을 그대로 화장시킨다. 그다음 날 새벽 수색대의 첩보로 적진포의 왜선 11척을 발견하고 대포와 천지현황(天地玄黃) 중소포로 격파, 좌수영 장군들 모두의 공로를 자세히 기록하여 장계를 올렸다. 왜적들이 남해안 이곳저곳의 민가로 와서 갖은 행패를 부리고 있다는 소식을 듣고 모든 장졸들이 통분하며 왜적을 끝까지 찾아 토벌할 것을 맹세했다.

5월 8일 이순신이 승전보를 작성하던 중 선조의 파천 소식을 접하고 모든 장졸이 통곡했다. 그들 모두는 슬픔이 가득하여 그대로 여수 본영으로 귀환했는데, 여수항 앞에는 환영하는 백성들로 인산인해를 이뤘다. 더구나 아군 피해는 전무라니! 여수 백성들은 이날의 승리를 기념하여 완연한 축제 분위기를 연출했다. 오색의 깃발이 난무하고 갖은 음식을 차리고 색동옷을 차려입고 즐겁게 놀았다. 아름답고 멋진 오색 무지개떡을 처음으로 먹기 시작했는데, 이때부터 여수 진남제가 시작된 것이다.

임진왜란 최초의 승전보인 이순신의 '옥포파왜병장' 장계는 3천5백자의 길고 긴 보고서이다. 별의별 내용이 다 들어 있다. 왜군에 잡힌 우리 백성 중에 어린 계집아이 이야기부터 전쟁으로 이산가족이 된 불쌍한 가정 이야기 등. 부모 잃고 울부짖는 아이가 애처로워 데리고 오고 싶었으나 병영에서 어쩌지 못하는 심사까지 이순신은 밝혔다. 백성을 버리고 혼자 살겠다고 도망친 왕이 좀 아시라고, 정신 좀 차리시라고. 그리고 고관대작님들 당파 싸움 좀 그만하시고 민생 좀 살피시라고. 그 가슴속 이야기들을 어찌 다 말로 할까! 이순신은 한 발 더 나아간다.

"……그랬는데 갑자기 전하께서 서쪽으로 행차하셨다는 소식을 듣고 어찌할 바를 몰랐습니다"라고 말하며, 피난민들이 가족끼리도 뿔뿔이 헤어지고 가진 양식도 다 떨어져 굶어 죽을 것 같은 그들을 구해 주지 못한 슬픔을 토로했다.

한편 육지로 달아나는 왜적에 대해서는, 그들이 백병전에 능하며 교활하기에 우리 장졸들의 생명을 보호하고자 뒤쫓아 가서 몽땅 죽이지 못하는 심사를 칼을 어루만지며 탄식했다고 말한다. 또한 왜적에게서 탈취한 양식과 물건 모두를 부하 장졸들에게 나눠 주어 배를 불렸다고도 했다.

한편 그는 원균도 고발한다. 그는 전라 좌수영의 2배 규모의 가장 큰 지역 사령관인 경상 우수사이면서 배 몇 척 달랑 타고 와서 공을 탐하여 이순신이 잡아 놓은 왜적 선단을 심지어 아군에게 활을 쏴 대며까지 뺏으려하는 미친 짓을 해댔다. 원균은 두고두고 아군과 이순신에게 해악을 끼쳤다.

임진왜란 최초의 승전 옥포 해전은 전국의 의병 봉기에 불을 지폈다. 선조의 파천은 민초들의 분노를 일으켰지만, 이순신의 승리는 백성들에게 자신감과 투지를 불러일으켰다. 이때까지는 그래도 선조가 이순신을 아끼고 존중했다.

이쯤해서 말해 두지 않으면 안 되는 중요한 이야기가 있다. 그것은 실록에 관한 것이다. 언관 사관들이 쓰는 실록은 당연히 공정하며 신성불가침한 것만이 아니었다는 사실이다. 결론부터 말해서 역대 왕들의 실록은 사관들의 입장에 따라 조금씩 편향되었다. 그중에서 〈선조실록〉은 특히 오염이 심했다. 나중에 상세하게 밝히겠지만, 조선의 당파 싸움이 본격화되는 시기가 선조 때부터였기 때문이다.

관례대로 광해군조에 〈선조실록〉을 쓰기 시작했으나, 전쟁으로 인한 사초의 부족 사태가 벌어졌다. 이에 당대의 집권 세력인 북인들이 자신들의 입맛대로 사료를 골라 썼고, 그 내용은 서인과 남인들에 불리한 내용이 상당히 들어가게 되었다.

이후 1623년 인조반정 이후 새로 집권한 서인 세력은 〈선조실록〉의 부당함과 부실을 이유로 새로 쓸 것을 주장했다. 1641년(인조 19) 서인인 이식(李植)이 전담하여 편찬을 시작했고, 1657년(효종 8) 3월에 다시 시작하여 9월에 완성했다. 이것이 〈선조수정실록〉이다.

우리가 임진왜란 당시의 의병 활동과 이순신 장군의 승전 사실을 상세하게 알 수 있는 것은 주로 〈선조수정실록〉의 기록을 통해서이며, 인물에 대한 평가도 공정치 못하였다는 지적이 있었기에 〈수정실록〉에서 상당 부분 바로잡았다. 특히 서인으로 지목된 이이(李珥), 성혼(成渾), 박순(朴淳), 정철(鄭澈) 및 남인 유성룡 등에 대하여는 사실과 다른 근거를 들어 비방하고, 반면 이산해, 이이첨(李爾瞻) 등 북인에 대해서는 시시비비를 분명히 하지 않고 칭찬 일변도였다는 것이다. 서인과 남인들은 〈수정실록〉을 통해 이를 바로잡았다.

임진왜란에 대하여는, 특히 의병 활동에 대한 기사 보완이 많았다. 전설이 되었던 기라성 같은 의병들인 곽재우(郭再祐)·고경명(高敬命)·정인홍(鄭仁弘)·손인갑(孫仁甲)·김천일(金千鎰), 조헌·영규(靈圭)·유종개(柳宗介)의 헌신, 이광(李洸)·윤국형(尹國馨)의 백의종군, 김덕령(金德齡)과 이산겸(李山謙)이 무고로 하옥되어 비참하게 죽은 일 등 숨겨져 있던 의병 활동 내용이 많이 보완됐다. 또한 명나라 군대에 대한 통렬한 비판도 거셌다. 그들의 이해할 수 없는 소극적 전술과 왜적들과의 비밀 거래, 중국 사신의 이간질 등에 대한 비판적인 기사도 많이 보완되어 있다. 이순신에 대한 제대로 된 기록도 수정본에서 많이 보완되었다. 이순신의 승전, 이순신과 원균의 갈등 원인 등이 상세히 수록되어 있고, 당시 조정이 당파적 이해관계로 인하여 일방적으로 원균의 편을 들었으며 그로 인해 이순신이 억울하게 하옥됐다거나, 원균이 이순신의 수군제도와 작전을 변경하여 돌이킬 수 없는 패배를 당했다는 등의 자료를 제공하고 있다. 당연히 여기서는 〈선조수정실록〉을 주로 참고, 인용한다.

거북선 출전하다

새카맣게 몰려오던 조선 수군의 기세등등한 모습은 바다 어디론가 갑자기 사라지고, 3척의 배만 서서히 왜군의 대형 전선 12척이 정박해 있는 사천 포구로 진입하고 있었다. 점점 가까이 다가오자 그중 한 배는 생전 듣도 보도 못한 괴이하게 생긴 모습을 하고 있었다. 제일 높은 곳에 용머리가 있고 중간에 귀신 형용의 돌출부가 나와 있었다. 괴선은 점점 조총의 유효 사거리 안으로 다가오고 있었다. 갑자기 용두 아가리에서 유황 연기가 퍼져 나오더니 대포가 불쑥 튀어나왔다. 그 대포에서 무지막지한 철포탄이 터져 나와 천지를 진동시켰다. 아수라장이 되는 왜군 진영. 이를 신호로 뒤따르던 판옥선에서도 철환, 장편전, 화전 등 각종 포탄과 화살들이 비 오듯 쏟아졌다.

괴선이 왜군 대장선을 정면에서 부딪쳐 들어왔다. 꽝 소리와 함께 왜군 대장선에 커다란 구멍이 뚫리고 배 안으로 바닷물이 콸콸 쏟아져 들어왔다. 서서히 기울며 바다로 가라앉는 왜군 대장선. 왜군은 극단의 공포심으로 울부짖었고, 앞뒤에서 켜켜이 쌓이는 동료 시체들 사이로 도주하기 바빴다. 왜군의 특기인 백병전을 벌이기 위해 괴선 위로 과감하게 뛰어 올라간 왜군들은 곧 바로 괴선 등 위에 박혀 있는 손바닥 길이의 대못에 깊이 찔려 나뒹굴고, 그길로 수장되거나 육지 쪽으로 간신히 헤엄쳐 나갔다.

뒤에 매복하여 적선의 도주를 망보던 80여 척의 전라좌수영 함대는 도주하는 적함을 철저히 추적하여 왜선 대형 선단 12척 모두를 순식간에 궤멸했다. 왜선 대형선에는 평균 2백 명이 타고 있었다. 2천여 명 중 살아남은 왜군은 불과 1백여 명. 이들은 몸서리치며 부산 쪽으로 도주하였다. 그들은 심지어 도중에 마주친 피난민을 보고도 기겁을 했다.

이날 5월 29일, 이순신이 두 번째로 출전한 사천포 전투에서 처음으로 진수한 거북선의 전투 모습이다. 그것은 왜군에게 공포 그 자체였다. 사실 거북선은 그 비슷한 것이 태종 때에 왜구 정벌을 위하여 처음으로 창조되었다. 이후 거북선은 판옥선의 개량과 함께 계속 발전했고, 세종 때도 신숙주(申叔舟)에 지시하여 전선과 화포 개량이 계속 이어졌다.

이때 등장하는 주요 인물이 있다. 그가 바로 나대용(羅大用)이란 함선 전문가인데, 거북선의 실제 개발자이다. 나대용은 임진왜란 1년 전인 1591년(선조 24)에 전라 좌수영 수사로 있는 이순신을 찾아가 그동안 연구한 거북선의 설계도를 보이며, 조선 수군의 전투 개념을 함께 논의했다. 이순신은 크게 기뻐하여 그를 막하에 두고, 거북선 건조를 위시한 모든 함선의 준비 계획과 추진에 참여시켰다. 그는 병선 건조에 온갖 정력을 쏟는 한편, 이순신과 함께 옥포, 한산도 전투 등 모든 해전에서 왜적을 섬멸하는 데 큰 공을 세웠다. 특히 그는 사천 해전과 한산도 대첩에서 분전하던 중 적탄에 중상을 입기도 했다. 왜란 이후 남해 현령으로

재직 시에는 '창선(艙船)'이라는 철갑선과 '해추선(海鰍船)'이라는 쾌속
선을 고안하는 등 우리 역사상 가장 탁월한 조선 기술자이자 용장으로
평가받고 있다.

한편 조선의 위태로운 평화 시대가 길어지면서 전선이나 화포는 무용
지물이 되어 가고, 지배 계층은 무기력하고 타락해져만 갔다. 국가를 이
끌어가는 국정의 3대 요소인 전정, 군정, 세정 등 가장 기본적인 전답 관
리와 군사 징병제도 그리고 조세 정책이 모두 무너져 내리고, 이에 따라
국가 기강은 피폐해져만 갔다. 서애 유성룡과 오리 이원익(李元翼), 백
사 이항복 등 당파는 달라도 뜻만은 같은 중신들이 목숨 걸고 대동법(大
同法), 속오군 등 개혁 입법을 강력하게 진언한 것도 그런 이유에서다.

그런데 너무도 아이러니컬하게도 가장 부덕한 왕 선조는 복이 제일

거북선. 출처: 전쟁기념관

많은 왕이었다. 그의 시대는 조선 5백년사에서 명재상과 명장들이 가장 많았던 시대였다. 하기야 시대가 인물을 만든다고, 그런 때 그런 왕이었으니 신하들이라도 정신 차려야겠다는 자각으로 그렇게 되었는지도 모르겠다.

그러나 조선 시대의 성리학은 심지어 지행합일(知行合一)의 양명학조차 이단으로 몰아갈 정도로 사변적이며 이념적이었다. 그러한 풍조는 선조 때에 가장 심해 온 나라가 시서화(詩書畵)에만 몰두하여 문약함의 극치를 이루었다. 일설에는 한석봉(韓石峰)의 글씨보다도 선조의 글씨가 더 좋았다는 평가가 있을 정도였다니 얼마나 많은 시연과 주연이 있었을까? 시 한 수, 글 한 자에 술 한 잔 하던 궁중과 사대부의 법도였으니. 오죽하면 그 당시 유행가처럼 부르던 춘향가의 한 구절을 장식하였을까!

金樽美酒千人血　　금준미주는 천인혈이요,
玉盤嘉肴萬姓膏　　옥반가효 만성고라.
금술잔의 아름다운 술은 만인의 피요,
옥쟁반의 맛있는 안주는 만백성의 고름이라.

지금도 민초들의 통분의 소리가 귓가에 들려오는 듯하다.

정조 때에 이르러 민생과는 전혀 관계없이 사대부 계층의 신선놀음만 되어 가는 시서화의 멋만 부리는 서체를, 왕 자신부터 실제적인 서체로 개혁하여 소위 서체반정(書體反正)을 이루었다. 나아가 문인화에도 영향을 크게 미쳐 진경산수의 풍조를 조성했는데, 남종·문인화(南宗·文

人畵)의 화법 같은 외래적인 영향에서 탈피하여 순수 한국의 회화를 지향했다. 진경산수는 종래 상상적인 산수화를 벗어나 한국적인 실제적 산수화법을 말하는데, 전통적인 구도에 구애됨이 없이 눈앞에 전개되는 무한대의 자연을 자기 마음대로 화면에 옮기는 방법이다. 정선이 그 대표적인 화가인데, 그는 특히 금강산의 자연을 그리는 수직의 선을 창시했고 중국화에서 볼 수 없는 한국적인 송림(松林)도 자기 나름대로의 필치로 대담하게 표현했다. 이런 정조가 이순신을 추모하여, 그에 관련된 서책을 만들고 전라 좌수영 거북선의 모형을 규장각의 젊은 학자들과 함께 만든 것은 결코 우연이 아니었다.

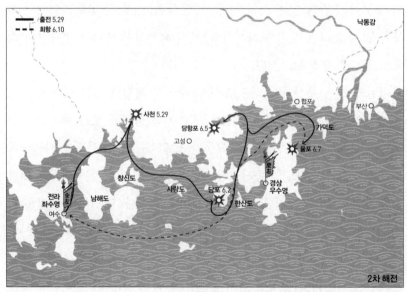

2차 해전: 사천·당포·당항포·율포. 5월 29일~6월 7일.
출처: 『충무공 이순신과 임진왜란』(문화재청 현충사관리소, 2011)

"신이 일찍이 왜적이 쳐들어올 것을 염려하여 거북선이란 것을 만들었는데, 앞에는 용머리를 설치하여 그 입으로 대포를 쏘고 등엔 쇠못을 꽂았으며, 비록 수백 척의 적선 속이라도 돌진해 들어가서 대포를 쏠 수 있게 했는데, 먼저 거북선으로 하여금 적선 속으로 돌진해 들어가서 천지현황 각종 대포를 쏘도록 했습니다."

—당포파왜병장(1592. 6. 14.)

장장 6천5백 자의 가장 길고 긴 당포에서 왜군을 무찌른 보고서로, 최초로 거북선의 활약을 당당하게 밝히는 이순신의 장계이다. 이는 옥포해전 이후 계속해서 남해안 일대에 침략해 들어온 왜적 함대를 차례차례 찾아가 궤멸시켜 나가는 이순신 함대의 모습을 보고하는 것이다. 왜의 수군이 포진해 있는 사천포, 당포, 당항포, 율포 등 4개 지역에서 전투를 벌여 승리한 승전 보고서이며, 세계 해전사에 빛나는 거북선이 최초로 참가한 승전 보고서다.

이번 출전은 부산을 거점으로 왜의 수군이 결집해 있는 남해안 일대의 왜적을 섬멸하여 적의 보급로를 끊고 계속 상륙해 오는 왜군을 궤멸시키는 것이다. 이 전투는 물론 그동안 겁 없이 조선 해안으로 쳐들어와 조선 경상도와 전라도의 동서 보급로를 연결시키고자 하는 왜군의 전략도 분쇄하고, 그 본거지를 공격하는 것이 목적이다. 거기에 그동안 준비해 온 거북선을 진수시켜 이를 최초로 시험해 보는 목적도 있었다. 아울러 조선군 전통의 화력인 대포와 천지현황 중소포의 위력도 시험했다.

과연 조선군의 전통적인 화력은 왜군에 비해 압도적이었다. 사실 조선 수군의 함정은 왜군 것에 비해 월등하게 우월했다. 우선 선체는 이

중, 삼중으로 겹겹이 소나무 재질로 만들어 홑겹의 왜선에 비해 훨씬 단단하여 조선 함정이 마음 놓고 들이받을 수 있고, 그리 되면 왜선은 그대로 박살났다. 배 밑도 조선 함정은 평편하여 자유자재로 움직일 수 있는 데 비해 왜선은 밑창이 날렵하여 불편했다. 대포의 포신과 포대도 조선의 주물 기술이 훨씬 앞섰다. 왜선에 부착된 대포는 한번 싸우고 나면 다 녹거나 부서져 버리는데, 조선군의 대포는 포신도 훨씬 길어 유효 사거리가 길며, 화력도 훨씬 파괴적이어서 그 자체가 압도적이며 전투 후에도 멀쩡했다. 그래서 임진왜란 중반에는 적장들이 조선 대포를 구하는 데 혈안이 되었다.

거북선을 중심으로 사용한 조선의 대포는 무엇보다 그 발포 소리가 천지를 흔들었고 적선에 명중했을 때의 파괴력은 가히 볼 만했다. 또한 이는 태종 이래 계속 발전시켜 온 대포와 천지현황의 중소포 덕분이다. 이순신은 이러한 위력적인 전통의 화포를 가지고 전쟁에 패배한다는 것은 있을 수 없는 일이라 생각했다. 조선군의 화력은 왜군보다 훨씬 크고 위력적이어서, 왜군이 포르투갈 상인들한테 사들인 조총을 빼고는 우리 수군의 화력이 훨씬 우세했다.

거기에 유성룡이 보내 준 화생방 전술서가 있어 이순신의 수군은 날개를 단 듯했다. 그 책은 당연 모든 장수들에게 주어졌지만, 이순신 한 장수에게만 유효하게 쓰였다. 이순신 함대는 항상 예비 병력을 뒤에 두고 1단계, 2단계, 3단계 작전을 구사했다. 수색대, 후방 예비부대, 매복부대 모두를 적절하게 활용했다.

그러나 거북선 선단의 최초 전투인 사천포 전투에서 이순신은 진두지휘하다 왼쪽 어깨에 조총을 맞는다. 전라 좌수영 전 병사들은 모두가 놀라고 걱정했다. 이순신은 전군에 드리운 암울한 분위기를 깨기 위해서 금세 회복된 것처럼 행동했다. 그러나 1년 후 유성룡에 보낸 편지에는 그의 아픔이 나타나 있다.

"상한 구멍이 헐어 진물이 늘 흘러서 뽕나무 잿물과 바닷물로 씻고 있지만 쾌차하지 못해 죄송한 마음뿐입니다. 나랏일이 다급한데 병이 있으니 북쪽 하늘 바라보며 통탄만 합니다."

이런 와중에도 원균은 언제나처럼 이순신이 싸운 뒷자리에 나타나 왜군의 수급을 취해 간다. 이순신이 부하들에게 수급의 숫자는 중요치 않다며 함부로 목 따는 짓을 못 하게 하는 것과는 전혀 다른 처사였다. 그러나 이런 것이 쌓여 원균은 수치심과 역심으로 이순신을 죽음에 이르게 한다.

평양성 백성들의 분노

　전쟁이 호전될 기미도 없고 조정 분위기도 이상하게 반전하여, 세상 인심이 항상 그러하듯 갑자기 모든 대소 신료들이 영의정 이산해를 탄핵한다. 그를 죽여 도성을 버리고 임금을 파천시킨 죄를 묻자고 주장한다. 마치 자신들은 아무런 죄도 없다는 것을 증명이라도 하듯이 앞다투어 임금에게 주청한다. 이에 선조는 이산해를 파직시키고 유성룡을 영의정에 임명한다. 연일 계속하여 이산해를 죽여야 한다고 신하들이 주장하니, 선조는 "어찌 이산해만 죄를 묻는가. 유성룡은 당시 좌의정 아니었느냐. 그도 죄인이다" 하며 며칠 만에 유성룡의 영의정 파직을 선언한다. 정작 도주 장본인이 신하들의 죄를 묻고 벌을 준 것이다.

　한양 도성은 임금의 도주에 분노한 백성들이 이미 불 질러버렸다. 왜군은 흥인문이 열려 있는 것을 보고도 함부로 못 들어오고 있다가 한나절이 지나 들어왔다. 촉한의 제갈량처럼 조선군이 도성의 문을 열어 놓고 매복 작전을 쓰는 줄 알았나 보다. 너무도 싱겁게 조선의 도성이 무너져버린 사실에 왜군들도 황당해했다. 도성 안 대궐이 전부 불타버렸기에 왜군은 종묘에 본부를 잡았다.

5월 1일, 왜군이 도성에 진입했다는 소식에 선조는 즉시 개성을 떠나고자 조바심을 냈고, 5월 3일 신하들의 반대를 무릅쓰고 한밤중에 평양으로 도주했다. 모든 신하들이 다시 한 번 통곡하며 어가를 따랐다. 조선의 임금과 최고 직위에 있는 중신들이 할 수 있는 일은, 같이 붙잡고 통곡하는 것이 전부였다.

6월 1일, 다시 유성룡이 풍원 부원군에 제수되었다. 이는 유성룡에게 직위를 주어 명의 사신을 접대하라는 뜻이었다. 유성룡이 명의 사신을 만나 보니 지원군은커녕 그들은 오히려 조선을 의심하고 있었다. 어떻게 한 달 만에 도성이 함락되고 왕이 도주할 수가 있단 말인가. 이는 필시 거짓이며 조선과 왜가 짜고 치는 거짓전쟁이며, 두 나라가 힘을 합쳐 명을 치고자 하는 책략이라 의심하고 있었다.

유성룡은 명의 사신을 대동강가로 데리고 가서 숲에 숨어 있는 왜군의 척후병을 보여 주며 간신히 설득해 빨리 지원군을 보내도록 설득했다. 여차해서 조선이 왜에 먹히면 명의 땅이 커다란 싸움터가 될 수도 있다는 유성룡의 외교인지 공갈인지가 먹혔다. 그러나 사실이 그러했다. 명나라가 가장 주목하는 부분이 이것이었다. 명은 내심 왜군을 두려워하고 있었다. 어떡하든지 조선 땅에서 왜군이 싸움을 끝내도록 해야 했다.

사신이 돌아가자마자 선조는 의주로 도주하여 아직 오지도 않은 명의 지원군에 합류하길 원했다. 신하들은 아연실색하여 방금 전까지 파천의 죄를 물어 영의정을 둘이나 파직한 임금을 쳐다보았다. 평양성의 군민들은 도성 군민들과는 달랐다. 그들은 선조가 다시 북으로 도주할 것이라는 소식에 가만있지 않았다. 평양성 앞에 자연스레 집결한, 극도로 분노한 수천여 명의 평양 백성들이 행동했다. 그들은 왕에 앞서 미리 선왕들의 위패를 들고 가는 노신들과 궁녀들, 비빈들을 향하여 몽둥이를 들어 쳤고 가마들을 때려 부셨다. 그러면서 지나가는 벼슬아치들을 꾸짖었다.

"너희들은 평소 나라의 녹만 도적질하다가 나랏일을 그르치더니, 이제 백성들까지 속이고 도주하려하느냐!"

성 안팎에 고함소리가 천지를 진동하였다. 이에 놀란 선조는 떠날 채비를 서두르다가 멈췄다.

이 무렵 6월 초, 거의 동시에 이순신의 조선 수군은 옥포전 대승 이후 남해, 사천포, 당포, 당항포 등지에서 연전연승했다. 사기가 충천하여 승전 장계가 올라오는 중이었다. 이러는 사이에 왜군의 육군 주력 부대는 평양 대동강 앞까지 진군했다. 그러나 그들은 더 이상 밀고 들어올 수가 없었다. 남해에서 왜의 수군이 조선 수군에 대패했기 때문에 보급로가 끊길 것을 우려했고, 명이 어떻게 나올지 두고 보자는 심산이었다.

일촉즉발의 상황에 선조는 계속 두려움과 조바심을 냈다. 대신들의 의견은 완전히 둘로 갈려 대립했다. 임금이 마땅히 갈 곳도 없는 상황에 길을 떠나서는 안 되고 평양성에서 전군을 총지휘하며 옥쇄(玉碎)하자는 의견과, 빨리 어디론가 길을 떠나자는 안이 대립했다. 송강 정철이 두 번째 의견의 총수, 유성룡과 윤두수가 첫째 안을 주장했다. 이는 보는 각도에 따라 서인과 동인의 대립이라고 지적할 수도 있겠다.

유성룡과 윤두수가 정철을 정면으로 공격했다. 당신 그렇게 안 봤는데, 상종 못 할 인간이라고까지 모욕하여 정철을 분노케 했다. 하여간 그날 중전 일행부터 함경도로 길을 떠났다. 정말 기막힌 것이 6월 12일 왜 2군 가토 기요마사 부대가 함경도를 박살내고 그곳에 있던 비빈의 두 왕자를 포로로 잡아놓은 상태였다.

왜군이 느닷없이 대동강 선상 강화회담을 제안했다. 물론 가도입명 즉, 명을 치기 위한 길 좀 빌려 달라는 허세를 전달키 위한 것이고 실제 는 조선군 사정을 탐지하기 위한 왜군의 술책이었다. 당시 비변사 대감 의 반열은 아니었지만 대제학의 자리에 있던 한음 이덕형(李德馨)과 고 니시 유키나가의 회담이 시작되자마자 간단히 결렬되고 말았다. 그날 밤 전 왜군이 대동강 변에 진을 쳤다.

선조는 공포에 휩싸여 그다음 날 6월 11일 무조건 피난길을 떠났다. 이순신의 승전보가 도착도 하기 전이었다. 정철이 인도하는 선조 일행 은 정말 갈 곳을 몰랐고, 일단 무조건 명나라 쪽 의주 방면의 영변으로 향했다. 유성룡, 이원익, 윤두수 등 비변사 핵심 멤버가 다 남았다. 그런 데 왜군의 주력 부대 대장 고니시 유키나가는 3만 병사를 거느리고 쳐들 어오는데, 평양성을 지키는 조선군 병사는 4천여 명, 조선은 아직까지도 왜군의 정확한 규모와 전략, 침공 목표 등에 대해 아는 것이 없었다. 왜 가 조선을 손바닥에 놓고 들여다보고 있는데, 조선군은 아무런 전략도 없이 그냥 늘어서서 성 아래 왜군을 내려다보는 수준이었다. 유성룡이 총사령관 격이었다. 그는 대신들이 모여서 회의하는 모습을 보고 드디 어 분통을 터뜨린다. "아니, 이 무슨 잔칫집에 앉아 시문놀이 하는 꼴이 아니오? 오리 대감이 북쪽 강가를 지키시오. 적이 배가 없으니 함부로 도강 공격 못 할 것이니." 이원익이 힘없이 대답하길, "대감께서 하라 시면 해야지요" 하였다.

명의 지원병을 독촉하기 위해 유성룡이 요동으로 떠나면서, "왜적들이 아무리 설쳐 대도 절대로 수성(守城)만 하라. 그러면 얼마 후에 명군 수만이 오고 곳곳에 숨어 있던 우리 병사들이 다시 돌아오면 그때 함께 적을 물리치자" 하고 신신당부했다.

왜군이 대동강 변에 대거 나타났으나, 그들은 배를 준비하지 못해 백사장에 주둔하며 강 건널 일을 숙의하느라 며칠을 소모했다. 이를 주시하던 도원수 김명원(金命元)이 몇몇 대감들과 숙론하여 야간 기습을 결정, 영원 군수 고언백(高彦伯), 벽단 첨사 유경령(柳璟令) 등 결사대 4백 명을 결성하여 보내는데, 군령이 엄하지 못하여 예정된 삼경을 훨씬 지나 새벽녘에야 강을 건너게 되었다. 적진에 들어가 제일 가까이 주둔하던 왜군 선발대 소 요시토시 군부터 종횡무진 살육하고, 뒤에서는 성내의 비전 화살이 비 오듯 쏟아졌다. 적은 당황하여 속수무책 마구 유린당하다가 얼마 지나지 않아 곧 대오를 수습하여 반격을 시작한다. 왜의 제2군 구로다 군이 대오를 정비하여 덤벼오자, 조선군은 중과부적이었다. 아군이 앞다퉈 퇴각하는데, 아군을 실어 나를 배들은 아군이 다 타기도 전에 겁먹고 도주하니, 남아 있던 아군이 하는 수 없이 허겁지겁 대동강 물이 얕은 쪽인 왕성탄(王城灘)으로 건넜다. 이것은 절대 지켜야 할 군사기밀이었다. 이를 주의 깊게 바라본 왜군은 비로소 배 없이도 건널 수 있는 얕은 물길을 알아내게 되어 그 길로 강을 건너 평양성으로 쳐들어온다. 그날 왜군은 일거에 조선 최고 최강의, 성 길이가 17킬로미터가 넘는 평양성을 쳐부순다.

이때 강변을 지키던 이원익, 성 안의 윤두수, 김명원 등 대신들은 성문을 열어 사람들을 모두 나가게 하고, 모든 군기와 화포를 풍월루 연못

속에 처넣었다. 그들은 각자 임금이 도주해 있는 의주로 죽을힘을 다해 뛰어갔다. 그들은 그때 무슨 생각을 하며 뛰었을까? 아니, 생각할 겨를이나 있었을까? 옆에서 같이 뛰고 있는 백성들 얼굴을 쳐다볼 생각이나 했을까?

비통한 일은 성안 곳곳에 장기전에 대비하여 비축해 둔 양곡 10만 석을 고스란히 적에게 넘겨주었다는 사실이다. 왜군은 그때 거의 굶어 죽다가 이를 발견하고는 갖은 잔치를 베풀고, 그 유명하다는 평양 기생들을 전부 불러내 함께 춤추며 놀았다더라. 어디 그뿐이랴. 평양 민가를 온통 뒤져 노략질과 살인, 강간 등 차마 필설로 헤아릴 수 없는 만행을 저질렀다. 그러나 사실 이건 조선 전국에서 벌어진 일들이었다.

이렇게 난공불락이라던 평양성이 적들에게 너무도 간단히 넘어간 날은 1592년 6월 15일이었다. 그러나 왜군은 계속 추격하지 않았다. 아니, 하지 못했다. 생각지도 못했던 의외의 복병인, 평양 인근에 게릴라처럼 여기저기 숨어 있는 무서운 의병들 때문이었다. 그들은 아직 조직화되지는 못했지만 도처에서 출몰하기 시작했다. 그들은 불시 습격을 감행하여 닥치는 대로 왜군을 죽였다. 피로에 지친 왜군은 속수무책 당했다.

남해안 일대에서 이순신 함대의 연전연승으로 동서 보급로가 끊기자, 전라도 지역에서 식량을 쉽게 구할 수 있으리라 생각했던 왜군은 절망했다. 부산 본영에 주둔해 있던 왜군은 전선에서 싸우고 있는 자국군에게 식량과 무기를 원활하게 공급하지 못했다. 바닷길이 막혀서 육로로 전라도 지역을 공략하려던 고바야카와 다카카게(小早川隆景) 군도 사방에서 공격해 대는 의병들로 고전했다.

제3장

서해어룡동 맹산초목지

서해어룡동 맹산초목지

도요토미 히데요시는 기가 막혔다. 분노가 치밀어 어쩔 줄 몰라 길길이 뛰었다. 지금 눈앞에 엎드려 죽은 체하고 있는 도쿠가와 이에야스를 위시한 중신 다이묘들을 모두 죽여버리고 싶었다. 저들 모두는 전쟁 이후 강 건너 불구경하듯이 조선과 명 정벌 계획을 건성건성 돕는 체만 하고 있지 않았던가. 특히 저 능구렁이 같은 도쿠가와 이에야스(德川家康) 저놈부터 죽여야 한다. 내가 정말 저자를 믿고 후사를 맡길 수 있을까? 지금 죽여 불온한 싹을 미리 제거해야 하지 않을까? 꼬투리가 없다. 명분 없이 다이묘를 해칠 수 없어 참고 있었는데, 이 전쟁이 좋은 기회가 될 것이다. 전쟁이 끝나면 다시 새판을 짜야 한다.

도요토미 히데요시의 불길한 예감은 적중하고야 만다. 도요토미 히데요시가 죽고 이에 따라 임진왜란이 끝나자마자 도요토미 히데요시와 도쿠가와 이에야스 양대 세력 간에 천하쟁패전이 벌어진다. 도요토미 히데요시의 주군이던 오다 노부나가가 왜국 천하를 통일하고 난 후, 그는 득의만만하여 그가 좋아하고 자주 찾는 절인 혼노지(本能寺)에 머물던 중, 가장 믿고 있던 부하 장수 아케치 미쓰히데(明智光秀)의 습격을 받는다. 과연 적은 가까이 있었다. 일본인들이 가장 좋아하는 역사상의 인물인 오다는 마지막까지 홀로 남아 쾌남아답게 장렬하게 죽는다. 그때 그가 남긴 시는 지금까지 일본인들의 애송시가 된다.

인생은 꿈속의 꿈, 마지막의 마지막까지, 인생 오십 년,
천하의 하루에 비교하면 꿈과 같구나.

도요토미 히데요시는 아케치의 정변 소식을 듣는 즉시 전장에서 돌아와 주군 오다 노부나가의 복수를 위해 아케치 군을 몰살하고, 스스로 주군의 길을 걷는다. 그는 비상시국을 즉시 정리하고 자신의 계획대로 정국을 요리하여 주군보다 더 확실하게 천하를 통일해 나간다. 미천한 신분 출신이라고 그를 멸시하던 전통의 귀족 가문들을 하나하나 정리하여 자신의 세상을 만들어 가는 솜씨는 가히 일품이었다. 그래서 일본인들은 도요토미 히데요시를 일본 최초의 정치인, 경세가로 부른다.

전통의 명문 가문의 도쿠가와 이에야스도 도요토미 히데요시의 숙적 중의 한 사람. 그는 어쩔 수 없이 도요토미 히데요시를 도와 그의 대신으로 남는다. 그러나 도요토미 히데요시의 전쟁을 빌미로 한

서해어룡동 맹산초목지

전국 총동원령에 도쿠가와 이에야스는 매우 미온적으로 대처한다. 도요토미 히데요시의 거듭된 지원 요청에 도쿠가와 이에야스는 자신의 영지인 관동의 에도(지금의 도쿄) 지방이 너무 멀리 있다는 핑계로 군사적 지원은 크게 하지 않고 애매한 태도만 취하고 있다. 도요토미 히데요시는 이를 지적하고 있는 것. 도요토미는 항상 도쿠가와를 경계하고 속으로 미워하지만 그의 숨겨진 실력을 은근히 두려워하여 관망하고 있는 중이었다.

그러나 도쿠가와의 예측대로 도요토미 측은 임진왜란으로 인해 세력이 급속도로 약해진다. 급기야 도요토미가 죽자 교토와 오사카를 중심으로 하는 전통의 관서 지방 세력과, 도쿠가와를 옹립하는 에도 지방을 중심으로 하는 신흥 관동 세력 간의 대혈전인 세키가하라 전투가 벌어진다. 이때가 1600년 9월 15일, 이 전투에서 도요토미 히데요시의 전통 서군 세력은 신흥 동군 도쿠가와 이에야스의 세력에 처절하게 패배한다. 도쿠가와는 다시 천하를 통일하고, 천황제를 무력화시키고 막강한 에도 바쿠후(幕府) 시대를 연다.

도쿠가와 바쿠후는 1603년 3월에 도쿠가와 이에야스가 쇼군에 취임하고 바쿠후를 창설했을 때부터 시작되어, 1867년 11월에 15대 쇼군인 도쿠가와 요시노부(德川慶喜)가 대정봉환(大政奉還)이라는 이름으로 정권을 천황에게 넘기게 된 것으로 막을 내렸다. 도쿠가와 가문의 쇼군들이 일본을 지배한 264년간의 시기를 에도 시대 또는 도쿠가와 시대라 한다. 이 바쿠후는 1867년 메이지유신(明治維新)으로 타도되는데, 유신의 주역인 신흥 사무라이들은 바쿠후를 타도하고 천황을 옹립한다는 것을 혁명의 명분으로 내세웠다.

도요토미 히데요시는 도쿠가와를 후방 지원 사령관 겸 징병총책으로 임명한다. 도쿠가와는 절대 위기를 느꼈다. 이건 음모다. 자신을 이런 비상시국에 이런 중책을 맡기는 저의가 뻔했다. 지금 온 나라가 전쟁으로 죽을 지경이었다. 민초들은 강제 징병으로, 청장년들 모두가 조선에 끌려가 씨가 마르고 있고, 계속된 전란으로 피폐한 백성들의 삶은 극한에 이르고 있었다. 도요토미는 백성들의 원성을 모두 도쿠가와에게 돌리려 하고 있었다. 이건 최대의 위기 상황이었다. 바로 이런 이유 때문에 도요토미가 정권을 잡자마자 갈대밭과 습지투성이인 이곳 관동으로 멀리 피신해서 터를 잡지 않았던가!

세간에서는 오다 노부나가, 도요토미 히데요시, 도쿠가와 이에야스 세 사람을 비교했다. 새를 울리려 할 때 오다는 새 목을 비틀어 울게 하고, 도요토미는 새를 웃겨 울게 하고, 도쿠가와는 새가 울 때까지 마냥 기다린다고 했다. 일본 전국 시대를 자신의 칼로 끝내고 천하통일을 이룩한 오다 노부나가조차 가장 두려운 상대로 언제나 침묵하며 때를 기다리는 도쿠가와를 찍은 바 있다.

도요토미 히데요시는 길고도 긴 시간을 인내하며 저 밑바닥에서 여기까지 올라왔다. 어느 누구도 그런 그를 진심으로 인정하고 도와주지 않았다. 오직 자신의 힘으로, 자신의 칼로 세력을 일으켜 왔다. 모든 정적들을 무자비하게 제거하고 권좌에 올랐다. 그리고 일으킨 것이 이 전쟁이다. 전국의 낭인 사무라이들을 하나로 묶어 해외로 돌리고 다이묘들을 총동원하여 자신 밑으로 결집시키자는 뜻이다. 자신의 가신들인 고니시 유키나가나 가토 기요마사의 육군은 제대로 싸우고 있었다.

그러나 가장 믿었던 수군이 이토록 궤멸할 줄이야 누가 알았을까만, 다 저것들 때문이라 생각하였다. 특히 도쿠가와 저자는 주군 오다 노부나가가 살해당하자 즉시 관동으로 도망가서 나 몰래 세력이나 규합하고 이 전쟁에는 관심도 없이 군사도 형식적으로 보내 놓고 있다. 저자를 죽여 본보기로 삼아야 한다. 이 전쟁만 끝나면 즉시 처단하자!

도요토미 히데요시는 전 막료를 불러 비상대책회의를 주재한다. 모두 섣불리 나서지 않고 죽은 체 엎드려서 눈치만 보고 있었다. 도요토미 히데요시가 입을 열었다.

"전쟁이 너무 쉽게 풀리자 모두들 거저 먹을 궁리만 하고, 다이묘들은 저 살 궁리만 하고 내가 지시한 것은 하나도 이행되지 않고 있다. 지금부터 내 말대로 이행치 않으면 각오하라.
첫째, 즉시 조선 왕을 사로잡아 내 앞에 꿇려라.
둘째, 즉시 전라도를 속지로 하여 식량을 현지 조달하라.
셋째, 남해안 일대에 성을 쌓아라.
넷째, 조선 수군의 이순신을 죽여 그 수급을 가져와라."

하나하나에 심모원려(深謀遠慮)가 담겨 있었다. 도요토미 히데요시는 이 기회에 조선을 확실히 먹으려고 작정을 했다. 그는 이순신을 미워하는 만큼 두려워했다. 결국 도요토미 히데요시는 군사의 숫자를 배로 늘려 추가로 15만 명을 더 파병하기로 한다. 특히 용장 와키자카 야스하루(脇坂安治)를 필두로 수군을 대폭 강화하여 연합함대를 구성했다. 이순신의 거북선에 대응하는 층루선(層樓船) 즉, 3층 대형선을 급히 건조하여 대거 보낸다. 그에 더해 도요토미 히데요시의 최일급 참모이자 수군 사령관 구키 요시다카(九鬼嘉隆)까지 참전시킨다. 그야말로 건곤일척 국운을 내건 총력전을 벌이기로 했다.

～

그러거나 말거나, 이순신은 이제 본격적으로 왜군을 조선 해역에서 완전 소탕하기로 결심했다. 그러기 위해서는 제일 먼저 부산, 거제 일대에 숨어 있는 왜적의 본거지를 박살내야 했다. 이순신의 여러 특기 중 하나는 지리지형도를 잘 그리는 것이었다. 그는 무슨 일이든 전쟁에는 지도 제작을 최우선으로 했다. 부산, 거제 일대의 지리지형도가 상세히 작성되고 있었다. 전라, 경상 전체의 지도도 동시에 제작 진행되었다.

그 지도를 일별하면, 부산포 옆에 가덕도와 안골포, 그 밑의 거제도 내의 견내량과 한산도, 그 위 육지에 적진포와 고성, 당포, 그리고 서쪽으로 남해안 일대, 저 왼쪽으로 남해도와 여수 등이 있다. 예로부터 뱃사람들에게 견내량, 울돌목, 대마도, 산둥반도는 뱃길로 잘 알려진 길이다. 견내량과 한산도는 좁은 해역으로 마주보는 바다이다. 이순신 자신도 때로는 견내량 혹은 한산도 전투를 혼용했다. 그 이유는 두 곳이 가까이 마주보고 있고, 한산도는 당시 거의 무인도로서 사람이 그다지 거주하지 않던 곳이라 한산도 대첩보다는 주로 유명한 견내량 해전이라 하였다. 오늘날 거제대교가 위치한 곳이다.

이제 조선 최고 최대의 이순신 함대와 왜의 일생일대의 연합함대가 한산도 혹은 견내량에서 세계 해전사에 길이 남을 최고의 해전, 아니 왜 측에서 볼 때는 최악의 해전을 벌이게 된다. 왜의 전국 각지 수군을 총 결집한 연합함대는 와키자카 함대를 기함으로 하여 자신들이 잘 알고 또 유리하다고 생각하는 한산도로 전진한다. 총규모 1만여 명, 왜에서도 이렇게 엄청난 규모의 함대는 일찍이 없었다.

7월 4일, 이순신 함대는 전라 우수영 함대와 함께 여수에서 출동, 남해도 노량에서 원균의 깨진 배 7척과 합류하여 총 74척의 대함대로 왜수군을 궤멸시키려 했다. 이때 이순신은 자신의 『난중일기』에 후세에 남을 글귀를 남겼다.

誓海魚龍動　서해어룡동
盟山草木知　맹산초목지
바다에 서약하니 물고기들 응답하고
산에 맹세하니 산천초목이 이를 아네!

그의 가장 폼 나는 글귀 '필사즉생 필생즉사(必死則生必生則死)'는 자신의 피 맺힌 출전인 명량(鳴梁) 해전에서 남긴 말이다.

아! 한산도 대첩

16세기 영국의 헨리 8세. 천하의 잡놈 중의 잡놈, 싸나이 중의 싸나이, 여차하면 마누라를 죽이고 갈아 치우길 밥 먹듯이 한 왕이다. 프랑스에 태양왕 루이 14세가 있었다면, 영국엔 헨리 8세가 있었다. 그 뒤를 이은 그의 딸 여왕 엘리자베스 1세. 당시 천하대세는 스페인이었다. 이에 유일하게 개기는 나라는 영국이었으니.

스페인의 무적함대 아르마다(Armada) 혹은 인빈서블(Invincible) 함대는 문자 그대로 천하무적이었다. 엘리자베스는 1588년 7월 유럽과 세계의 무역권을 놓고 스페인과 드디어 한판 붙는다. 누가 봐도 이건 말이 안 되는 싸움이었다. 그러나 스페인의 무적함대는 예상과는 반대로 처참하게 깨진다. 스페인의 전통적 해전 방식과 영국의 새로운 전술전략이 그 원인이었다. 스페인의 전통의 해전 방식은 일단 배를 적선에 가까이 대고 적선에 뛰어들어 백병전을 벌이는 것이었다. 그래서 그들은 해전보다 상륙전을 택한다. 즉 그들은 해병대 방식의 전술전략이다.

반면 영국은 거리를 두고 중대형 함포 사격을 집중해서 적함을 궤멸시키는 새로운 해군 전술을 구사했다. 적으로 하여금 뭍으로 상륙을 못하게 하는 전략이었다. 다시 말해 최첨단 영국 해군과 스페인의 전통적 해병대가 바다 위에서 싸우는 격이었다. 2백여 척의 기동성 뛰어난 소형 선단으로 구성된 영국 함대가 그들이 유리한 지형에서 일주일 이상을 뒤쫓아 다니며 계속 함포 사격을 해대는 전술에, 무겁고 둔한 1백50여 대형 선단으로 구성된 스페인 무적함대는 궤멸된다. 다시 말해 작은 벌떼들이 집단적으로 달라붙어 커다란 곰을 쓰러뜨리는 작전이었다. 그들은 대체 왜 당하는지도 모르고 있었다.

전투에 임하는 스페인군은 3만여 명, 영국군은 1만여 명. 해적 출신의 영국 함대 사령관 프랜시스 드레이크(Francis Drake)는 자유분방한 서민 출신이고, 스페인 함대의 파르마 사령관은 근엄한 귀족 출신의 전통 있는 해군 장군이었다. 프랜시스는 어깨에 힘을 빼고 자유롭게 링사이드를 돌며 잽을 날리는 아웃복서였고 스페인 무적함대 사령관 파르마 공작은 무거운 전통의 인파이터라 볼 수 있다.

결과는 영국군의 지형지물을 이용한 전술전략의 승리였다. 물론 엘리자베스 여왕이 그들에게 보내 준 무한한 신뢰도 크게 작용했다. 그녀는 나라를 위해 싸우는 모든 장수들을 사랑했다. 마치 영원한 애인이 되어 줄 것처럼 은근한 사랑을 줬다. 아버지 헨리 8세에게서 배웠다던가, 엘리자베스는 이렇게 영국의 국력을 키웠다. 이 전쟁으로 영국은 해가 지지 않는 나라, 세계 최강국으로 부상했다.

그로부터 4년 뒤 동아시아의 한복판에서 같은 달인 1592년 7월, 견내량 혹은 한산도 해전이 벌어진다. 놀랍게도 영국-스페인전과 너무도 흡사하다. 7월 7일 거제 인근 미륵도에 나가 있는 수색대로부터 급보가 날아왔다. 크고 작은 왜적의 배 70여 척이 거제 견내량에 들어가 정박해 있다는 것이었다. 이순신은 긴장했다. 이 정도 규모의 선단은 일찍이 없었다. 적의 기세가 그대로 전해졌다.

다음 날인 7월 8일 새벽, 보다 상세한 정보가 들어왔다. 대형선 36척, 중간선 24척, 소형선 13척 등 전체 왜군 70여 척, 9천여 명의 대부대이다. 전례 없이 거대한 함대를 편성해서 들어오는 적군의 의도를 짐작할 수 있었다. 조선 수군을 일거에 궤멸시키고자 하는 것이 목적이었다. 제해권을 장악하여 단숨에 전라도까지 쳐들어가 전쟁을 승리로 이끌고자 하는 것이다. 이 해전으로 그들은 전쟁을 일거에 종식시키고 조선을 영원히 자신들의 땅으로 만들고자 한다! 이제 자신이 무너지면 이 강토는 왜의 나라가 되어버린다. 조정은 더 이상 믿을 수 있는 존재가 아니었다. 이순신 함대는 밤새 전략을 세웠다. 피할 수 없는 일전이다.

이제 이순신은 전군에 전투 개시를 알렸다. 이순신 선단이 최선두로 직진하고, 경상 우수영 원균 함대가 그 뒤, 전라 우수영 함대 이억기(李億祺) 선단은 슬슬 뒤로 빠져 매복조로 남기로 하고, 전 함대는 거제 견내량을 향해 일제 약진 앞으로!

"견내량은 지형이 협착하고 암초가 많아서 판옥선처럼 큰 배는 서로 부딪쳐서 싸우기 어려울 뿐 아니라 왜적들은 형세가 궁해지면 뭍으로 도주하니, 해역이 넓고 깊은 한산도로 끌어내어 완전히 잡아버릴 계책을 세웠습니다."
-견내량파왜병장(1592. 7. 15.)

이순신 함대가 먼저 판옥선 6척과 소형선 10척으로 공격할 기세를 보이다가 급히 달아나기 시작했다. 도요토미 히데요시의 특명을 받고 새로 수군에 참전한 선두의 와키자카는 거침없이 추격을 시작했다. 조선군이 멋모르고 공격하려다 자신을 뒤늦게 알아보고 황급히 도주하는 것으로 생각했다. 불과 한 달 전 용인 전투에서 전라 감사 이광의 대부대를 격파한 전적이 있기 때문에, 그 수하인 이순신이 자신을 알아보고 지레 겁먹은 것으로 판단했다. 이제 이순신을 간단히 해치우고 그길로 죽 남해안을 따라 전라도 전체를 손 안에 넣으면 전쟁은 그걸로 끝나는 것으로 생각했다.

추격해 오는 적군을 바라보며 이순신은 한산도까지 18킬로미터 해역을 두 시간에 걸쳐 바람처럼 빠져나간다. 노 젓는 격군들의 숨소리가 턱에 닿는다. 와키자카는 추격하면서 살피길, 이곳 한산도의 넓은 해역에

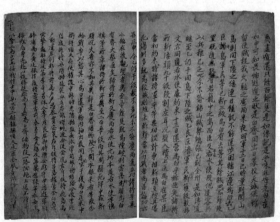

한산 해전의 승리를 아뢰는 장계. 1592년 7월 15일. 임진장초(壬辰狀草).
출처: 『충무공 이순신과 임진왜란』(문화재청 현충사관리소, 2011)

한산도 대첩. 출처: 전쟁기념관

서는 매복 걱정도, 특별한 전략도 필요치 않으니 더 좋았다. 왜의 주력
은 조총, 활, 일본도로, 이들은 배와 배를 붙여 선박 위에서 백병전을 벌
이는 것이 주 전략이었다. 그래서 더욱 빠르게 조선 수군 쪽으로 배를
몰아 달려온다.

양국 함대가 드디어 한산도에 이르자 갑자기 앞에 가던 조선 함대가
일순 멈추는 듯하더니 천천히 세 갈래로 갈라지며 되돌아 나오는데, 이
순신의 저 유명한 학익진 대형이 풍악 소리와 함께 서서히 전개되었다.
와키자카는 까닭 모를 이유로 온몸이 전율하고 저려오기 시작했다. 그
때 또 다른 풍악 소리와 함께 뒤편에서 전혀 눈치채지 못하게 조선 수군
선단이 한산도 뒤편을 돌아 쏟아져 나오기 시작했다.

이것이 이순신의 계책인가! 눈앞이 캄캄해졌다. 그때 왜군 선단에서

절망적인 비명이 들려왔다. 그것은 말로만 듣던 거북괴선 혹은 소경배[盲船]였다. 언제부터인가 왜군끼리는 거북선을 공포의 소경배 혹은 거북괴선이라 불렀다. 지난번 당포 해전에서 당해 본 적이 있는 왜군들은 몸서리를 쳤다. 3층 층루선 대장선에서 이 광경을 바라보던 와키자카는 정신을 수습하고, 무조건 돌격 명령을 내렸다.

전라 좌수영 정중앙 주력 부대는 권준(權俊)과 이순신. 최선두 중위장 권준이 제1진 선단에 깃발로 명하니, 그들은 횡렬로 늘어서서 왜군 돌격 선단을 향해 대포와 각종 포를 연속 발사했다. 왜군 측은 왜식 대포와 조총을 연달아 발사했다. 왜군 대포는 구경 5센티미터, 사정거리 2~3백 미터. 이것으로는 70~80미터 밖의 조선 판옥선 두께 10센티미터를

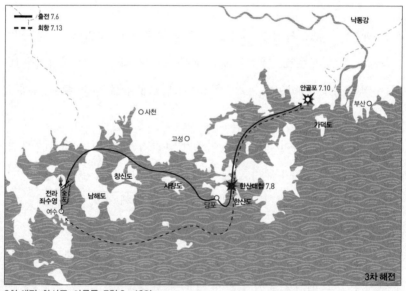

3차 해전: 한산도·안골포. 7월 8~10일.
출처: 『충무공 이순신과 임진왜란』(문화재청 현충사관리소, 2011)

뚫지 못한다. 조선의 승자총통(勝字銃筒)과 천지현황 중소포는 비교도 안 되게 화력과 사정거리가 길고 정확하다. 태종 이래 후세를 위해 줄곧 연구 개발해 오던 대포와 총통이다. 그간 너무 방치해 둔 것을 이순신이 유성룡과 함께 연구했던 것이다.

그때 거북선이 종횡무진, 치고 깨고 박살내는 모습은 한 폭의 그림이다. 그렇게 크고 엄청난 대포 소리도 처음이고 화력 또한 공포 그 자체였기 때문에 왜군은 자신들의 주 특기인 백병전과 조총 발사 기회를 잡을 수 없었다. 있다 해도 쏠 엄두도 안 났고, 쏴 봐야 어느 곳을 향해야 할지 알지 못했다. 소경배는 점점 무시무시하게 달려들어 왜군이 자랑하는 대형 층루선 모두를 순식간에 박살 냈다. 그들은 거북선이 눈에 띄기만 해도 미리 바다에 뛰어들었다. 불꼬챙이가 되기 싫었기 때문이다.

"쇼군! 정면 돌파해야 합니다! 이대로 있다가는 앉아서 전멸입니다!"

와키자카는 부장의 처절한 외침을 듣자 비로소 정신이 들었다. 전 함대에 명령하여 정면 돌파 각개 약진을 명했다. 그러나 이때 포연 자욱한 저 멀리서 이순신의 기함이 나타났다. 대장선 깃발을 펄럭이며 선두에서 왜군 쪽을 향해 직진하고 있었다. 분명 와키자카의 대장선을 향해 전속력으로 오고 있었다. 이순신 기함 옆을 호위하며 거북선 선단 6대, 판옥선 선단 10여 대가 뒤따랐다. 조선의 최신 무기들인 신기전, 장군전이 난사되고 대포가 터졌다. 아비규환의 왜군들, 이순신 선단이 점점 다가오며 추풍낙엽처럼 무너지는 왜군 함대. 단 한 명도 남기지 않고 모조리 죽이려 드는 조선군. 이 잡듯이 조여 오는 그들의 포위망 앞에 와키자카는 절망적이었다.

최후 결사대가 와키자카 대장선을 둘러싸자 조선군은 옆을 돌아 나머지 선단을 공격했다. 전날 작전회의 때 이순신은, 왜군 결사대는 공격하지 말라고 지시했다. 왜의 결사대와 마주하다가 아군의 사상자가 무더기로 발생할까 걱정했기 때문이다. 적장을 굳이 죽일 필요는 없다. 아군의 생명이 더 중요하니 억지로 같이 죽지 말라 일렀다. 왜의 백병전 능력은 세계적이다. 이순신은 부하들의 생명을 아꼈다. 섣불리 개죽음할 필요가 없었다. 그래서 이순신 전라 좌수영군은 거짓말처럼 사상자가 거의 없었다.

이제 남은 것은 할복 아니면 포로가 되는 길 중 하나였다. 와키자카는 당연 할복을 택하기로 했다. 그를 지키던 부장이 울부짖는다.

"쇼군, 훗날을 기약하소서! 원수를 갚아야 하지 않겠습니까!"

코앞에 다가온 이순신 함대 앞에서 와키자카는 말없이 갑옷과 투구를 벗어버리고, 졸개의 복장으로 바다 위에 뛰어들었다. 수십 명의 왜군 장교들이 대장 와키자카와 동시에 널빤지를 들고 바다에 뛰어들었다. 와키자카는 이날의 치욕을 훗날 정유재란 때 칠천량 해전에서 처절하게 갚아 준다. 다만 그 상대가 당시 삼도수군통제사 원균이었지만!! 당시 이순신은 선조에 의해 감옥에서 온몸의 뼈가 다 드러나도록 고문을 당하여 살해되기 일보직전이었다.

이순신 함대는 이 전투에서 적선 47척을 쳐부수고 12척을 나포했으며, 9천여 명의 적을 사상케 하는 전과를 올렸다. 왜군 장수 와키자카는 남은 전선 14척을 이끌고 도주했고, 한산도로 도망간 왜병 4백여 명은 이를 지키던 원균의 도주로 간신히 탈출했다.

조선 수군은 이 싸움으로 왜군 수군의 주력을 궤멸시켜 남해안의 제해권을 완전히 장악했다. 제해권을 잃은 왜 수군은 해로를 통한 수륙병진 계획을 포기하였을 뿐 아니라 육군에게 식량도 공급하지 못하게 되어 왜 육군의 활동에도 커다란 타격을 주었다. 당시 왜군 대부분은 식량 보급에 곤란을 겪자 전쟁 내내 굶주렸다. 한산도 대첩은 진주 대첩, 행주 대첩과 함께 임진왜란의 3대 대첩의 하나로 역사에 기록된다.

이렇게 한산도 혹은 견내량 해전이 끝났다. 영국과 스페인의 해전이 일주일 이상 걸렸지만 한산도 대첩은 불과 3시간 동안의 속결전이고 유례없는 대승이었다. 이순신의 특기가 유감없이 발휘된 최고 최대의 전투였다. 이는 세계 해전사에 전례가 없는 전투로 전사 연구가들의 끝없는 관심의 대상이 되고 있다.

계속되는 완승_안골포 전투

세계 해전사는 이순신을 추앙했다. 러일전쟁 당시 일본군 총사령관 노기 마레스케(乃木希典)와 일본 제국 함대 총사령관 도고 헤이하치로(東鄕平八郎) 제독은 출정에 앞서 전쟁의 신 이순신에게 제사를 지냈다. 부디 자신들을 보호해 달라고 빌었다. 가타노 쓰기오(片野次雄) 작 『이순신과 히데요시』에서도 한산 대첩 당시 왜군 사상자 9천여 명에 조선군 수십 명이라 했다. 그 역시 이순신을 한없이 추앙했다. 실제 이때 이순신의 기록을 보면, 사망 19명, 부상 118명인데, 이들은 전부 총탄에 의한 사상자다. 다시 말해 백병전에 따른 창칼의 피해자는 한 명도 없었다. 철저한 전략전술의 승리였다.

> "순천부사 권준이 제 몸을 잊고 돌진하여 먼저 왜적의 층루선 1척을 깨뜨려 통째로 잡고, 왜적의 머리 10개를 베고, 광양 현감 어영담(魚泳潭)도……."
>
> ─견내량파왜병장(1592. 7. 15.)

끝없이 이어지는 승전보, 이순신은 부하들의 공적을 길고 길게 보고한다. 수십 명의 이름과 공적이 나열된다. 각 공적을 정리하면, 좌수영이 독자로 충루선 15척을 격파, 우수영과 합동으로 44척 이상 격파(이것 역시 사실상 좌수영 단독 작전에 의한 전과인데, 이순신이 우수영 장병들을 격려하기 위해 이렇게 보고한 것이다). 원균의 공적은 없었다. 없었으니까 없었다. 원균의 깨진 배 7척으로는 본진 뒤에서 망보는 일 외에는 한 일이 없었다. 대신에 이순신이 전투 막바지에 포위망을 풀어 왜군 패잔병들을 한산도로 유인해 4백여 명을 가둬 놓아 원균에게 지키게 했다. 그 자신은 계속해서 나머지 왜군들을 찾아 나섰다.

그런데 원균은 이순신이 계속해서 전투하고 있는 동안 왜군이 쳐들어온다는 헛소문에 그나마 망가진 자신의 선단을 풀고 도주하여, 섬에 갇힌 왜적들을 살려 주고 말았다. 그는 그러나 자신과 부하들이 혈안이 되어 걷어 들인 수급의 숫자를 비교하며 자신의 공적이 더 크고 용감하게 끝까지 싸워 적의 수급을 취한 반면, 이순신은 겁이 나서 일쩍 도주한 것으로 허위 보고하여 조정을 놀라게 한다.

이런 허위 보고는 임진왜란 내내 계속되어 유성룡조차 간혹 헷갈리게 했다. 도대체 이런 보고가 가능했던 이유는 무엇인가? 조정 대신들의 당파와 이해관계가 전쟁 중에도 독버섯처럼 살아 있었기 때문이다. 당파 싸움은 잠시도 쉬지 않았다. 동인과 서인, 동인은 다시 북인과 남인으로 갈라져서 싸웠다. 그것에 가장 커다란 희생양이 된 것이 전시 개혁 재상 유성룡과 군신 이순신이었다. 김응남(金應南), 김응서(金應瑞), 이산해, 윤두수, 윤근수(尹根壽), 그리고 원균이 그 중심에 있었다. 그들은 나라의 미래도 백성의 안위도 안중에 없었다. 오직 자신들의 안위와 이해만을 최우선시했다.

전쟁 중에도 양반의 세력이 발호함에 따라 양민들의 숫자가 줄어만 갔다. 따라서 전쟁을 수행하는 장정들의 숫자는 점점 줄어들고, 세수도 줄어들고, 양반들이 거느리는 노비 숫자만 엄청나게 늘어났다. 그러니 나라는 망하고 양반은 부를 더욱 늘려갔다. 국경에는 나라를 버리고 도주하는 양민들로 붐볐다. 농사짓고 군대 갈 양민 수는 기하급수로 줄어들고, 그들에게 부과되는 수십 가지 세금은 산같이 쌓여 갔다. 전쟁이 아니더라도 이미 백성들의 삶은 지옥이었다.

임진왜란 당시 조선군을 공격해 오는 왜군들 중에 상당히 많은 조선 양민이 섞여 있다는 보고는 〈선조실록〉 내내 드러나 있다. 선조 초 율곡이 주장한 세제 개혁과 군사 개혁안은 이런 것을 지적한 것이었고, 유성룡의 민생 개혁정책은 이 모든 것을 혁신하자는 것이다. 유성룡의 개혁 정신은 그의 전 생애를 걸쳐서 숙명처럼 일관되게 그를 지배했다. 그는 목숨 걸고 개혁을 밀어붙였다. 그 때문에 피아 모든 붕당이 그를 죽이려 들었다.

이순신 함대는 승리의 기쁨도 잠시, 즉각 전장을 정리하고, 도주한 왜군과 숨어 있는 다른 적을 찾아 수색대를 보내고, 전군을 거제항에서 숙영하게 했다. 다음 날 7월 9일 가덕도 위의 안골포에 왜군 선단 40여 척이 정박해 있다는 정보가 들어왔다. 이는 어제 도주한 왜군 10여 척 외에 또 다른 제2군단일 것이었다. 안골포는 좁고 얕은 해역이어서 유인 작전도 오늘은 통하지 않을 것이다.

왜군 대장은 왜군 전체를 통틀어 도요토미 히데요시의 신임을 가장 많이 받는다는 지장 구키 요시다카였다. 그는 한산도에서의 아군 대패 소식을 들었다. 그는 분노에 앞서 형언키 어려운 공포를 느꼈다. 용장 와키자카의 참패 소식을 듣는 순간, 이번 전쟁의 승패도 이미 정해졌음을 깨달았다. 이순신을 이기는 방법은 없다! 부하 한 명이라도 살아서 돌아가도록 하는 것이 자신의 역할이라 생각했다. 병사들도 크게 동요하고 있었다. 결국 이곳 안골포 지형을 최대한 활용한 수성전 외에 답은 없었다. 구키는 싸우는 전략 대신 버티는 데까지 버티다가 본진이 있는 부산포로 도주할 계획을 세웠다.

"안골포에 이르러 보니, 적선 40여 척이 고기비늘처럼 줄지어 정박해 있었으나, 포구의 지형이 좁고 얕아 조수가 물러나면 땅이 드러나므로 판옥선과 같은 큰 배는 출입할 수 없으므로, 적들을 수차례 포구 밖으로 유인하려 했으나, 그들은 전날 아군이 한산도에서 왜군이 자랑하는 선봉함대 59척을 전부 불태우고 적병들을 목 베어 죽였기 때문에 무서워하여, 유사시 뭍으로 도주할 생각으로 나오지 않았습니다."
– 견내량파왜병장(1592. 7. 15.)

이순신은 보고를 받고 고심했다. 40여 척이면 6천에 가까운 병력. 아무리 유인해 봐도 왜군은 수성 작전으로 꼼짝하지 않았다. 이순신 함대는 일시 공격이 아닌 교대 공격으로 치고 빠지는 전략으로 적의 수비책에 대비했다. 안골포는 수심이 얕고 썰물 때는 그대로 개펄이 되는 작은 포구였다. 밀물이 오는 오전에 공격해야 했다. 우수영 이억기 함대는 매복조로 뒤에 처지게 했다. 이순신과 원균 함대가 안골포로 직진해 쳐들어갔다. 이번에도 역시 학익진 대형으로 공격한다.

구키 함대는 은인자중했다. 사실상 지난번 한산도 전투에서는 와키자카 함대와 합동으로 이순신을 치기로 약속했었다. 그러나 와키자카는 작전 계획을 무시하고 단독으로 치고 나갔다. 지금 생각해 보면 그것이 오히려 잘된 일인지도 모른다. 자신의 함대가 같이 싸웠어도 같은 결과가 나왔으리라 생각했다. 이곳 안골포는 천혜의 요새다. 조선군은 한꺼번에 공격해 들어올 수는 없을 것이고, 밀물 때는 몰라도 썰물 때는 이순신이 물러갈 때 전력을 재정비하면 버틸 시간은 확보될 것이었다. 그때 가서 판단키로 했다. 부산포에 주둔해 있는 아군에게 지원 요청도 할

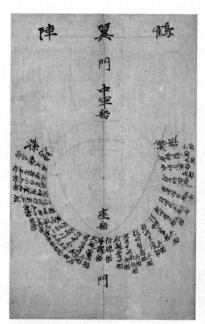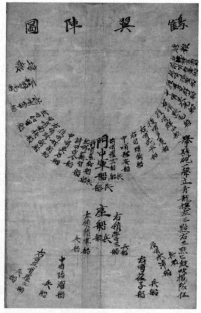

학익진(鶴翼陣). 출처: 『충무공 이순신과 임진왜란』(문화재청 현충사관리소, 2011)

것이다.

구키 요시다카는 왜군의 전략가답게 새로운 형태의 함선을 이날 선보였다. 그것은 신형 3층 층루선이라는 대형 함선인데 돛을 2개나 달아 외관상으로도 위압적으로 보였다. 또한 조선 함대의 막강한 함포에 견딜 수 있도록 이제까지의 왜선과는 달리 이중으로 판을 덧댔다. 왜군은 처음부터 밀물 때는 수비 태세, 썰물 때는 재정비라는 완전 수동적인 전투 태세를 취했다. 그저 시간만 벌자는 식이었다.

그러나 이순신 함대는 그냥 두고 보지는 않았다. 이순신은 이번에는 왜군을 부수는 작전을, 다시 학익진에서 교대로 들어가서 치고 빠지는 전략으로 바꿔서 공격했다. 왜군의 이러한 수성 작전은 그들이 그동안 쌓아놓은 포구 앞 방파제 덕분에 아주 유효했다.

> "그래서 할 수 없이 교대로 들락날락하면서 천자, 지자, 현자총통과 각 총통, 장편전 등을 빗발처럼 쏘아 대어 맞추게 했는데, 그래서 3층 층루선이나 2층 선들에 타고 있던 왜적을 거의 다 죽였습니다."

워낙 막강한 화력의 조선 수군은 계속 교대로 왜군 선단을 쳐부쉈다. 구키는 장기전은 절대 불리할 것으로 판단했다. 그래도 수비 전략으로 한나절 버텨냈으니 이만하면 됐다고 생각하고 야반도주키로 결정했다. 그동안 이순신 함대는 이미 적함 40여 척을 거의 다 궤멸시켰다.

그다음 날 새벽, 이순신이 다시 포구에 들어서 포위하고 보니, 왜적들은 부서지고 깨진 함선들을 타고 밤새 도주하여 아무것도 남은 것이 없었다. 그들은 밤새도록 모든 병사와 왜성을 쌓던 인부들을 동원하여 함선을 수리하고는 밤을 타서 도망간 것이다. 왜군의 다른 장수들과는 달리 구키는 무덤덤하게 전투를 치르고 부하 장병들의 생명을 보존하는 자세만 취했다. 결과에 대해서도 연연하지 않았다. 그는 완전히 이순신을 학습하려는 자세를 가지고 전투에 임했고, 다음 전투에 대해서만 골몰했다.

이순신은 왜적이 뭍으로 도주하기보다는 야간도주하기를 원했다. 이는 물론 백성들이 당할 고초를 생각해서다. 다음 날 아침, 왜군이 잔병들을 데리고 야간도주한 뒤에 살펴보니, 안골포의 모습은 적군의 시체와 피로 온통 물들어 있었다고 이순신은 보고했다. 전투가 끝난 후 그날 오전의 정경을 이순신은 말한다.

"그 일대 김해 포구까지 수색하였으나 왜적의 그림자조차 없었습니다. 그래서 가덕에서 동래 몰운대까지 함선들을 벌려 군세의 위엄을 보였습니다."

다시 말해 승전 기념 군함 퍼레이드를 벌였다는 뜻이다.

구키는 그답게 모든 전황을 도요토미 히데요시에게 있는 그대로 솔직히 보고했다. 지금의 전력으로 이순신을 이길 수 있는 방법은 없으니, 바다와 전라도 점령 계획은 후에 함선을 재정비하고 육군과 연합하여 공격할 것을 건의했다. 이에 도요토미 히데요시는 즉시 새로운 지시 사항을 하달했다. 이후로는 절대로 이순신의 조선 해군과 접전치 말 것, 조선 해군의 부산포 침공에 대비할 것, 낙동강 하구 연안 수비를 강화할 것 등이었다.

제4장

순절하는 의병들

순절하는 의병들

　이순신의 옥포 해전 이후 당항포, 한산도, 안골포까지 연전연승한 것은 임진왜란의 전체 흐름을 크게 바꿔 놓았다. 우선, 끊임없이 조선을 의심하던 명 조정은 이순신이 올린 '옥포파왜병장', '당포파왜병장', '견내량파왜병장' 등 3개의 승전 보고서를 전해 받고 오해를 풀어, 7월 초 요동군 부총병 조승훈(祖承訓)에게 3천5백 군사를 파병케 했고, 몇 달 뒤 드디어 이여송(李如松)의 3만 5천 군사를 보냈다.

　명은 사실 다른 어떤 나라보다 물과 친하고 물에서 일어난 나라다. 명 태조 주원장(朱元璋)은 양쯔강 남쪽 장시성(江西省)에 있는 파양호(鄱陽湖)에서 60만 대군과 수백 척의 함대를 이끈 적군과 사흘 밤낮으로 전투를 벌여, 끝내 막강한 적을 궤멸시켜 명을 일으키는 건곤일척의 기회를 잡았다. 이것이 적벽대전과 함께 해전사에 빛나는 파양호 전투이다. 이 전투는 중국 역사에서는 매우 보기 드물게, 당대 최강의 군웅들이 모든 전력을 걸고 수군을 동원해서 겨룬 전투다. 이 전투의 승리로 주원장은 중국 최강자의 자리에 앉았고 명을 건국했다. 그런데 『삼국지』의 적벽

대전 이야기는 사실 『삼국지』작가가 파양호 전투를 참조해서 지어낸 이야기라는 유력한 설이 있다. 모든 상황이나 이야기 전개가 비슷하기 때문이다. 어쨌거나 명 조정은 이순신의 해전 승전을 조선 조정보다 기뻐했다.

이순신 함대의 활약으로 바닷길이 막힌 왜군은 어쩔 수 없이 육지로만 전라도 지역을 공격했다. 금산, 연산 일대에서 발호하던 왜적 일단이 전주로 진군할 때 의병들과 관군 모두가 일체가 되어 대적했다. 사실상 의병들은 관군을 의심하여 같이 싸우려 들지 않았고, 관군은 관군대로 그들을 불신하여 서로가 경계했다. 그러나 이순신의 연승으로 민관 간에 자연스럽게 신뢰가 회복되어 그들은 하나가 되었고 협조하는 분위기로 바뀌었다. 의병 활동은 이제 서서히 전국적인 현상이 되어갔다.

고바야카와는 왜군의 맹장. 그는 히데요시가 지시한 전라도 식량 기지화를 위해 금산을 거쳐 연산에서 전주성으로 쳐들어갈 계획을 수립했다. 바다는 이순신 때문에 절대 출입 불가였기 때문이다.

당시 당파 싸움에 지쳐 고향에 은거하던 수많은 인사들은 임금이 평양으로, 의주로 파천했다는 비보에 분연히 자리를 털고 일어났다. 고경명 또한 이중에서 대표적인 한 사람이었다. 임진왜란 직전까지 동래 부사였던 고경명은 관직에서 은퇴 후 고향에 은거하던 중 임진왜란이 벌어지자, 선조의 한성 탈출 직후인 5월 29일, 60세의 나이에 안영(安瑛)·유팽로(柳彭老)·양대박(梁大撲) 등 호남 21개 지역의 유생들과 함께 거병했다. 그들은 전라도 각지에서 모인 6천여 명의 의병들과 함께 전장으로 나갔다. 고경명의 격문은 당시의 상황을 잘 말해 준다.

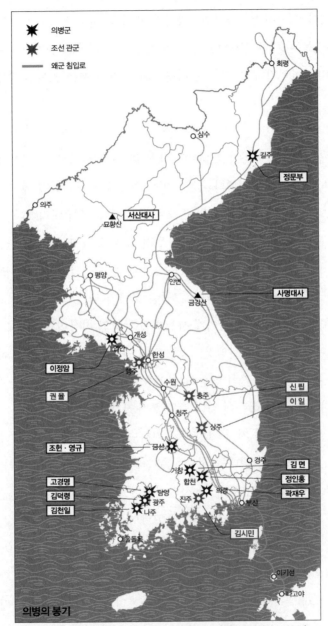

의병의 봉기. 출처: 『충무공 이순신과 임진왜란』(문화재청 현충사관리소, 2011)

"국운이 비색하여 섬나라 오랑캐의 침략을 받아 국가가 무너질 지경에 이르렀는데, 수령이나 관군들은 죽기를 두려워해 도망치기 일쑤니 어찌 된 일인가. 신하로서 왕을 잔학한 왜적 앞에 내버려 둔단 말인가!'

의병장 고경명은 관군과 함께 금산의 왜군을 공격했다. 훗날 제2차 진주성 전투에서 장렬하게 순사한 창의사 김천일과 더불어 6천 의병을 일으킨 그는 7월 10일 금산에서 금산 방어사 곽영(郭嶸)과 함께 전주로 넘어오는 고바야카와 군을 합동 공격하기로 하고 8백여 의병으로 선제 공격하는데, 왜군은 관군이 겁먹은 것을 알고 관군부터 공격해 쫓아내고, 다음에 고경명 의병군을 공격했다.

치열한 전투에 임했지만 의병들은 군사 수와 화력에서 밀렸다. 전문적인 군사 훈련을 받지 못한 의병들이 잘 훈련된 역전의 왜군에 대항하기는 애초부터 무리였다. 관군과 합동 작전을 전개했지만 왜군의 집중 공격으로 관군이 무너지면서 고경명 군도 결국 무너지고 말았다. 지리멸렬하는 의병들 속에서 그의 제자들은 고경명에게 우선 피하고 후일을 도모하자고 외쳤으나, 그는 둘째아들 인후(仁厚)와 함께 몸을 감싼 채 전장에서 최후를 맞았다. 거병한 지 한 달여 만이었다. 고경명이 세상을 떠난 후 큰아들 고종후(高從厚)가 최경회(崔慶會), 임계영(任啓英), 변사정(邊士貞) 등과 함께 다시 의병을 일으켰다. 모두 과거 고경명 휘하의 의병들이었다. 훗날 그는 위기에 빠진 진주성을 지키기 위해 모두가 피해 가는 진주성 전투에 참가했으나, 성이 함락되자 김천일과 함께 남강에 투신 자결했다. 커다란 슬픔 중에 그나마 마음에 위로가 되는 일은, 고경명의 손자인 고유(高庾)가 홀로 살아남아 남의 집 머슴살이로 목숨을 연명하다가 어렵게 공부하여 숙종조에 조정대신의 반열까지 올랐다는 후일담이 있다.

한 달 뒤 조헌과 7백 의병 또한 너무도 장렬하게 순절했다. 조헌은 율곡의 수제자였다. 정철과 함께 서인의 강경파로서, 정여립(鄭汝立)이 당초 율곡의 문하로서 서인이었다가 율곡이 죽자 동인으로 배신했다 하여 정여립을 미워했다. 임진왜란 전해에 조선에 온 승려 게이테츠 겐소(景轍玄蘇) 등의 왜국 사신이 명나라를 칠 길을 빌리자고 청하며 조선 침략의 속셈을 드러내자, 저들의 목을 베라는 상소를 하고, 영호남에 대한 방비책을 구상하여 조정에 올렸으나 받아들여지지 않았다. 관직에 있는 중에도 자기주장이 강하여 자기 의견이 받아들여지지 않으면 즉시 사직하고, 사직한 후에도 계속 정치 현안에 대한 상소를 올리는 등 매사 적극적인 면모를 보였다. 또한 상소를 올릴 때 도끼를 함께 가져가거나 머리를 여러 번 땅에 치는 등 상소를 강경하게 올리는 것으로도 유명했다. 이렇듯 도끼를 들고 가서 상소를 올리는 일이 바로 '지부상소(持斧上疏)', 이른바 '도끼 상소'라 하는데, 상소가 받아들여지지 않는다면 차라리 가져간 도끼로 자기를 죽이라는 뜻이었다.

이듬해 임진왜란이 일어나자마자, 조헌은 5월에 격문을 띄우고 옥천에서 의병을 모아 차령에서 문인 김절 등과 함께 왜군을 물리쳤다. 당시 조헌은 다음과 같은 격문을 써 의병을 모집했다.

"이 화살이 원수들에게 함께해 그들의 고향 땅에 돌아가지 못하게 하리라. 뜻을 굳게 먹는다면 귀신이 감동하고 백성들이 따라나서며, 일을 이루려고만 한다면 천지만물도 도우리라."

조헌은 전라도 의병장 고경명이 1차 금산 전투에서 전사하자 청주성 탈환을 계획했다. 그는 치밀하게 준비하여 관군 및 영규 대사가 이끄는 1천여 승병과 합세해 청주를 탈환하였고, 이어 왜적이 충청도와 전라도의 육로로 진출하려 한다는 소식을 듣고 금산으로 향했으나, 충청도 순찰사 윤국형과의 의견 대립과 관군의 방해로 의병이 흩어지고 7백여 명만 남게 되었다. 조헌은 이들 7백여 의병을 이끌고 금산으로 가서, 8월 18일 전라도로 향하는 왜군을 막았다. 이들은 왜장 고바야카와가 이끄는 1만 5천 왜군과 2차 금산 전투에서 분전하다가, 아들인 조극관과 영규 대사의 8백여 승군을 합친 1천5백 명 전 의병들과 함께 장렬히 전사했다.

그들은 비록 패했지만 이들이 처절하게 저항했기에 왜군도 그 몇 배 되는 병사들이 전사할 정도로 피해가 컸다. 이에 분노한 왜적들이 전투 후 의병의 우두머리를 찾아 난도질했는데, 아들인 조극관을 우두머리로 잘못 알고 난도질을 했다고 하더라. 이들의 분전으로 왜군은 자신들이 입은 피해를 복구하느라 전투시기를 놓쳤고, 조선군은 호남 곡창 지대를 방어하는 시간을 벌어 결국 전투에 큰 기여를 했다. 뒤에 조선군은 강력한 반격으로 금산을 탈환한다.

전투 4일 후인 8월 22일 조헌의 제자인 박정량(朴廷亮)과 전승업(全承業)이 조헌을 포함해 전사한 조선 의병 7백 명의 유골을 모아 큰 무덤을 만들어 한곳에 합장하면서 '칠백의총'이라 불렀다. 하지만, 이 7백 명에는 영규 대사가 이끌었던 승병의 숫자는 포함되어 있지 않다. 조헌의 제자인 박정양 등이 붙인 이름이기 때문에 조헌 측 인사들의 이름과 숫자만 넣은 것이다. 물론 모든 시신들은 같이 합장했고, 영규 대사의 이름도 같이 모셔졌다. 하지만 불교계에서는 당연히 승병 8백 명도 합쳐 '천오백의총'으로 바꿔야 한다고 주장한다. 당연한 주장이다.

조헌은 국내외의 형세를 명확히 판단하고 그에 대한 절실한 대응책을 강구하여 여러 가지 경세론을 제시하기도 했다. 그의 사상과 행적은 조선 후기 사상계에 많은 영향을 끼쳤는데, 국난이 있을 때마다 의리사상으로 전개되어, 병자호란 때의 김상헌(金尙憲)이나 송시열(宋時烈), 그리고 한말의 최익현(崔益鉉) 등이 모두 그를 숭상했다.

홍의장군 곽재우는 임진왜란 최초로 일어난 의병이었다. 그의 저항정신은 일찍이 표출되었는데, 과거급제한 그의 글 내용이 선조의 마음에 들지 않는다고 해서 합격이 취소되었다. 곽재우는 이후 벼슬에 대한 뜻을 접었다. 그는 동래성이 처절하게 함락되고 송상현이 장렬하게 순사한 직후 거병했다. 그는 이후 모든 전투에서 철저한 유격전으로 일관하여 왜군의 얼을 빼놓았다. 전투 시에 곽재우는 붉은 비단 철릭[帖裏]을 입고 백마를 탄 채 '천강홍의대장군(天降紅衣大將軍)'의 깃발을 내걸고 의병들을 진두지휘했다. 그래서 곽재우는 본명보다도 '홍의장군'으로 더 잘 알려졌다.

임진왜란 초 이순신이 해상제해권을 완전히 장악하자, 왜군은 어쩔 수 없이 육로로 호남지역으로 나갈 때, 함안을 거쳐 의령을 공격해 왔다. 정암진의 지형을 잘 알고 있던 곽재우는 이를 이용해 강을 건너려는 왜군을 크게 물리치고 전라도로 향하는 길목을 막았다. 이후에도 거름강을 중심으로 활동하면서 낙동강을 이용하는 일본군의 보급로를 가로막았으며, 현풍과 창녕 등지에 주둔한 왜군을 물리쳤다. 『연려실기술』은 이를 다음과 같이 기록했다.

재우는 적병의 많고 적은 것을 묻지 않고 두려워하지 않고 바로 앞으로 달려들었다. 그는 종횡무진 적이 그 단서를 잡을 수 없게 한 뒤, 말을 돌려 돌아와서 북을 치며 천천히 행진하니 적은 그 병력의 많고 적은 것을 알지 못해 감히 가까이 다가오지조차 못했으며, 항상 척후(斥候)를 두었으므로 적이 백 리 밖에 이르면 우리 진중에서 먼저 알 수 있었기 때문에 항상 대처하기에 편하고 수고스럽지 않았다. 또 사람을 시켜 적이 바라볼 수 있는 산 위에서 다섯 가지[枝]로 된 횃불을 들고 밤새도록 함성을 질러 서로 호응하게 하니, 천만 명이나 있는 것 같았으므로 적의 무리가 바라보고 곧 도망쳤으며, 정예한 군사를 뽑아 요해처에 숨겨 두었다가 적이 이르기만 하면 문득 쏴 죽이니, 적이 홍의장군이라고 부르면서 감히 언덕에 올라오지 못했다.

–『연려실기술』 권 16, 선조조 고사본말

특히 곽재우는 벼슬이나 공명에 뜻이 없어, 관군들이 수급을 챙겨 공을 인정받기 급급할 때, 그는 장졸들에게 수급을 베지 못하게 했다. 곽재우는 김시민의 제1차 진주성 전투에 심대승을 선봉장으로 2백여 명의 의병을 파견해 성 밖에서 지원했다. 후에 이몽학의 난이 일어나고 김덕령이 체포되었을 때 곽재우의 이름도 거론됐다. 다행히 곽재우는 죄가 없음을 인정받아 곧 풀려났다. 그러나 그는 무고한 의병장 김덕령이 옥사하는 것을 목격하면서 출사에 회의를 느끼기 시작했다. 더구나 전쟁 영웅 이순신이 죽게 되는 꼴을 목도하고는 모든 미련을 버렸다. 정유재란 당시 곽재우가 다시 출전할 때, 『연려실기술』은 다음과 같이 기록하였다.

재우가 방어사로서 창녕(昌寧)의 화왕산성(火旺山城)을 지키면서 사수할 뜻을 보이니 온 군중이 벌벌 떨었다. 적병이 이미 성에 다가왔는데도 재우는 조용히 웃으며 이야기하고, 다만 굳게 지키라고 명령하며 말하기를, "제 놈들도 병법을 알 테니 어찌 경솔하게 덤벼들기를 좋아하겠는가" 하더니 과연 1주야를 지나자 적이 싸우지 아니하고 강을 건너갔다.

     -『연려실기술』 권 16, 선조조 고사본말

이들 의병들의 순절은 계속되는 이치, 웅치, 금산 전투와 진주성 전투에서의 승리에 귀감이 되었다. 웅치 전투에서는 바닷길을 뚫지 못한 왜군이 노령과 소백산맥의 험준한 고갯길로 공격 루트를 삼아 넘어갈 때, 매복하고 있던 조선 육군과 의병들에게 철저하게 당한다. 동시에 금산과 이치고개에서는 당시 광주 목사 권율의 지휘와 의병들의 활약으로 1천5백의 적은 군사로 열 배가 넘는 1만 5천 왜군을 격파하여 전라도의 관문 전주성을 지켰다.

왜군 진영 전체는 이제 서서히 전쟁에 대한 공포와 의문이 지배하기 시작했다. 해도 해도 끝없이 지속되는 전투와 해상에서의 이순신 함대에 의한 연패, 곳곳에서 일어나 자신을 돌보지 않고 장렬하게 싸우는 의병군들, 그리고 명군 대부대의 참전 소식에 전의를 상실해 갔다.

한편 압록강을 앞에 둔 의주의 선조는 그 어떤 승전 보고도 필요 없이 어떻게든 천자의 나라 명으로 가기 위해 하염없이 압록강 너머만 바라보았다. 오직 그 길만이 자신의 살길이라 확신하고 있었다.

내일 징비록 11

아, 가련한 신하의 나라

"조선은 대대로 복 있는 큰 나라라 불렸는데, 왜놈들이 한번 쳐들어오자 어찌 곧장 달아났는가. 왜놈들은 아주 교활하고 간사하여, 만약 그들이 속임수를 쓰면서 쳐들어오면 큰 해독을 끼칠 것이다. 이에 조선 국왕이 도피하였으니, 나의 마음이 애처롭다. 조선이 망하는 것을 어찌 앉아서 보고만 있겠는가. 조선이 여러 해 동안 공경하고 복종하던 일을 생각하여 그들을 받아들이도록 지시하였으니, 인원수는 1백 명을 넘지 않도록 해야 할 것이다."

– 〈선조수정실록〉 선조 25년(1592. 7. 11.)

명 조정에서 선조에게 내린 비답은 그토록 오매불망 소원한 선조에게 하늘이 무너지는 충격이었다. 이때가 이순신이 한산도와 안골포에서 왜군과 피비린내 나는 전투를 치르고 있을 때였다. 명의 비답 내용은 간단히 말해서 조선 임금이 오면 변방 요동 근처의 작은 고을 현감 정도의 규모로 대접하겠다 하는 말이다. 선조가 입에 달고 살던, 죽어도 천자의 나라에 가서 죽겠다는 말에 답한 것이다.

실로 누가 알까 두렵고 하늘 부끄러운 편지 내용에 아무리 선조라도 더 이상 명나라 얘기는 하지 못하고 쏙 들어갔다. 그 대신 긴 변설과 함께 세자에게 왕위를 넘긴다는 전교를 내린다. 이리되면 응당 세자 이하 상하 대신 모두가 머리 풀고 석고대죄를 해야 한다. 그것도 여러 날을.

전시에 한시가 급하고 백성들이 죽어 가고 병사들이 피 흘리고 있는 판국에 그 잘난 왕위 이양 정치쇼나 하고 있는 조선의 임금, 그는 임진왜란 7년 동안 왕위 이양 정치쇼를 무려 스물다섯 번이나 해 댔다.

7월 초 명의 요동군 부총병 조승훈이 3천5백 군사를 이끌고 압록강을 넘어왔다. 유성룡은 그들을 영접하고 대접해야 하는 임무를 맡았다. 그러나 이때 그는 치질이 너무 심해 선조 앞에서도 엉금엉금 기어 다닐 정도였다. 그는 선조가 준 웅담과 납약을 바르며 명 군사들의 군량미, 말먹이, 숙소 등을 준비하느라 바삐 움직였다.

이때부터 조선 조정은 명나라의 군량미과 각종 보급 문제로 또 다른 전투를 벌이게 된다. 전쟁 내내 명군 3~4만 명의 식량과 보급 문제는 엄청난 것이었다. 얼마나 괴로웠으면 보급 책임자인 유성룡이 명군의 횡포에 대해 "왜군은 얼레빗 명군은 참빗"이라고까지 기술했으랴! 이 말은 당연 왜군의 침략보다 더 심한 명군의 식량과 보급 강요를 비판한 말이다.

평양성 전투를 앞두고 열린 최초의 조명(朝明) 연합군회의의 내용을 보면, 당시 조선 조정의 상황과 수준을 짐작할 수 있다. 그렇게 당하고서도 아직 적의 실체를 제대로 파악하지 못하고 있음은 물론, 정세를 보는 안이한 인식도 말문을 닫게 한다. 임진왜란 7년과, 불과 30년 후의 병자호란에 이르기까지 어떻게 나라가 유지되었는지 불가사의하다. 왕에서 말단 관리까지 모두가 하나같이 예외 없이 백성 위에 군림하기만 하는 쓸모없는 기생충 같은 존재들이었다.

조명 연합군회의를 통해 기라성 같은 조선의 비변사 대감들은 왜군의 규모가 2천여 명 수준이고, 평양성이 보초 하나 제대로 없이 쥐 죽은 듯 고요하니, 필시 조승훈과 명의 지원군에 크게 겁먹고 있는 것이 확실하다고 보고했다. 명군 수뇌부도 보고에 따라 동일하게 결론 내린 연합군회의에서 명의 파병사령관 조승훈은 득의만만했다. 허나 이건 응당 간교한 왜군 측 고니시 유키나가의 함정이었다.

다음 날, 좌우 생각할 것도 없이 조승훈의 명군 3천여 명이 우레와 같은 함성을 지르며 평양성 내로 바로 쳐들어가니, 길은 좁고 험하여 말을 타고 다닐 수가 없을 정도였다. 이미 왜식으로 요새화된 평양성이었다. 어쩔 수 없이 어정쩡하게 모두가 말에서 내려 걷는데, 갑자기 왜적들이 여기저기 숨어 조총을 쏘아 대니 조승훈 군은 일대 혼란에 빠져 우왕좌왕하다가, 부장 사유격(史游擊)을 포함하여 적지 않은 군사가 죽임을 당했다. 조승훈은 깜짝 놀라 그 즉시 도주하여 안주성까지 내달았다. 그리고는 통역관에게 장차 군사를 더 보태어 다시 올 것이니, 너의 재상 유성룡에게 동요치 말라고 전하라 했다.

유성룡은 그토록 고대하던 명나라에서 최초로 파병 온 지원군이 이렇게 단 한 번의 공격에 크게 당하여 겁을 집어먹고 적군이 뒤쫓아 올까 두려워 서둘러 도주하는 모습에 크게 실망했지만, 양식을 보내어 달래 주었다. 그러나 조승훈은 뒤도 안 돌아보고 곧장 요동으로 도주했다. 그러나 이는 응당 조선 측이 잘못된 보고를 한 탓이었다.

문제는 이제부터였다. 요동으로 돌아간 조승훈은 각종 정보를 수집하여, 조선 측 보고와 달리 평양성에 왜군이 2만이나 되고, 평양성의 왜적 중에 조선인 병사가 많이 섞여 있다는 사실에 격분하고, 이를 문책했다. 그 이유는 평양성 수비군이 쏜 화살 중 조선 화살이 다량 있었다는 증거를 발견한 때문이었다.

그는 무슨 이유로 조선이 자신에게 왜군 숫자를 속였는지와 수많은 조선인이 어떻게 왜적들과 함께 있었는지를 엄중히 따졌다. 이런 사실을 도저히 묵과할 수 없으니 명 조정에 보고하겠다고 알려 왔다. 조선 측으로서도 당황스럽기는 마찬가지였다. 그들도 모르는 사실이었다. 조선의 전시 준비 태세가 이러했다. 그들은 적의 규모도 전쟁의 최종 목적이 무엇인지도, 그들이 진정 바라는 것이 무엇인지도 전혀 몰랐다. 그저 피하고 도주하고 주먹구구식으로 즉석 대응만 할 뿐이었다. 그리고 이런 엄중한 전대미문의 전쟁이 벌어진 지 벌써 여러 날이 지났지만 전쟁에 대한 진지한 대비도 앞으로의 대책 마련도 여전히 없었다. 나라나 백성의 안위는 그들의 관심 밖이었다. 오직 자신들의 안전만을 챙겼다.

명은 옛날부터 물과 친한 나라였다. 15세기 초엽 명의 영락제는 지금까지 세계 최고 최대의 궁궐이라 하는 베이징의 자금성을 건설했다. 이는 최근의 베이징 홍수에도 고인 물 하나 없는 지하수로를 자랑하는 대단한 궁궐이다. 영락제는 함대 사령관 정화를 시켜 전 세계 대해양을 정복케 했다. 정화 함대는 7회에 걸쳐 동남아 일대, 인도양, 아라비아해 그리고 아프리카에 이르기까지 바닷길을 정복하고 인근 국가들에게 조공을 바치도록 했다. 그 함대의 규모는 1백여 척 3만여 명에 이른다. 당시 세계사에 유례없는 엄청난 해양 선단이다. 이에 비하면 바스코 다가마나 콜럼버스의 선단은 2~3척 정도의 어린아이 수준이다. 다만 수수께끼처럼 명 황제는 이에 관한 모든 자료를 불태워버려서 근거 사료는 없다. 이것을 오늘날 중국 주석 시진핑(習近平)이 일대일로(一帶一路) 해상 실크로드로 복원하는 중이다.

그런 명이기에 조선의 수군 사령관 이순신의 계속되는 승전 보고에 조선보다도 더 기뻐하고 수긍했다. 그런 이유로 때마침 도달한 한산 대첩 대승은 조승훈의 불쾌한 패전 소식을 일거에 불식시킨다. 명 황제는 조승훈의 일은 병가지상사이므로 조선을 용서한다 했다. 다만 왜군의 정확한 숫자 보고 문제와 조선인들의 왜군 참전 문제는 함께 풀어보기로 했다.

9월 초 명의 장군 심유경(沈惟敬)이 왔다. 그는 고니시 유키나가에게 글을 보내어, 조선이 대체 무슨 잘못을 저질렀기에 이런 행패를 부리는가를 물었다. 이에 고니시는 즉시 만나서 논의하자 하였다. 그렇지 않아도 돌파구 없는 전쟁에 신물이 나 있던 차에 그는 잘됐다 하며 응답했다. 심유경은 부하 3명만을 거느리고 왜군의 군기가 시퍼런 평양성 안으로 들어갔다. 명나라 대표로 심유경 한 사람과 왜 측 대표 고니시 유키나가, 소 요시토시, 게이테츠 겐소 등 3명의 명왜 양국 회담이다. 그때 조선 조정에서는 평양성 밖 멀리 대흥산에서 이 회담을 지켜봤다 했다. 이때부터 4백여 년 후 현대의 6·25 정전회담에 이르기까지 우리는 우리 강토에서 벌어진 전쟁임에도 당사자가 되어 본 적이 한 번도 없다.

어쨌거나 명의 심유경이 주도한 명왜 양국회담은 의미 있는 결론을 도출했다. 그들은 약조하길, 조명왜군은 무조건 50일을 기한으로 휴전

한다. 왜군은 평양성 내에서 한 발자국도 움직이지 말고 있을 것이며, 명은 이에 합당한 조치를 황제께 보고한다.

회담은 모두에게 두 달여의 금쪽같은 시간을 벌어 주었다. 이는 조명 왜 3국 모두에게 꼭 필요한 시간이었다. 사실 이때부터 고니시는 히데요시의 눈치를 살피고 있었다. 그는 고국으로 돌아가고 싶었다. 모든 왜군들의 한결같은 바람이었다.

명은 명대로 만주족들의 국경 침략으로 골머리를 썩고 있었다. 그것은 마치 용의 승천과도 같이 청 제국이 북방의 심연에서 꿈틀거리고 있었던 것이다. 조선 조정은 유성룡 홀로 고군분투하며 조승훈 군이 어떻게 평양성에서 초전 박살났는지를 면밀히 조사했다. 분명 첩자들의 소행이라 생각했다. 그리고 그 추측은 불행히도 맞았다. 무려 40명 가까운 조정 내의 첩자들이 수많은 정보를 왜적에 팔아넘기고 있었다. 유성룡은 그들을 찾아내서 목을 베었다. 그들은 배고픈 말단 관리들이었고, 소한 마리에 귀중한 국가기밀을 적에게 팔았다. 이후부터는 조명 연합군이 비밀리에 움직일 수 있게 되었다.

시간을 벌은 유성룡은 잠시 쉴 틈도 없이 선조로부터 전시 총사령관인 도체찰사로 임명되었다. 그는 우선 시급한 전시 작전체제의 정비를 서둘렀다. 조정이 중심에 서서 전시체제를 새롭게 정비하고 시급하게 군사를 모았다. 각지에 공문을 보내 군대를 일으켜 보내라 일렀다. 공문을 받은 곳마다 감격하여 눈물을 흘렸다 하였다. 각 지방마다 얼마나 조정의 제대로 된 대책 마련을 기다려 왔는지 알 수 있었다. 휴정 서산대사의 승려군도 기다렸다는 듯이 들고일어나 달려왔다.

12월 드디어 명의 지원군 이여송(李如松)이 3만 5천 대군을 이끌고 왔다. 이여송은 조선의 철령이 고향이며 중국인으로 자라나 오랑캐와의 전투 중에 큰 공을 세워 명나라 장군이 된 인물이다. 조선인이지만 그는 이미 철저한 중국군 장수였다. 대장군 이여송은 국방차관인 병부 우시랑 송응창(宋應昌)을 최고 지휘관인 경략(현대 중국의 '서기'와 같은 뜻으로 지휘관을 지휘하는 직위, 중국의 독특한 제도)으로 하여 안주에 도착했다. 유성룡은 즉시 이여송을 만났다. 그는 풍채가 뛰어났으며, 그만큼 자신 있는 태도로 명의 대포가 사정거리 5~6리나 된다고 큰소리쳤다. 이제 곧 조명연합군의 평양성 탈환 전투가 벌어질 것이다.

서산대사 휴정 진영. 출처: 『국립진주박물관 도록』, 58쪽, 2012년.

조명연합군 평양성 탈환

1593년 1월 8일 조명연합군의 평양성 탈환전이 시작되었다. 자신감 가득한 이여송의 3만 대군과 조선 도원수 김명원과 순변사 이일의 1만여 군사가 합동으로 평양성을 공격했다. 서산대사의 1천 승군도 합류했다. 천지를 진동하는 명의 대포 소리와 그 위력은 가히 명불허전이었다. 동시에 조선군의 화전은 성안 곳곳을 불태웠다. 유성룡은 감격하며 그날의 전투 장면을 그의 『징비록(懲毖錄)』에 신바람 나게 묘사했다.

"명군이 대포와 화전으로 공격하니, 대포 소리가 땅을 진동시켜 수십 리 사이의 크고 작은 산들이 요동쳤다. 조명연합군 장수들과 군사들이 성에 기어오르니, 적병의 칼과 창이 난무하고, 군사들이 더욱 힘차게 싸우니 적들이 지탱해 내지 못하고 내성으로 물러갔다."

이여송은 명군이 보유했던 모든 화포를 평양성에 쏟아 부었고, 병력을 적절하게 전개시키니, 왜군은 서서히 밀려나기 시작했다. 양측 모두에 상당한 사상자가 발생했지만, 병력과 화력이 압도적으로 우세한 조명연합군이 승리했다.

이 과정에서 특기할 점은, 이여송 부대는 그의 직속 부대인 요동 기병과 남부군의 혼성 부대로 구성되어 있었는데, 한족, 몽골인, 여진족 등으로 구성된 요동 기병은 수준이 그리 높지 않은 잡탕 부대로, 전투력은 그다지 신통치 않았다. 반면 중국 남쪽 저장성(浙江省) 등지에서 파견된 남부군은 명의 전설적인 척계광(戚繼光) 장군의 후예들로서, 평상시 왜구의 공격에 대응하는 훈련을 많이 받았기 때문에 그들 병사들이 왜군과의 전투에서 크게 활약했다.

척계광의 병법은 3수병 체계로 조총을 쏘는 사수, 활을 쏘는 궁수, 그리고 이들을 근접 엄호하는 창을 다루는 장창수로 구성되어 있는데, 조명연합군이 왜군의 날카로운 칼과 장창에 대응하지 못해 힘들어할 때

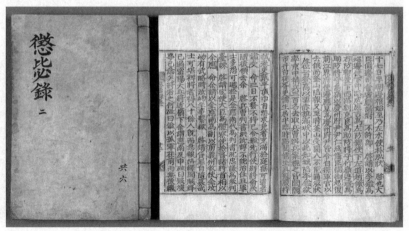

『징비록(懲毖錄)』. 출처: 『국립진주박물관 도록』, 46쪽, 2012년.

압도적인 위용으로 왜군 장창수 및 철포대를 제압했다. 왜적은 조총만 있었지 대포는 없었기 때문에, 포르투갈로부터 가져온 서양식 대포를 사용하는 명군에 속수무책으로 당했다. 조총을 쏘려고 하는 순간 대포가 쏟아지니 왜군이 당해 낼 재간이 없었던 것이다.

척계광은 명나라 말기에 지금의 저장성과 푸젠성(福建省) 일대에서 왜구를 물리치는 일에 큰 공을 세운 장수로, 조선의 이순신 장군만큼이나 중국인들로부터 존경받고 있는 무장으로, 『기효신서(紀效新書)』 등의 병서를 남겼다. 척계광의 『기효신서』는 후에 유성룡의 군정 개혁 추진 시에 참고서가 된다. 현대의 시진핑이 가장 존경하는 군인으로 척계

평양성 탈환도. 출처: 『국립진주박물관 도록』, 68~69쪽, 2012년.

광과 남송의 악비(岳飛)를 꼽는다.

이여송은 평양 탈환전에서 일본군 1만 8천 명 중 1만 2천여 명을 궤멸하는 승리를 거두었다 하였다. 그러나 명나라 군대의 전과 보고에는 많은 문제가 있어서 이 평양성 전투와 그 이후 계속되는 임진왜란 당시의 명군이 내세운 전과에는 자기 전공을 부풀리기 위해 조선의 무고한 백성들을 학살한 것도 수많이 섞여 있었다. 이러한 일 때문에 조선의 조정이나 백성들 사이에서는 명군에 대해 평판이 그리 좋지 않았다.

처음 평양성에 입성할 때 고니시 유키나가 군은 1만 8천여 명이었는데, 패전한 지금의 숫자는 6천여 명으로 줄었다. 전투 후 연합군 측이 면

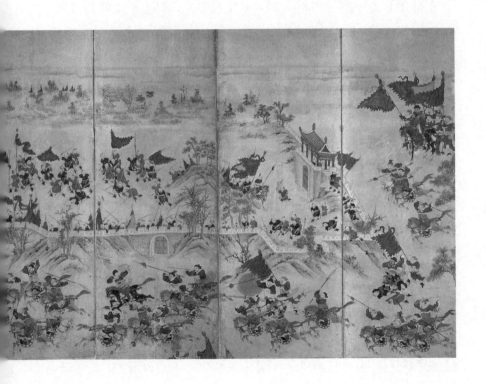

밀히 조사해 보니 죽은 자 1만여 명 중에서 조선인 숫자가 반을 넘는다 했다. 이여송은 짐짓 놀래면서 유성룡에게 그 까닭을 물었고, 유성룡은 잘 모른다고 답했다. 여기에는 비통한 사연이 숨어 있었다.

이여송이 평양성의 전투에서 벤 수급 중 절반이 조선 백성이며, 불에 타 죽거나 물에 빠져 죽은 1만여 명도 상당수가 조선 백성이라는 소문이 무성했다. 그들은 포로로 잡혀 온 조선 백성들이며, 왜군이 그들을 앞에 내세워 죽게 했다. 이여송도 이 사실을 알고 있었으며, 전과 올리기에 급급하여 모른 체하고 있었던 것이다. 중국 조정에서도 이런 소문 때문에 사신을 보내 직접 평양에 가서 진위를 조사하게 했고, 조선 조정도 함께 사실을 조사했다. 그러나 이여송의 체면을 고려한 선조의 지시로 흐지부지되고 말았다.

임진왜란 이후 처음으로 전투다운 전투를 눈앞에서 경험하는 노 대신 유성룡의 심장은 뛰고 있었다. 할 수만 있다면 자신도 참전하고 싶었다. 그러나 제독 이여송의 태도는 애매하기 그지없었다. 전투 전 그토록 강경했던 그의 자세가 갑자기 변했다. 이여송은 전투 중에 전군에 지시하기를 궁지에 빠진 적병이 위험하니 적군이 달아날 길을 열어 주는 것이 좋겠다 하여, 조선 측도 모르게 왜적들이 그날 밤에 얼음을 타고 대동강을 건너 도주케 하였다.

다음 날 1월 9일, 7개월 만에 평양성이 수복되었다. 이때 유성룡은 황해도 방어사 이시언(李時言)과 부장 김경로(金敬老)에게 비밀리에 적군이 도주하는 길에 매복하여 공격하라 일렀다. 과연 적장 고니시 유키나가, 소 요시토시, 게이테츠 겐소 등과 패잔병들이 발을 절룩거리며 힘없이 도주하는데, 이시언 부대만이 뒤를 쫓아갔고, 명나라 군도, 우리 군

사도 아무도 추격하여 공격하지 않았다. 이시언 부대조차 부상당한 적
병 60여 명만 죽었을 뿐이었다.

만약 이날 유성룡의 지시대로 매복하여 실질적인 점령군 대장인 고니
시 유키나가 등을 죽였다면 전쟁은 끝이 났을 것이다. 그는 분노하여 김
경로를 사형시키려 했으나, 웬일인지 석연치 않은 이유로 이여송이 나
서서 말렸다. 또한 모든 전투에서 끝까지 살아남은 평안도 순변사 이일
이 평양성 전투 중에 파수병 관리를 소홀히 하여 왜군을 다 놓쳐버린 죄
에 대해서도 좌상 윤두수가 단죄하려 하니, 이 또한 못 하게 말렸다. 유
성룡과 모든 조선 수뇌부의 불만은 하늘을 찔렀다. 이여송을 의심치 않
을 수 없었다.

후에 알게 된 사실이지만 이여송과 고니시 유키나가 사이에 전투 직
전에 밀약이 있었던 것이다. 만약 왜군이 패퇴하게 되면 뒤쫓지 않을 것
이라는 내용이었다. 그리하여 이여송은 조선군 부대장들에게 도망가는
왜군을 쫓지 말 것을 단단히 지시했다. 그 대가는 무엇인지는 모른다.

이런 어수선한 분위기 속에 명군 측에서 물었다. 전국 8도에 있는 조
선 군사 숫자가 모두 얼마인가? 어디에 주둔하는가? 이에 조선 조정에
서 병사 수를 최초로 자세히 말했다. 수원부에 있는 전라순찰사 권율의
군사 4천, 창의사 의병 김천일의 3천, 울산의 절도사 박진의 2만 5천, 창
원의 김시민 1만 5천, 또한 이순신과 이억기의 수군은 합쳐 1만 5천이라
했다. 그리고 보고서 마지막에 조선군의 총합계는 17만 2천 명인데, 확
실치는 않다고 첨언했다.

특기할 것은 전국의 의병 숫자도 기록되어 있다―의병장 성안의 군사

1천, 영산현의 신갑 1만 5천, 합천 정인홍의 3천, 의령의 곽재우 2천, 거창 김면 5천, 기타 각처의 의병 5천 등. 그러나 전체적으로 볼 때 이순신의 수군을 제외하고는 이 숫자 또한 그리 신빙성도 정확성도 없다. 보고 체계도 없고 확인도 안 한 허수였다. 의병 소재와 숫자 또한 그러하다. 안타깝지만 당시의 조선 사정이 이러했다.

평양성의 탈환으로 조명 양군에 전쟁을 종식시킬 수 있다는 희망이 생기기 시작했다. 그러나 가장 중요한 인물인 조선의 왕 선조의 행태는 조선과 명의 모든 인사들을 분노와 좌절 속으로 몰아넣었다. 조정 대신들의 빗발치는 요청으로 압록강 근처에서 은거하고 있던 선조가 드디어 의주를 떠났다. 그는 강추위 속에서도 천천히 남하했다. 정주에 도착하여 왕이 더 이상 움직이지 않으니, 이를 한심한 눈으로 바라보던 명의 군사 대표 송응창이 공문을 보내 조선의 임금과 신하 모두가 왜적에 대한 복수를 위해 계속 남진하여 백성들을 격려하고 호응할 세력을 육성하라고 독촉한다.

이때 도저히 믿기 어려운 사태가 벌어진다. 그것은 임금 선조의 행태였다. 그의 정신 상태를 의심케 할 만한 일이었다. 선조는 느닷없이 자신의 기력이 쇠잔하여 폐인같이 되어버렸으니, 세자가 대신 남진하여 일을 처리하라고 지시한다. 이에 영의정 이하 대신들은 즉시 왕명을 거두라고 박박 대들었다. 그들은 선조의 이상한 행태에 이미 적응하고 있던 터라 순순히 내버려 두면 왕이 무슨 짓을 할지 몰라 사전에 차단코자 했다. 이에 선조는 너무도 담담하게 '왜 등신 같은 나를 구박하느냐'고 사람들의 동정심에 호소한다. 그러면서 계속 명의 송응창을 만나 고마움을 표해야 하는데 그가 만나 주지 않는다고 투덜대며, 그들에 대한 접대와 군량미 조달에 더 힘쓰라고 지시한다.

이런 조정의 꼬락서니 때문인지, 경천동지할 사태가 기어코 벌어진다. 명군의 군량미 담당 호부주사 애자신(艾自新)이란 자가 조선의 대신과 고위 관리인 지중추부사 김응남, 호조참판 민여경(閔汝慶), 의주부사 황진(黃進) 등에게 군량미 운반 문제로 책임을 물어 곤장을 쳤다. 꼼짝없이 당했지만, 아무도 이에 대해 말하지 못했다.

평양성 전투에서 패퇴한 후 왜군은 한양을 수성하기 위해 전군을 모았다. 동시에 엄청난 숫자의 조명연합군이 밀고 내려올 것이라는 소문이 과장되게 나니, 한성의 왜군은 1월 24일 이를 두려워하여 도성 안의 백성들을 마구 살육하는 사태가 벌어졌다. 우리 백성들은 이래도 저래도 죽었다.

이여송은 게을렀고 느려 터졌다. 호서, 호남, 영남 삼도 도체찰사에 새로 임명된 유성룡은 초조하고 답답했다. 반면에 급할 것 없는 명군은 군량 문제로 툭하면 시비를 걸어왔으며, 이를 핑계로 개성에서 더 이상 남하할 생각을 하지 않았다. 유성룡은 실로 구걸하는 심정으로 제독 이여송에게 하루 빨리 한성으로 진격할 것을 연달아 청했으나 제독은 마지못해 갖은 거드름을 피우며 한참 만에 파주에 이르렀다.

이때 개성을 사수하던 고바야가와는 평양성 패퇴 이후 불안한 마음으로 한성을 수비하는 한성 수장 우키다의 여러 차례에 걸친 철수 권유 때문에 퇴각하기는 했으나, 조명연합군에 대한 복수심으로 한성 성안으로 들어오기를 거부하였다. 대신 다치바나 군과 같이 성 밖에서 명나라 군과 대결할 것을 결심했다.

당시 한성에 집결한 왜군의 총병력은 5만에 이르렀다. 함경도까지 진격했던 가토 기요마사의 약 2만의 군사만이 아직 철수하지 못했다. 서울에 집결한 왜군은 패장 고니시 유키나가와 오토모를 제외한 4만여 명의 병사로 고바야가와를 선봉장으로 삼아 반격을 시도했다.

한편 명나라군은 개성에 집결, 1593년 1월 25일 한성을 향해 출발했다. 뒤늦게나마 왜군의 주력을 격멸하고 한성을 수복하려던 것이다. 이때 왜군은 명나라 병사를 공격하려고 북상 중에 있었고, 선봉은 여석령(礪石嶺)에 진을 치고 매복하고 있었다. 이때 전쟁의 흐름을 바꾸는 명왜 간의 벽제관(碧蹄館) 전투가 벌어진다. 명의 선봉장인 부총병 사대수(査大受) 등이 갑자기 왜군과 마주쳤다. 그러나 전투 초반을 지나 전세가 불리해지자 사대수군은 벽제까지 퇴각했다. 이 소식을 들은 이여송은 혜음령(惠陰嶺)을 넘어 벽제관으로 직행한 후 망객현(望客峴)으로 진출했다. 이때 양군 사이에 치열한 격전이 벌어진다.

고바야가와가 거느린 왜군은 3대로 나누어 명나라 군을 포위 공격하였다. 갑자기 벌어진 전투에 아직 포병이 도착하지 않은 명나라군은 무기도 열악한 기병만으로는 고전을 면하지 못했으며, 사방에서 조총의 집중사격을 받아 속절없이 참패했다. 이여송은 부관의 희생으로 목숨을 부지하고 간신히 탈출할 수 있었다. 이는 역시 왜군 지휘부에서 쳐 놓은 함정에 이여송군이 당한 것이었다. 왜군은 여석령 일대에 1만여 명의 군사를 매복시켰다. 간단히 생각하고 쳐들어간 이여송군은 대부분 기병이었기에 무기도 무딘 칼밖에 없었으나, 왜적은 길고 예리한 일본도로 무장했다. 백병전에 능하기로 소문난 왜군이었기에, 이여송군은 왜도로 마구 살육해 대는 왜군을 상대할 수 없었다. 이여송은 수하 병사들을 거

의 다 잃고 자신의 목숨도 겨우 건져 돌아왔다. 그로서는 처음 겪는 몸
서리쳐지는 전투였다.

다음 날 이여송은 자신의 군사를 임진강 북쪽으로 전원 퇴각시키려
한다. 이에 유성룡은 대신들과 명의 진영으로 달려가 진정시키려 했다.
이여송은 본국에 보내는 장계의 초고를 보여 주며 퇴각할 수밖에 없다
고 변명한다. 그는 장계에서 왜군 숫자가 20만이나 되어 싸울 수가 없다
하였다. 결국 이여송군은 개성으로 퇴각했다. 힘없는 나라의 전시 재상
유성룡은 말없이 퇴각하는 명나라 군대를 바라보고 있었다.

제5장
권율, 적의 사지를 찢어 나뭇가지에 널다

나의 징비록 13
유성룡의 눈물

벽제관 전투는 실로 이여송에게 쓰라린 첫 경험이었다. 이런 참패가 없었다. 그는 크게 낙담했다. 그의 목숨도 부관이 목숨을 바쳐 간신히 구했다. 이여송은 자신의 직속 부대인 요동 기병 대부분을 잃고 무력감에 빠졌다. 그러나 늦게 도착한 부총병 양원군의 맹활약으로 왜군은 혜음령을 넘지 못하고 철수했다. 명나라군은 간신히 왜군의 추격으로부터 탈출, 파주로 후퇴했다가 개성으로 물러났다.

조선의 도원수 김명원 등은 이여송이 적을 경시하고 무모하게 진격하다 패퇴하는 것을 목격하고는 명군의 허약함을 깨달았다. 그는 처음부터 명군과는 떨어져 행동하여 조선군의 손실을 면할 수 있었다. 유성룡은 이여송에게 계속하여 재공격할 것을 주장했으나 이여송은 겁을 먹고 듣지 않았다.

이후 함경도에 있는 가토 기요마사 군대가 양덕, 맹산을 넘어 평양을 기습한다는 근거 없는 소문이 들렸고, 곧 이것이 헛소문이라는 사실도 밝혀졌다. 가토가 독자적으로 공격할 능력은 없었기 때문이었다. 이에 명나라군은 부총병 왕필적(王必迪)을 개성에 머물게 하고, 조선의 장수들에게도 임진강 이북에 포진할 것을 명한 다음 다시 평양으로 회군했다. 결국 벽제관 싸움에서의 패배로 인해 명나라군은 왜군에 대해 겁을 먹고 다시는 전투에 나서려 하지 않아 왜군을 섬멸할 기회를 놓쳐버렸던 것이다.

이후 이여송은 이쯤에서 더 이상의 피해를 막고 적당히 왜군과 타협하여 전쟁을 마무리하고자 했고, 조명연합군 전체에 더 이상 왜군을 추격하지 말라는 명령을 내린다. 눌러앉은 명군은 조선에서 식량을 현지 조달할 수밖에 없었고 이는 조선의 백성에게 크나큰 부담과 고통을 주게 된다. 유성룡은 이에 대해 너무 한심한 나머지 『징비록』에 이르기를, "왜군은 얼레빗, 명군은 얼레빗보다 더 촘촘한 참빗"이라고까지 했다. 이자들은 그 빗으로 대체 조선에서 무엇을 그리도 긁어 댔을까?

그래서 조선과 명은 벽제관 전투 이후 감정의 골이 깊어졌다. 조선 측은 은근히 저들이 전투에서 패하고 개성으로 도주한 뒤 전쟁은 아니 하고 식량이나 축낸다고 생각하고 있었고, 이여송은 이에 아주 불쾌한 마음을 가지고 있었다. 그러던 중 전시에 식량 사정이 너무 안 좋아 잠깐 지체하는 사이에 명군의 군량이 떨어졌다. 이여송은 기다렸다는 듯이 즉각 움직였다.

"제독은 노하여 나와 호조판서 이성중, 경기감사 이정형을 뜰아래 꿇어 앉히고 큰소리로 꾸짖으며 군법을 시행코자 했다. 나는 나라 일이 이 지경에 이른 것을 생각하며 나도 모르게 눈물을 흘렸다."
-유성룡,『징비록』

일개 파견군 사령관이 전쟁 당사국 정승 판서들에게 무릎을 꿇리고 호령하며 군법을 시행하겠다고 겁을 주고 있다. 군법을 시행하겠다는 말은 그들을 모두 죽이겠다는 뜻과 다를 바 없다. 유성룡은 비통함을 참을 수 없어 자신도 모르게 울었다. 임진왜란 이후 임금이 대궐을 버리고 북으로 도주할 때 어가를 따라가며 울었고, 지금이 두 번째다. 자신보다는 나라꼴이 너무 한심해서 울었다. 차라리 군법대로 죽기를 바랐다. 모두가 소리죽여 울었다.

그러나 그들도 도대체 울 자격은 없었다. 뭘 잘했다고 우나? 내 강토와 백성들을 지키지 못하고 이런 굴욕을 당한 것은 그들 임금과 고관대작들 책임이기 때문이다.

이쯤에서 이율곡의 십만양병설과 이를 둘러싼 논란을 간단히 살펴본다. 결론부터 말하면 율곡의 십만양병설은 사실이 아니다. 이를 주장한 사람은 당시 율곡의 제자인 사계 김장생(金長生)이다. 그는 그의 저서 『율곡행장(栗谷行狀)』에서 율곡 이이가 일찍이 임진왜란을 예견하고 십만양병설을 주장했지만, 유성룡 등 동인들이 그것은 화근을 기르는 것과 같다 하며 반대했다고 기술했다. 현대에서는 사학자 이병도(李丙燾)가 이를 『한국사 대관』에서 강조하여 정설로 굳어진 것이다.

그러나 율곡은 항상 선조에게 백성들의 과중한 부담을 걱정하면서, 이를 개혁하지 않으면 백성들이 한 사람도 남지 않을 것이라고 주장했다. 다시 말해 그는 병력을 기르는 '양병(養兵)'보다는 백성을 돌보는 '양민(養民)'을 주장했다. 그의 군정과 세정 개혁사상을 보면 잘 알 수 있다. 율곡 같은 경세가가 당시의 상황에 십만양병을 주장했다는 것은

어불성설이다. 그 많은 수의 군
사를 기르려면 나라의 곳간은 텅
비게 될 뿐만 아니라 양민들의 고
통은 이루 말할 수 없이 피폐하게
된다.

율곡 이이

　게다가 이 문제를 율곡이 서인
이라 영남의 동인들이 반대했다
는 등 영호남 당쟁의 여파로까지
몰아가는 논리는 망국적이다. 율
곡의 탁월함은 오히려 국정의 근
간인 세정과 군정에 대한 개혁정

신에 있었다. 그는 서자나 천인이 자원하여 국경에서 3년 근무하면 과
거 응시자격을 주고, 천인에게는 양인으로 면천시키자는 과감한 개혁정
책을 주장했다. 이에 양반 사대부들이 아귀처럼 들고일어나 율곡을 죽
이려 했다. 당시의 사료 중에 여기저기 드러나는 율곡에 대한 앞뒤 안
맞는 비난은 여기에서 기인한다.

　또한 〈선조실록〉에서도 율곡을 한심한 인간으로 비하하고 있는 이유
도 거기에 있었다. 그나마 〈선조수정실록〉에서 상당 부분 제대로 수정
되었기에 다행한 일이었다. 대체 우리의 정치 상황은 예나 지금이나 왜
들 이런가?

　유성룡은 비록 동인이지만 율곡과 함께 개혁의 사상적 동지였다. 또
한 중종 때의 개혁정치가 조광조(趙光祖)로부터 비롯된 조세개혁안은
민생개혁안의 백미인데, 이를 그대로 받은 사람이 바로 율곡이며, 그 개

혁정신을 계승한 정치인이 서애 유성룡이다.

그들은 백성들의 살림이 퍼지는 방법을 항상 고민하다가 조세개혁안을 주장하기에 이른 것이다. 율곡의 대공수미법(代貢收米法)이나 유성룡의 대동법은 모두 공납의 폐단을 없애기 위한 법이다. 또한 군정의 문제에서도 율곡이나 서애는 모두 장정이 점점 줄어드는 것을 크게 걱정했고, 그 대안으로 천인들도 제대로 대접하여 군대에 가게 하는 법을 만들고자 했던 것이다. 유성룡의 속오군(束伍軍) 제도가 그것인데, 이는 율곡 사상에서 비롯된 개혁입법이다. 그들의 개혁입법에 대해서는 후에 상술한다.

말이 나온 김에 좀 더 말하자면, 유성룡은 특히 선배 정치인인 율곡을 좋아해서, 당시 대선배 병조판서인 율곡에게 이순신을 소개하며 부탁했다. 정말 재미있는 것은 이 말을 전해들은 당시 일개 중대장 격인 만호 신분의 이순신은, 율곡이 같은 덕수 이씨라 부담된다고 오히려 만나기를 거절했다는 사실이다. 이순신의 돌출된 갑질 행동에 대궐 내 사무실에서 같이 일하던 율곡과 서애가 함께 통쾌하게 웃어 낮잠 자고 있던 선조를 깨웠다던가.

한편 조선파병단장 경략 송응창의 보고를 접한 명 신종 황제가 직접 공문을 보내기에 이르렀다. 이를 보고 있노라면 얼굴이 다 화끈거린다. "조선 국왕은 즉시 평양으로 돌아가 파죽지세의 조선 의병과 군사를 거느리고 왜적을 쳐내 난리를 평정하라"는 내용이었다. 백성들의 의병 활동을 간접 치하하고 선조를 압박한 것이다.

이에 가뜩이나 선조에 대한 불만으로 가득했던 비변사와 전 각료들이 임금을 통렬하게 비판하는 상소를 올린다. 그래도 선조는 정주에서 꿈

쩍도 하지 않았다. 가토 기요마사가 함경도에서 한성으로 이동하는 길에 곧 평양성을 공격할지도 모른다는 낭설에 선조는 겁먹고 있었다. 당시 비변사 대신들과 선조의 길고 긴 공방을 보고 있노라면, 신하들의 왕에 대한 비판과 모욕이 이보다 더할 수 없으며, 이를 견디며 끝까지 버텨 낸 선조 또한 대단하다.

점입가경, 선조는 자신의 정주 칩거가 옛날의 와신상담과 같은 의미라 하여 대신들을 황당하게 만들며, 또한 비통하게 했다. 선조가 그토록 두려워한 가토의 함경도 주둔군은 사실 더 이상 버틸 기력이 없었다. 그 이유는 우선 함경도의 매서운 추위 때문이었고 더 큰 이유로는 의병 정문부(鄭文孚)의 무서운 3천 의병 때문이었다. 그들은 매복과 기습전으로 왜군을 무참하게 도륙했다. 왜군은 정문부의 의병들이 무서워 병영에서 한 발짝도 움직이지 못했다. 이에 가토는 더 이상 버티지 못하고 한성으로 퇴각키로 결정했다.

한편 한성의 왜군은 행주산성 일대를 돌아보고는 이를 도요토미가 있는 총본부 나고야 성처럼 만들고, 김포평야에 무사들과 백성들이 살게 하는 전형적인 왜식 거주지로 만들고자 했다. 그들은 백일몽을 꿈꾸고 있었다. 또한 그들은 더 나아가 조선 전역을 이런 방식으로 영구히 그들의 영지로 만들고자 했다. 평양성 전투 때와는 달리 벽제관 전투에서 명의 이여송을 무찌른 왜군의 사기는 충천하고 있었다.

권율은 유성룡의 천거로 전시의 주요 인물로 떠올랐다. 광주 목사로 재직 중 전라도 순찰사 이광이 용인 전투에서 왜군에 패퇴한 이후, 그 후임으로 전라도 순찰사가 되었고 용인 전투를 거울삼아 수원 독성산성에서 군사를 모으며 정세를 관망 중이었다. 그러다가 조명연합군이 한성 수복 작전을 펴기로 했다는 정보를 듣고 근교의 행주산성을 본거지로 하여 협공하기로 결정했다. 독성산성에는 군사가 주둔해 있는 것처럼 위장하고 병사들을 옮겼다. 동시에 행주산성은 대대적으로 정비하여 목책을 높이 세우고 성 안팎을 보수하는 등 적의 공격에 대비했다.

한성의 왜군 본진은 이러한 조선군의 움직임을 주시하다가 조명연합군의 협공을 사전에 분쇄하기 위해 행주산성을 먼저 총공격하기로 결정했다. 공격부대는 한성에 주둔해 있던 전군을 움직였는데, 이에는 한성본부 총대장 히데이에(平秀家)와 평양에서 패퇴하여 퇴각한 고니시 유키나가 군 등 7개군 3만여 명의 대부대였다.

1593년 2월 12일 조선 측은 그동안 각지에서 모은 1만여 명 군사로 조선군만의 단독 전투를 치르기로 결심했다. 권율은 눈을 부릅뜨고 긴장된 목소리로 성내의 모든 군민에게 외쳤다. 우리의 행주산성을 적에게 넘겨주느니 차라리 이곳을 우리 모두의 공동묘지로 삼자고 했다. 그들은 묵묵히 하나가 되고 있었다. 이제 처음으로 민관이 하나가 되어 왜군을 처음으로 물리친 행주대첩이 시작되고 있었다.

나의 징비록 14

권율, 적의 사지를 찢어 나뭇가지에 널다

권율은 임진왜란 초 광주 목사로 재직 중 1592년 7월 이치 전투에서 대승한 공로로 전라도 관찰사가 되었다. 그는 문관 출신이었지만 전투에 임해서 과감한 전술전략으로 적과 싸워 항상 승리했다. 특히 이치 전투와 독성산성 전투에서 연승한 권율에게 왜군은 그리 무서운 존재가 아니었다. 우리 땅에서 하는 전투이기에 지형지물을 잘 활용하면 꼭 승리할 수 있다고 믿고 있었다.

평양을 수복한 뒤 남쪽으로 내려온 명군에 호응해 한성을 되찾기 위해 권율은 병사들을 이끌고 북상했다. 북상하던 중 수원 독성산성에서 왜군을 격파했다. 이후 권율은 모든 병사를 이끌고 조경(趙儆) 등과 함께 행주산성에 진지를 구축했다. 승군 처영대사도 승의병 1천 명을 이끌고 권율을 따라 강을 건너니 행주산성에 포진한 총병력은 1만 명 가까이 되었다. 그만큼 조선군은 이곳 전투가 한성 수복의 지름길이 될 것이라 확신하고 있었다. 무슨 수를 쓰든지 승리해야 했다. 조선의 명운이 이 싸움에 달려 있었다. 권율은 모든 장병 군민과 함께 이곳에서 죽고자 했다.

권율은 행주산성에 목책을 완성하고, 성내의 땅을 고른 뒤 은밀히 군사를 이곳으로 옮겼다. 그리고 휘하 병력 중 4천 명을 뽑아 지금의 시흥인 금천에 주둔시켜서 한성에서 내려오는 왜적을 봉쇄토록 했다. 이때 죽산에서 패한 변이중(邊以中)도 병사 1천 명을 거느리고 양천에 주둔해, 행주산성과 금천 중간 위치에서 왜군을 견제했다. 그들은 만일의 사태에 대비해 행주산성에 배수진을 친 권율을 돕기로 했던 것이다.

적장들은 지난번 압도적인 전력을 가지고도 이치(배티)와 독성산성에서 오합지졸의 권율에게 당한 패배를 잊을 수 없었다. 그들은 이를 되갚

행주대첩. 출처: 전쟁기념관

기 위해 권율이 진을 친 행주산성을 단번에 궤멸시키기로 결정했다. 이에 한 번도 선두에 나서본 경험이 없던 젊은 총대장 우키타를 비롯해 이시다, 오타니, 마시다의 세 장군 등 한성 본영의 장수들까지 7개 부대로 나눠 행주산성으로 진군했다. 이때 왜 측의 전 병력은 3만여 명이었다.

행주산성 안의 조선군이 가지고 있던 무기는 궁시(弓矢, 활과 화살)와 도창(刀槍, 칼과 창) 외에 변이중이 만든 화차, 권율의 지시로 만든 수차석포(水車石砲)라는 특수한 무기가 있었다. 산성에서는 왜군이 몰려올 것에 대비해 성책을 안팎 이중으로 만들었다. 또한 토제를 쌓아 조총 탄환을 피할 수 있게 했고, 병사들에게 재를 담은 주머니를 허리에 차게 했다.

드디어 왜군이 총공격해 온다는 정보를 입수한 권율은 이번 한판 싸움에 병사들의 생사는 물론 나라의 운명이 달려 있다는 것을 병사들에게 주지시키고, 이번 전투에서 모두 같이 죽자 하였다. 모든 병사들은 전멸의 각오로 이를 악물었다. 조선 병사들에게 왜적은 한 번도 이겨 본 적이 없는 공포 그 자체였기 때문이었다.

1593년 2월 12일 오전 6시 경 7개군 3만여 명의 왜군은 이치와 독성산성 전투에서의 치욕을 갚아 주고자 혈안이 되었다. 고니시 유키나가가 제1군을 맡아 명예회복 기회를 노렸다. 평양성 전투에서 그는 선두 주자의 체면을 구긴 바 있었다. 고니시 군의 선공이 시작되자마자 조선군의 화차가 불을 뿜었고, 수차석포에서 돌이 날았다. 동시에 비격진천뢰 총통이 집중적으로 뿜어졌다. 적의 제1군이 휘청댔다. 양군에서 아비규환의 소용돌이가 몰아쳤다.

제2대의 이시다 미쓰나리(石田三成)가 계속해서 공격해 왔지만 그의 부장이 가슴을 관통당해 그만 퇴각하고 말았다. 구로다 나가마사의 제3대가 연이어 공격하자 조선군은 차고 있던 재를 적들에게 뿌렸다. 눈을 뜰 수 없게 된 왜군이 도주하느라 바빴다. 구로다는 조선군과 전투한 경험이 있어서 조선군을 두려워했다.

조선군은 어찌된 일인지 정규군보다 비정규군인 의병들이 훨씬 무서웠다. 그들은 마치 죽기 위해 나선 사람들처럼 결사적으로 항전했다. 그래서 의병들과 전투해 본 경험 있는 왜군의 장수들은 하나같이 몸서리를 쳤다. 함경도의 가토 기요마사도 마찬가지였다. 그가 지금 함경도에서 쫓겨 오는 이유도 그런 이유였다.

대장 구로다는 전년 9월 연안성 싸움에서 조선 의병에게 대패한 경험이 있었다. 그래서 구로다는 성 밖의 긴 방죽 위에 누대를 만들고 그 위

소승자총통, 승자총통, 현자총통. 출처: 육군박물관

에 조총수 수십 명을 배치해 성안으로 조총을 쏘게만 하고 병졸에게는 접근하지 못하게 했다. 이에 조선 장수 조경이 대포를 집중적으로 쏘아 이를 깨뜨렸다. 또 포전 끝에 칼날 2개씩을 달아 쏘니 왜군들이 맞고 즉사했다.

왜군 공격군이 계속해서 형편없이 당하자 총사령관 히데이에가 직접 나섰다. 그가 크게 소리를 지르며 선두에 나서니 이에 소속된 제4대 장병들도 모두 그의 뒤를 따랐다. 제4대는 많은 희생자를 내면서도 계속 진격해 제1성책을 넘어서 제2성책까지 접근했다. 히데이에가 맹렬하게 공격하자 행주산성의 제1성책이 무너졌는데 히데이에 역시 중상을 입어 퇴각할 수밖에 없었다.

제5대장 요시카와는 제4대의 뒤를 이어 화통을 성책 일부에 집중 발사해 불이 붙게 했으나 조선군은 미리 준비해 둔 물로 꺼버렸다. 조선군

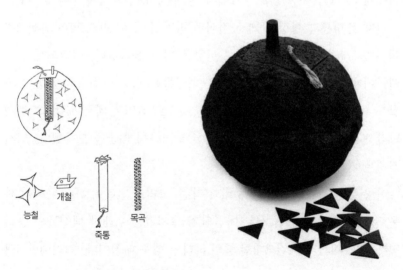

비격진천뢰(飛擊震天雷). 출처: 『충무공 이순신과 임진왜란』(문화재청 현충사관리소, 2011)

이 시석(矢石, 화살과 돌)을 퍼부어 요시카와가 큰 부상을 입고 퇴각했고 부하 병졸의 사망자만도 160명이나 발생했다. 두 대장의 부상에 분노한 제6대장 모리와 고바야카와는 제2성책을 공격했다. 이에 처영 대사는 승의군을 이끌고 용감히 맞섰다. 그리고 승의병이 각기 허리에 찬 재를 뿌리자 눈을 뜰 수 없게 된 적군은 달아나고 말았다.

일본군은 마지막 남은 제7대로 공격을 시작했다. 제7대장 고바야카와 다카카게는 노장으로 선두에 서서 서북쪽 자성을 지키던 승의군 한 귀퉁이를 뚫고 성안에까지 돌입하려 했다. 이에 승의병이 동요해 위급한 상황에 이르렀다. 이때 권율은 대검을 빼들고 승의군에게 총공격을 호령하고 왜군과 치열한 백병전에 돌입했다. 옆 진영의 조선군도 화살이 다해 투석전을 폈는데, 이때 부녀자들까지 동원되어 모두가 일치단결해 싸웠다. 특히 부녀자들은 긴 치마를 잘라 짧게 만들어 입고 돌을 날라다 적에게 큰 피해를 주었다. 여기에서 '행주치마'라는 명칭이 생겨났다.

이때 유성룡과 항상 함께 움직이던 경기 수사 이빈(李蘋)이 함선 2척에 수만 개의 화살을 가득 싣고 한강을 타고 올라왔다. 이빈의 출현은 왜군에게 의외의 공포감을 주었다. 왜군들은 평양성 전투의 악몽이 되살아나고 있었다. 앞뒤에서 포위되는 것으로 겁먹은 왜군이 갑작스럽게 퇴각하기 시작했다. 조선군은 일제히 추격하여 왜군을 도륙했다. 역시 전쟁은 기세 싸움이었다.

이 전투는 권율의 철저한 준비와 작전, 그리고 민관이 하나가 되어 싸운 정신력의 승리였다. 실로 아름답기 그지없는 위대한 백성들의 승리였다. 이것이 임진왜란 3대첩 중의 하나인 행주 대첩이다. 임진왜란 3대첩은 권율의 행주 대첩과 이순신의 임진년 7월 한산도 대첩, 그리고

1592년 10월과 1593년 6월 두 차례에 걸쳐 진주 목사 김시민이 모든 백성들과 장렬하게 싸우다가 전몰한 진주성 대첩을 말한다.

행주성 싸움은 처음으로 조선 단독으로 이루어 낸 완벽한 승리였다. 모두의 가슴이 펴지고 마음 뿌듯한 승리! 조선 병사들과 백성들은 알았다. 그들도 얼마든지 이길 수 있다는 사실을. 바다에서의 연승의 기운이 이제 육지로 전해져 올라왔다.

권율은 적이 퇴각한 후 적의 시체들을 찾아 사지를 찢고 나뭇가지 여기저기에 널어놓았다. 권율은 분노했다. 그들이 이 강토에 와서 행한 갖가지 만행을 떠올렸다. 아무런 이유 없이 내 강토에서 억울한 죽음을 당한 수많은 백성들의 피눈물을 생각했다.

조정은 기뻐했고, 명 제독 이여송은 평양으로 후퇴하던 중 행주 대첩의 소식을 듣고 벽제관 전투에서 패한 이후 급히 도주한 것을 후회했다고 했다. 대첩이 있은 다음 권율은 병력을 이끌고 파주산성으로 옮겨 도원수 김명원 등과 본성을 지키면서 정세를 관망했다. 그 뒤 권율이 김명원의 뒤를 이어 도원수가 된 것은 행주 대첩의 전공이 크게 작용한 것이라 하겠다.

행주 대첩의 승리는 모두에게 충격을 주었다. 왜군은 3만 대군으로 작은 목책성 하나 깨뜨리지 못한 예상 외의 패배에 사기가 크게 저하됐으며, 명은 명대로 조선의 용맹함에 진심으로 놀라며 치하했다. 조선군은 실로 누구도 예상치 못한 첫 번째 승전에 크게 고무되었다. 명군 부총병 사대수가 나서 권율을 크게 치하하며, 참으로 조선에 진정한 장수가 있다 하였다. 유성룡은 이 여세를 몰아 곧장 한성을 수복하고 전쟁도 종식시키고 싶었다. 그는 이여송을 찾아가 이번 기회에 왜적을 초토화

시키자고 압박했고, 여송은 계속 회피했다.

～

한편 왜군은 부산포에 본영을 잡고서 본국 총사령부가 있는 나고야의 히데요시와 연계하고 있었다. 부산은 조선 파병 왜군의 병참기지이기도 했다. 이 때문에 부산에는 항상 왜군 장병들과 물자선들로 북적이고 있었다.

임진년 9월이 되고 전쟁이 시작된 지 6개월여가 되어 가지만 이순신의 조선 수군으로 왜군은 해상로가 완전히 막혀 꼼짝도 할 수 없었다. 정보에 따르면 이순신의 조선 수군이 필히 대군을 이끌고 금명간 이곳을 치러 온다 하니 부산 본영은 죽을 맛이었다.

그곳에는 역전의 맹장 구키 요시다카, 와키자카 야스히루, 도도 다카도라 등 왜군 장수들이 포진하고 있었다. 이들의 공통점은 원래 왜국 내에서 한 가닥 하는 대단한 장수들이었는데, 조선에 와서 다들 한 번씩 이순신에게 크게 깨져 본 경험이 있으며, 이순신이라면 공포심과 복수심에 치를 떨고 있다는 점이다.

그들은 논의하고 논의한 끝에 이제까지와는 전혀 다른 전략전술로 싸워야 한다는 것과 정면 대결은 피하고 안골포 전투에서처럼 수륙 합동 작전으로 가야 할 것 등을 결의했다. 동시에 이제부터의 전투는 어설픈 공격보다는 은인자중 철저한 수성전으로 끌고 갈 것이었다.

여기서 잠깐 나고야 본영과 부산을 왕복하며 전쟁을 뒤에서 지휘하는 적장 이시다 미쓰나리에 대해 살펴본다. 그는 이번 왜의 조선전쟁을 총기획하고 막후에서 총지휘하는 실세다. 히데요시 유고 시에는 즉각 그를 대신하여 그 자리에 앉을 명실 공히 제2인자였다. 히데요시 휘하의 가신인 그가 이번 전쟁에서 이순신으로 인해 완전히 기가 꺾였다. 해상에서의 연전연패는 그의 입지를 위험하게 했으며, 히데요시의 휘하에는 있지만 최대의 정적인 도쿠가와 이에야스 측에 체면을 완전히 잃는 꼴이 되었고, 나중에 도쿠가와가 득세하는 빌미를 주게 된다. 그래서 그는 더욱 이번 부산포 해전을 절대적으로 이겨야 하는 전투로 각 장수들을 몰아갔다.

몇 년 후 히데요시가 죽고 도쿠가와 이에야스 진영과 도요토미 히데요시 진영 간의 천하쟁패 당시 양 진영의 모든 세력을 총동원한 세키가하라 전쟁에서, 그는 자연스럽게 서군의 총사령관으로서 히데요시 가문의 명예를 걸고 대회전을 벌일 때, 그의 서군은 조선전쟁으로 피폐해진 상황이었기에 도쿠가와의 동군 진영에 대패하고 만다.

그는 함부로 벌인 조선전쟁을 죽어 가면서 후회했다. 불쌍하기 그지없는 자이다. 일본의 현대 사극에서 이시다는 항상 꿈만 크고 능력은 안 되면서 히데요시에게 잘 보이려고 죽을힘을 다하는 코믹한 쪼다로 나온다. 반면 도쿠가와는 조선을 무겁게 여기고 신중하며, 도쿠가와 바쿠후 시절 조선통신사 일행들을 상전으로 잘 모시는 현군으로 나온다. 승자 승이라고, 이긴 자에 대한 예우인지 존경심인지 모르겠다. 이런 이시다가 부산포 전투를 지휘하고 있었다.

부산포 해전

왜군 총사령관 이시다 미쓰나리는 이순신의 조선 함대가 곧 들이닥칠 시점에 다음과 같은 작전명령을 부산 함대 사령부에 내린다.

첫째, 이순신 함대가 근해에서 보이기 시작하면, 남해안 일대에서 대기하던 모든 함선을 부산포에 집결시킨다.

둘째, 방파제를 더욱 높이 쌓고, 조선 대포를 많이 확보하여 그 사격법을 익힐 것.

셋째, 적을 최대한 포구로 끌어들여 싸우되, 거북선에 집중타를 날릴 것.

넷째, 적의 화공에 대비하여 화재 진압조와 저격조로 나눌 것 등등.

전례 없이 길고 자세한 작전명령이었다. 이순신이 겁나긴 되게 겁나는 모양이었다. 이순신은 왜군을 완전히 격파하기 위해서는 왜 수군의 본영이 자리한 부산포를 완전하게 궤멸시켜야 한다고 확신하고 있었다. 당시 장계에 보고한 조선 함대 병력은 전라 좌수영과 우수영의 판옥선과 거북선을 합친 대형 함선 74척, 중간 함선 92척이고, 원균의 경상 우수영은 모두 20여 척이다. 당시의 조선 사정으로 볼 때 대단한 함선 규모다. 이는 이순신의 전쟁에 대한 통찰력에서 나온 것으로서, 오랜 준비 기간과 철두철미한 준비 태세의 결과이다.

1592년 8월 24일, 전라 좌수사 이순신과 우수사 이억기 함대가 여수를 출발하여 원균의 경상 우수영 함대를 만나, 이순신을 함대사령관으로 하여 부산의 왜군 본영을 향해 진군한다. 이때 조선군 정보원들로부터 왜군들의 움직임에 관한 정보가 들려왔다. 왜군들은 낮에는 숨고 밤에는 행군하여 밀양과 김해 일대로 내려오는데, 병사들마다 짐을 잔뜩 들고서 도주하고 있다는 것이었다. 전국 각지에서 패퇴한 왜군들이 떠돌이처럼 무조건 남으로 내려와서 본국으로 도주할 계획인 게 분명했다. 그동안 훔친 물건들, 특히 도자기 같은 문화재급 물건들을 빼돌리기에 바빴다.

이순신 함대는 8월 29일 가덕도를 출발해서 낙동강 쪽으로 가는 도중 6척의 왜선을 불태우고, 9월 1일 다대포 인근에서 왜군 대형 수송선 5척 등 모두 22척의 적선을 깨부쉈다. 계속해서 영도 일대를 수색하던 중 부산포에 나간 수색대로부터 5백여 척의 왜군 함선이 정박해 있다는 정보가 들어왔다.

이순신 함대가 부산포에 이르니 과연 5백여 척의 어마어마한 규모의 함대가 포진하고 있으며, 그 주위에는 방파제가 크게 둘러싸여 있었다. 또한 왜군 병사들은 해안가, 언덕, 왜성 등에서 일정한 대오를 갖추고 있었다. 양군이 대치하던 중 왜선 4척이 먼저 정적을 깨뜨리고 서서히 조선 함대 쪽으로 움직였다.

전설의 이순신 함대 선봉대장인 중위장 순천 부사 권준, 전부장 방답 첨사 이순신, 거북선 돌격대장 이언량(李彦良), 좌부장 낙안 군수 신호, 우부장 녹도 만호 정운(鄭運) 등이 곧장 달려가서 왜의 선봉대를 깨부수고 불태워버렸다. 적도들은 바로 헤엄쳐서 뭍으로 올라갔다.

"그때 뒤에 있던 우리의 여러 전선들은 깃발을 흔들며 북을 치면서 긴 뱀이 앞으로 나가는 장사진 모양으로 돌진했습니다."

이것이 좁은 포구에서 감행하는 이순신의 장사진 공격법이다. 왜군은 안골포 전투에서처럼 포구에 숨어 들어가 응전할 기미가 없었다. 계속해서 군악 소리에 맞춰 이순신 함대가 나누어 왜군의 포구와 해안기지를 막아서는데, 5백 척 가까이 되는 왜군 함대는 감히 나오지를 못했다. 조선 함대가 더욱 나아가니 함선 안에 있던 왜군들이 총과 화살을 옆에 끼고 포구 위의 산성 안으로 도주했다. 이들은 모두 6개 진으로 나누어서 산 아래의 조선군에 총과 화살을 쏘아 댔다. 그들 중에는 편전을 쏘는 자들과 모과만 한 철환을 쏘아 대는 자들이 무수히 많았는데, 여러 장수들이 이구동성으로 저것들은 같은 조선 사람이 틀림없다며 더욱 분개했다.

그래서 천자포, 지자포, 장군전, 피령전, 장편전, 철환 등 모든 종류의 무기들을 마구 쏘아 대며 하루 종일 맞붙어 싸웠더니 적의 기세가 크게 꺾였다. 왜군의 대포는 전투 중 포신이 자주 깨졌는데, 현대 일본학자들은 당시 왜국의 주물공업 수준이 조선의 수준에 한참 떨어져 있어서 그랬다 한다.

조선의 선봉 함대는 포구 안으로 더욱 가까이 쳐들어갔다. 거북선 함대가 종횡무진 활약했다. 적들은 추풍낙엽처럼 스러졌고, 적함도 무수히 깨져 나갔다. 그 와중에 선봉의 우부장 녹도 만호 정운이 적의 총포 사격에 쓰러졌다. 적군이 쏜 큰 철환이 정운의 이마를 관통한 것이다. 조선 함대 최초의 전사자가 발생했다. 이순신은 너무도 놀라고 슬퍼했다. 자신의 최측근 부장의 죽음에 아무런 말도 못 하고 그저 "지극히 슬프고 가슴 아프다"라고 했다. 조정에 올리는 장계에도 정운의 죽음에 대해 상세히 써서 올리고, 그의 공을 부디 치하해 달라고 요청했다.

왜군은 끝까지 안골포 전투에서 하던 방식대로 수성전으로 일관했다. 그러나 이순신 함대는 그런 중에도 적선 1백여 척을 부수고 수많은 적병을 살상했다. 그들은 무조건 포구 안쪽과 성 안으로 피신했다. 이순신은 장병들이 뭍으로 상륙하여 추격하는 것은 말렸다. 그들을 쫓아 뭍으로 나가는 것을 절대 금했다. 잘못하다가는 수세에 몰린 적들이 집중 사격

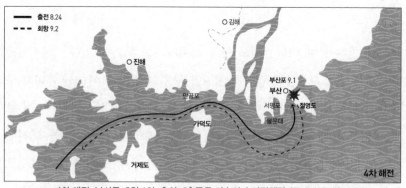

4차 해전: 부산포. 9월 1일. 출처: 『충무공 이순신과 임진왜란』(문화재청 현충사관리소, 2011)

하여 아군의 인명 피해가 무수히 늘어날 것을 경계했기 때문이다.

왜군은 점점 늘어나는 자신들의 엄청난 피해에 경악했다. 그렇게 대비하고 각오를 새롭게 했지만 결과는 같았다. 전투는 저녁이 되어 끝났다. 약 5시간 동안의 전투에 아군 피해도 상당히 있었다. 사망자는 정운 포함 4명, 부상자 23명이었다. 이순신 함대는 가덕도로 돌아갔다. 이순신은 장계에 왜군들이 눈에 보이지 않게 본국으로 도주할 준비를 하고 있다고 썼다. 적들이 부산포 주변의 관사를 다 파괴하고, 흙집을 만들어 소굴로 삼고 있다 했다.

다음 날에도 다시 부산포를 공격하려고 했으나 풍랑이 거세져 함대를 움직이지 못했다. 이순신은 아군이 불리한 상황에서는 어떠한 경우라도 움직이지 않았다. 이번 전투를 통해서 해군 독단의 전술전략으로는 적을 완전히 소탕하기 어렵다는 사실을 절감했다. 이순신은 적들을 완전히 소탕하기 위해서는 수륙 양면으로 공격해야 한다고 조정에 진언했다. 남해안의 지형지물과 적이 구축해 놓은 진지를 볼 때 해군만으로는 안 되고 육군과 합동으로 작전을 수행해야 완전 소탕이 가능하다고 하였다.

왜군 장수 중에 히데요시의 양자 하시바라는 자가 있었다. 그는 이곳 부산포에서 금수저답게 편안히 전쟁을 즐기고 있다가 이순신 함대의 무시무시한 살상전과 원균 병사들의 물에 불은 아군의 목 베기를 직접 보고는 너무도 참혹하여 병을 얻었다. 더구나 왜군 진영에 퍼지는 패전에 대한 두려움에 다시는 본국으로 돌아갈 수 없을지 모른다는 생각으로 그는 쓰러졌고, 곧 시름시름 앓다가 죽는다. 히데요시는 펄펄 뛰었다.

이는 왜국의 임진왜란 기록에 나와 있는 기사인데, 그만큼 왜군 측에서 조선 이순신 함대의 격렬함과 처절함을 두려워했으며, 자신들의 패배가 어쩔 수 없었다는 보고용 기사이기도 하다.

이순신은 여수 본영으로 돌아와서 감성적인 길고 긴 승전 장계를 올렸다. 그리고 조정에서 지시한 각종 진상품을 조달하고, 선조의 특별 지시인 종이를 10권 만들어 보냈다. 그러면서 이것들을 고을 수령 누가 어디서 조달했는지를 자세히 기록했다.

또한 이미 소진한 포탄 제조에 쓸 유황 1백 근을 보내 줄 것을 요청했다. 의병과 승병들이 용맹하므로 그들이 육군이든 해군이든 제대로 활약할 수 있도록 조처했다는 것도 보고했다. 이순신은 위대한 무인이지만 동시에 감성적인 글쟁이의 피도 흘렸다. 도처에 굶어 죽는 백성들을 살펴 그들이 먹고살 수 있는 방도를 마련해 보라는 유성룡의 지시에 비변사에 보고하기를, 그렇지 않아도 이미 지세가 평탄하고 땅도 기름진 돌산도에 백성들이 들어가 농사짓고 살게 했다는 보고도 했다. 대체 그는 전쟁하는 장수인지, 백성들을 보살피는 나라의 임금인지 모르겠다.

그러나 이러한 이순신의 여러 가지 행적은 선조의 노여움과 질투심을 자극하는 계기가 되어, 결국 둘 사이에는 넘을 수 없는 벽이 되고 만다.

제6장

『난중일기』_그 비통함의 기록

명왜 강화회담이 웬 말인가?

아마도 명왜 간에 강화회담을 시작한 것은 평양성 전투 때부터라 추측된다. 이여송과 고니시 유키나가 간에 상호 신변보호 약조부터 시작하지 않았을까 생각한다. 그러기에 이여송은 평양성 전투에서 도주하는 고니시 유키나가 군을 절대 공격하지 못하게 엄명했다. 이렇게 그들 간의 강화조약은 이미 시작되었다.

왜적들은 이제 빠져나갈 수 없는 깊은 수렁에 빠졌다. 행주산성에서의 말도 안 되는 처참한 패배로 한성 본영 수뇌부의 불안한 입지는 더해 갔고, 조선 전국 도처에서 불같이 일어나는 의병들의 기세는 그 끝을 모르게 이어졌으며, 무엇보다도 남해안 일대에서 이순신 함대에 연전연패, 계속 쫓기는 왜군은 실로 죽을 것만 같은 진퇴양난의 수렁에 빠져가고 있었다.

드디어, 본국에서 이를 계속 지켜보던 히데요시는 일단 휴전하고 돌아오라고 지시한다. 그러나 왜 측이 제시한 휴전 조건을 보면 저들이 정말 제정신인가 의심하게 될 정도로 가관이었다. 적반하장이라는 말이 무색할 정도였다. 전쟁에 대한 상황 파악도 국제정세에 대한 이해도 전혀 안 된 무지의 소치라고밖에는 말할 수 없다.

마침내 왜군 수뇌부는 강화회담을 제안하기에 이르렀다. 조선의 전시 총책임자 유성룡은 대체 이럴 수가 있냐며 펄펄 뛰었다. 겨우겨우 전쟁을 추스르고 이제 다 이기고 있는 판국에 강화라니! 이 원수들을 그냥 곱게 살려 보내다니! 이 강토를 백성들의 피로 물들인 자들과 평화협정을 맺다니! 저 야비하고 포악하고 간사한 무리들을 그냥 선선히 고향으로 돌려보내다니!

그러나 그건 조선의 생각일 뿐이었다. 명의 총책임자 경략 송응창과 제독 이여송은 즉각 좋다고 했다. 왜 측은 고니시가 대표로 나섰다. 조선을 빼고 즉시 명과 왜만의 양국 간 강화회담이 진행되기 시작했다. 처음부터 만들어진 각본대로였다. 그들은 애초에 조선을 강화회담에 포함시킬 생각이 없었다. 그러나 보다 근본적인 문제가 있었다. 이여송이나 고니시 유키나가 모두 자신의 주군들의 뜻과는 전혀 다른 내용으로 회담을 진행하고 있었던 것이다.

명의 요구안은, 포로로 잡힌 임해군과 순화군 두 왕자와 고관들을 석방할 것과 도요토미 히데요시가 사과하는 것이었다. 그리하면 모든 것을 용서하고 히데요시를 왜왕으로 책봉하겠다고 했다. 이에 대해 왜 측은 웃었다. 반면 용산에서의 1차 회담과 나고야에서 벌어진 5월의 2차 회담에서의 왜 측 제안은 조선은 물론 명에게도 기가 막힌 내용이었다. 즉, 조선 8도 중 남부 4도를 왜에 넘길 것, 명의 공주를 히데요시의 후비로 보낼 것, 조선 왕자와 대신을 인질로 보낼 것 등이었다.

도대체 이렇게 말도 안 되는 강화안을 본국에 가져갔다가는 황제로부

터 죽음을 면치 못할 것을 아는 명의 대표들은 잔꾀를 생각해 냈다. 그
것은 히데요시의 공문을 변조하는 것이었다. 그저 다른 요구 사항들은
다 빼고 간단하게 히데요시가 왜왕 책봉을 간청하는 것으로 만들었다.
한 술 더 떠서 명의 신종에게 변조된 공문을 바치는 것도 고니시의 일개
부하가 하는 것으로 했다. 저들은 그 일이 무엇을 의미하는지조차 알지
못했다. 후일 이것은 커다란 재앙을 불러온다.

문제는 조선 측이었다. 이러한 강화회담 소식을 접한 선조는 갑자기
초강경론자로 선회했다. 물론 강화조약 조건이 하도 황당하니까 당연히
유성룡과 대신들도 같은 생각이었지만, 선조의 초강경 자세는 이상한
방향으로 이리저리 튀었다. 유성룡이 명의 대표 송응창에게 갑자기 왜
강화회담을 하는지 따지고 들자, 그는 이처럼 즉각 조롱했다.

"참나! 당신네 나라 왕도 한성을 버리고 지금까지 북으로 튀지 않았
소?"

유성룡은 대꾸할 말이 없어 참담한 표정으로 어물어물 변명하고 자리
를 피하고 말았다.

1593년 3월 7일과 23일, 선조가 의주 근처 숙천의 행재소에서 이여송
과 만나 이야기를 나눴다. 두 사람은 정말 한 편의 코미디를 연출하고
있었다. 먼저 이여송이 선공을 날렸다.

"지난번 군량이 부족하여 왜적을 완전히 없애지 못하여 죄송합니다.
그러나 왕께서 두 왕자를 찾고 싶으시면 강화하시고, 정벌하시겠다면
진격하여 토벌하겠습니다."

지금까지 도망다니고 있던 조선 왕에게 이여송이 만만하게 희롱조의

제안을 던졌다. 회담에 배석하고 있는 조선의 대신들의 표정이 일그러졌다.

"나는 죽기를 다하여 싸울 뿐 강화하지 않을 것이오."

선조가 모기 소리만 하게 응수하니, 이에 이여송이 실실 웃으며 받아쳤다.

"우리가 이번에 진격하여 적을 섬멸하면 모를까, 만약 반이라도 남아 후에 다시 싸우게 되면, 그때 왕께서 또다시 우리에게 청병할 수 있겠소?"

명군 3만 군사들 먹이는 일로 조선 백성이 모두 굶어 죽고 대신들이 곤장을 맞는 판에, 그 잘난 지원군 일로 공갈치는 모습이다. 차라리 눈을 감고 싶은 정경이었다.

"이 원수를 갚게만 된다면 만 번 죽은들 무슨 후회가 있겠소?"

선조는 뒷걸음질치며 한마디하고 끝낸다. 선조의 느닷없는 강경척화론은, 물론 전장의 충성스런 신하들의 분전과 전국 의병들의 활동 상황을 보고 받고 생긴 자신감이었고, 그리고 더 중요한 것은 이제는 왜군이 더 이상 자신을 해칠 수 없는 상황이 됐다는 정세 판단 때문이었다. 물론 어지간한 그도 조선 4개 도를 왜에 넘겨줄 수는 없는 일이었다. 그러나 그는 두려움 때문에 아직도 북쪽에 숨어 있었다.

명 조정의 지시와 목표는 왜적이 조선 땅에서 완전히 물러가서 향후 추호라도 명의 국경 안으로 왜군이 진군하는 위험을 완전히 제거하는 것이었다. 반면 이여송 등은 왜군이 일단 한성에서 철수하는 것이었다. 쓸데없이 남의 땅에 와서 목숨 건 싸움을 계속하고 싶지 않았던 그는 명 황제에게 계속 거짓된 보고를 했다. 곧 왜군은 조선에서 완전 철수할 것이라고.

유성룡은 탄식하며 선조에게 말했다.

"명군이 한성이 지척인데도 수복하지 않으니 통분하여 죽고 싶습니다. 행주 싸움에서 큰 승리를 거둔 마당에 우리와 명이 힘을 합하여 공격한다면 반드시 적을 물리칠 수 있습니다."

1593년 3월 27일, 비변사는 전시에 중구난방으로 지시가 이루어지고 있는 상황을 정리하여 도체찰사 유성룡에게 관군과 의병 모두를 통솔할 수 있는 절제권을 주라 권했다. 이것은 사실상 선조를 비난하는 말이었다. 임금이 잘 알지도 못하면서 마구 지시를 내리고 있어서 전선에 혼란만 가중시키고 있기 때문이었다. 심지어 천 리 밖 수군에게까지 전략을 지시하는 왕을 견제하기 위함이었다.

그러나 선조는 오히려 망발로 일관하여 또 한 번 모두를 경악시켰다.

"유성룡을 내가 잘 아는데, 그는 도체찰사로서 원수를 갚자고 말하지는 않고 오히려 강화를 말하고, 한 번도 적을 물리친 적이 없으니 끝내는 실패할 것 같다. 해서 그의 직위를 박탈코자 한다."

비변사의 전 각료들이 어안이 벙벙해서 왕이란 사람을 쳐다보았다. 혹시 오랫동안 도주 생활을 하다 보니 왕이 실성한 게 아닐까? 유성룡은 조정 내에서 최고의 군 통수권자이며, 가장 강력한 척화론자임을 세상이 다 알고 있었다. 결국 선조는 곧바로 아니면 말고 하며 자신의 명을 거뒀다.

어쨌든 행주대첩 승리 이후 선조의 행태는 가히 영웅적으로 돌변했다. 그는 명의 상하 지휘관들 모두를 졸졸 따라다니며 왜와 강화해서는 안 된다고 애걸복걸했다. 그것이 자신에게 주어진 역사적 임무라고 생각하는 것 같았다.

3월 26일, 명의 군량미 담당 부장인 애주사를 선조가 의주까지 찾아가 만나겠다고 하니, 대신을 보내 만나게 하는 것이 옳다고 신하들이 응답했다. 이에 임금은 "그렇게 하는 게 아니다" 하였다. 선조가 굳이 싫다고 하는 명나라 군의 애주사를 만나니, 자신은 군량 담당자에 불과한 자이니 강화에 관한 일은 잘 모른다 하였다. 아, 저들이 조선 왕을 뒷담화로 뭐라 했을까!

3월 29일, 안주에 왕통판(王通判)이라는 송 경략의 비서쯤 되는 자가 와 있다는 말을 듣고는 선조가 즉각 쫓아가 문안하고 만나기를 원한다고 청해서 겨우 만났다.

"내가 송 경략을 만나는 일이 시급하므로 수레를 돌려 가산에 있는 광통원에 가서 서로 얘기하는 것이 어떠합니까?"

"우리들이 아직 식사를 못 하였으니 그리로 갈 수가 없습니다. 그리고 송 경략의 뜻은 이미 정해졌습니다. 군사를 쓸 일이 있으면 쓰는 거고 아니면 아닌 겁니다. 왕께서 간다고 바뀔 일은 없습니다. 송 경략의 말과 내 말이 다를 바 없습니다. 강화를 안 하고 싸움을 계속하는 문제는 귀국에게는 중요하겠지만 명으로서는 군대를 쓰는 문제라 간단치 않습니다."

이에 임금이 눈물을 흘리며 말하기를, "적을 쳐서 원수를 갚을 기회를 놓칠 수가 없고, 우리와 명에게 그들은 역적인데 어찌 그냥 보낼 수 있겠습니까?" 했다.

답답한 일은 다른 것은 다 제쳐놓고라도, 선조는 갑자기 이여송의 3만군으로 왜적 16만군을 목숨 걸고 쳐서 돌려보내지 말라는 주장이다.

명군은 절대 그럴 수 없다고 하고.

그런데 이순신이나 권율쯤 되는 장수가 그렇게 나온다면 명으로서도 말이 되겠지만, 이제까지 도망만 다닌 왕 선조가 어떻게 이럴 수 있냐고 비웃는 태도인 것이다. 곳곳에서 그들은 조선 왕을 비웃었다. 이 꼴을 지켜보는 대신들은 참담했다. 그날 저녁 선조는, 송 경략을 만나 한 번 통곡이나 하고 오겠다고 했다. 그러나 선조의 한 번만 만나 얘기 좀 하자는 간절한 요청에 대해 명군의 총책임자 경략 송응창은 끝까지 선조를 만나 주지 않았다.

송응창은 그의 부장 유격 심유경에게, "너는 왜에 가서 관백의 항복문서를 받아 가지고 오라. 나는 이후 천자께 보고하고 그들이 조공하도록

진주 대첩. 출처: 전쟁기념관

할 것이다"라고 하자, 왜를 잘 아는 심유경은 근심하여 떨면서 자리에서 나왔다. 선조가 그를 만나기 위해 가산까지 가서 청해도 심유경은 사양했다.

드디어 히데요시는 철수 명령을 내렸다. 왜군과 단단히 약조한 명의 송응창은 조선과 명의 장수들에게 철수하는 왜군의 뒤를 쫓는 자는 목을 베겠다 하며, 이런 내용이 담긴 패를 든 5명의 책사까지 동행시켰다. 4월 19일, 왜군은 강화협상을 통해 한성을 버리고 철수했다. 유성룡은 4월 20일 한성으로 돌아왔다. 그는 명군과 계속 논쟁했다. 죽을힘을 다해 싸웠다. 명군은 사사건건 대드는 유성룡에게 자신들의 기패(旗牌)에 고두례(叩頭禮)를 하라 명했다. 기는 명 황제의 국기이고 패는 송응창의 명령서였다. 그들은 조선 대표 유성룡에게 기패에다 고두례, 즉 머리를 조아리고 절하라고 명령했다.

유성룡은 이를 즉각 거부했다. 그들이 화내며 소리를 지르자, 유성룡은 패문부터 먼저 보자 했다. 송응창이 보여 준 패문에는 왜적에게 보복을 가하는 자는 참형에 처한다고 되어 있었다. 이에 유성룡은 더욱 절할 수 없다고 했다.

명과 뜻을 같이할 수 없음을 절감한 유성룡은 장령들에게 왜군을 살려 보내지 말라고 은밀히 일렀다. 권율, 이빈, 고언백 등에게 관군과 의병을 모두 동원하여 퇴각하는 왜군을 습격하라 지시했다. 충청, 전라, 경상도 각 고을에도 통문을 돌려 왜군을 주살하라 명하였다. 이를 알게 된 이여송은 조선 장수들을 구금하여 사전에 그들의 움직임을 철저히 막았다.

유성룡은 결국 4월 23일경부터 병석에 누워 사경을 헤매다 6월까지 두 달여를 앓았다. 그것은 육체의 병이 아니라 가슴의 병일 것이다. 이 땅을 살아가는 보통의 백성들이라면 누구나 앓게 되는 병일 것이다. 다만 유성룡이 조금 더 심하게 앓았을 뿐이었다.

경략 송응창이 선조를 만나 준 것은 6월 5일, 만나자마자 송응창은 선조에게 선수를 쳤다.

"듣자 하니 귀국에서 왜군에게 부산을 내주기로 했다면서요?" 선조가 깜짝 놀라면서 "어찌 그런 일이 있겠습니까?" 하고 대답하니, "아, 사실 나도 안 믿었습니다. 그리고 지난번에 왜적을 죽이지 말라 한 것은 깊은 뜻이 있어 그런 것이니 의심치 마시오"라고 했다. 도대체 이 무슨 작태인지 모를 일이었다.

선조는 한성이 수복된 지 6개월이 지나도록 내려올 생각을 하지 않았다. 모든 대소 신하들과 백성들의 요청에도 갖은 핑계를 대고 북쪽 의주와 인근 지방에서 버티다가 10월이 되어서야 무거운 발걸음으로 한성으로 돌아왔다. 그 이유를 모두는 알고 있었다. 그건 물론 아직도 곳곳에 남아 있는 왜군이 너무도 무서워서였다.

수도 한성에서 후퇴한 10만 이상의 왜적들은 남녘 이곳저곳으로 내려가다가, 다시 한곳으로 몰려들었다. 그리고 그들은 또다시 흉측한 짓을 하기 시작했다. 1593년 6월 20일, 9만여 명의 왜군이 갑자기 진주성으로 몰려들었다. 히데요시의 지시로 작년 임진년에 당한 진주 대첩의 보복을 하기 위해서였다. 이곳에서 저들은 임진왜란을 통틀어 가장 잔악한 짓을 하기에 이르렀다.

나의 징비록 17

피 끓는 진주성

진주성의 전략적 중요성은 아주 크다. 조선 시대, 진주는 경상도 일대를 관장하는 가장 큰 고을이었다. 전쟁 개시 이후 부산포를 시작으로 도성 한양과 평양까지 일직선으로 진격했던 왜군들은, 점차 전라도와 경상도를 중심으로 전국에서 지방 의병들이 활약하자 후방에서 어려움을 겪기 시작했다. 진주성은 경상도 의병 활동의 중심지였다.

진주성 싸움은 크게 두 차례에 걸쳐 벌어지는데, 전쟁 시작 연도인 1592년 10월의 전투와 다음 해인 1593년 6월의 전투였다. 이 두 전투는 왜군에 있어서나 조선 측에 있어서나 양측 모두 영원히 잊을 수 없는 싸움이었다. 먼저 첫 번째 전투부터 살펴본다.

임진왜란이 시작된 지 6개월여가 지나도 전쟁은 왜군의 뜻과는 달리 지지부진한 상태로 교착 상태에 빠졌다. 군량미가 떨어져가는 왜군은 히데요시의 강력한 지시로 곡창 지대인 호남 지역으로 진출하여 군량미를 안정적으로 확보하기 위해 길목에 자리한 요처 진주성을 차지해야만 했다. 전쟁 개시 첫해이며 반년여가 지난 지금이 절호의 기회였다. 이순신의 조선 수군에게 남해안 일대와 부산포에서 연패한 왜군들에게, 이 번만큼은 양보할 수 없는 목숨을 건 일전이었다. 1592년 9월 김해에서 출발한 왜군 3만여 명은 창원을 거쳐 10월 5일 진주성 외곽에 도착했다. 당시 진주성은 진주 목사 김시민(金時敏)이 지휘하는 3천8백여 명의 관 군이 왜군의 공격에 대비하고 있었고, 약 2만여 명의 백성들이 진주성 내에 있었다. 엄청난 숫자의 막강한 왜군이 쳐들어오고 있다는 소식을 접한 경상우도 순찰사 김성일은 너무도 막막하여 경상 각지에 원군을 요청했다.

남강과 주변의 지형을 이용하여 만들어진 진주성은 천혜의 요새이긴 하지만, 병사 숫자에 있어서는 절대적으로 약세였다. 조선군은 성문을 굳게 닫고 왜병들과 함부로 응대하지 않으며 적의 공격을 효율적으로 막아 내는 방어 전술을 펼쳤다. 드디어 10월 6일 3만여 적군은 3개 부대 로 나누어 각처에서 치열하게 공격해 들어오기 시작했다. 왜군의 조총 수들은 성 안으로 총포를 난사했고, 초막을 짓고 밤에는 불을 피워 기세 를 올렸다.

그날 밤 의병장 곽재우는 심대승(沈大承)과 함께 의병 2백여 명을 이 끌고 배후를 쳤다. 그는 여러 곳에서 횃불을 들고 뿔피리를 불며 적의 배후를 위협했다. 7일, 적군은 하루 종일 총탄과 화살을 발사했다. 8일 에는 공격용 죽제와 3층이나 되는 누대를 만들어 침공해 왔다.

이에 김시민은 현자포를 발사하고, 적이 성의 못을 메우려고 모아 놓 은 솔가지와 죽제를 짚으로 묶은 화약에 불을 붙여 던져 불살라버렸다. 또 이동하는 적의 누대를 자루가 긴 도끼와 낫으로 부수면서 적을 무찔 렀다. 고성의 임시 현령 조응도(趙凝道)와 진주의 복병장 정유경(鄭惟

敬)은 밤을 틈타 5백여 군사를 이끌고 진현고개 위에 올라가 적을 공격했다. 9일에는 각처의 군관들과 의병들이 구원병 2천여 명을 이끌고 와서 진주성 안팎에서 적을 공격했다. 10일 사경 초에 적군은 수천 개의 대나무 사다리를 만들어 성을 공격했다. 이들은 긴 사다리를 타고 성벽을 오르고, 그 뒤로 기병 1천여 명이 조총을 난사하며 돌진했다.

진주 목사 김시민은 화약을 장치한 대기전을 쏘게 하여 성벽을 기어오르는 왜군의 대나무 사다리를 파괴했다. 백성들은 마른 갈대에 화약을 싸서 던지거나 끓는 물과 큰 돌을 던졌다. 김시민은 모든 관민을 동원하여 활, 진천뢰, 질려포, 돌과 불에 달군 쇠붙이를 던졌다. 이때 목사 김시민이 적의 탄환에 맞아 쓰러지자, 곤양 군수 이광악(李光岳)이 대신 작전을 지휘했다. 진주성 사람들은 10배에 이르는 왜군의 공세를 장렬하게 분쇄했다. 왜군은 6일간의 대접전으로 막대한 피해를 입고 드디어 10월 10일에 더 이상의 전투를 포기하고 패주했다. 탁월한 지도력을 보여 준 진주 목사 김시민은 이마에 총상을 입고 그해 11월 22일에 순국했다. 향년 39세였다.

진주성 전투의 승리의 의미는 특별했다. 이 싸움으로 조선은 다른 경상, 전라 지역을 보존했고, 적들이 바다뿐만 아니라 육지에서도 호남 지방을 넘보지 못하게 했다. 또한 진주 시민들의 피 끓는 순국정신은 조선은 물론 왜군에게도 커다란 감동을 주었다.

히데요시는 진주성 공방전에서 겪은 참패에 분노하여 즉시 2차전을 지시했고, 진주 대첩에서의 승리의 주역인 목사 김시민을 부관참수하여 목을 가져오라고 명했다. 이것이 제1차 진주 대첩이다. 특이한 것은 히데요시가 분통해하면서도 조정에 명령하여 조선 성주 김시민을 빗댄 인물을 일본의 문학 작품에 등장시키면서 진주 대첩에서 패배한 치욕을 일본 백성들의 머릿속에 각인시키려고 애썼던 점이다.

그러나 다음 해 저들은 전쟁의 이름으로는 도저히 용서할 수 없는 만행을 진주성에서 자행했다. 임진왜란 다음 해인 1593년 6월, 왜군은 조명연합군에 의해 평양성에서 패배하고, 연이어 남해와 행주산성에서 크게 패퇴하자 휴전을 빌미로 작전을 변경했다. 명과 왜가 강화회담을 진행하면서 한성에서 철수한 후, 경상남도 일대를 본거지로 삼고 있던 왜군은 앞서 작년에 김시민에게 크게 패한 것을 설욕하고, 무엇보다 휴전

진주성도. 출처: 『국립진주박물관 도록』, 72~73쪽, 2012년.

이 이루어지기 전에 곡창 전라도를 확보하라는 히데요시의 명령을 수행키 위해 모든 병력을 총결집하여 다시 진주를 공격했다.

호남으로 가는 길이야 바닷길이 제일 편하지만 한산도에 자리하며 눈을 부릅뜨고 버티고 있는 이순신 때문에 그쪽은 무조건 통행금지였다. 이때 명은 강화회담을 핑계로 싸움을 피하고 관망하고 있었다.

제2차 진주성 전투가 시작되기 직전, 이때 도저히 믿기 어려운 사실 하나는 도원수 김명원, 전라순찰사 권율 등이 조정의 명으로 진주성 전투를 독려키 위해 의령에 도착했으나, 10만 명에 가까운 엄청난 적의 기세에 눌려 즉시 후퇴한 것이다. 후에 권율의 이런 행동에 대해 행주 대

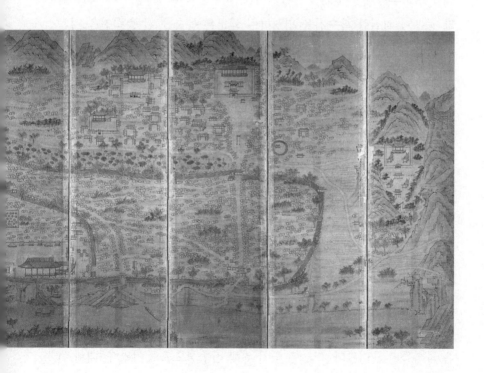

첩의 공로자임에도 불구하고 사관들은 신랄한 비판을 가하며 그가 너무
도 비겁했다고 실록에까지 기록했다.

당시 진주성 상황은 왜적의 병력이 엄청나서 모두가 싸움이 되지 않
는다 하여, 심지어 어느 장수는 아예 성을 비워 주고 충고랍시고 후일을
기약하라고까지 했다. 그가 누군지는 알 수 없다. 위의 두 사람이 도주
하면서 그런 말을 했다고 하나 진실로 믿기지 않는다.

왜군은 곡창 지대인 호남 지방을 손에 넣는 것이 지상 과제였다. 그러
기 위해서는 반드시 진주성을 공략해야만 했다. 작년 제1차 싸움에서
참패한 왜군에게 히데요시는 1593년 6월 휴전이 되기 전에 반드시 진주
성을 빼앗으라고 특명했다. 그는 가토 기요마사, 고니시 유키나가, 우키
타 등에게 처절한 복수전을 명령하여 왜군은 목숨을 건 총력전을 펴기
로 했다.

왜군은 6월 15일부터 작전을 개시하여 18일까지 함안, 반성, 의령을
가볍게 점령하고, 19일 9만 3천 명의 대병력으로 진주성을 공격하기 시
작했다. 이 당시 진주성에는 진주 목사 서예원(徐禮元) 휘하의 2천4백
명과 창의사 김천일 등 관군과 의병장 고종후 등이 이끄는 의병들이 포
진하고 있었다. 진주성에 집결하여 수성을 맡은 병사는 약 6~7천 명의
병력과 6만여 명의 백성들이 전부였다. 조선군의 전투력은 9만 3천의
왜군에 비교할 수 없을 정도로 열세였다.

사태가 급박해지자, 이 소식을 접한 창의사 김천일이 군사 3백 명을
거느리고 진주성으로 들어왔고, 멀리서 소식을 들은 충청 병사 황진이 7
백 명을 이끌고 진주성으로 입성했으며, 의병장 고종후와 각지의 수많
은 의병들이 몰려왔다. 그들은 죽기 위해 진주성으로 들어왔다. 대체 이

들의 가슴 뜨거운 순정은 어디서 나오는지 모르겠다. 황진은 황희(黃喜) 정승의 5대손인데, 멀리 충청 병마사인 그가 여기까지 와서 굳이 성안에 들어갈 것 없는 상황인데도 펄펄 우기고 들어간 것이다. 그들 모두는 이미 죽기를 각오한 바였다. 조선 관군 총사령관인 도원수 김명원과 전라 사령관 권율 일행의 말도 안 되는 비겁한 행적과 극명하게 대비되는 장면이다.

싸움은 6월 22일부터 29일까지 본격적으로 전개되어, 산발적으로 공격하던 왜군은 번번이 패퇴했다. 이에 성 밖에 높은 토대를 쌓아 높은 곳에서 조총을 쏘면서 공격해 오자 조선군의 사상자가 눈에 띄게 늘어났다. 정공법으로는 도저히 공략할 수 없다는 것을 알게 된 적은, 성의 밑뿌리를 파서 성을 무너뜨릴 심산이었고, 성 안에서는 이를 막는 데 사력을 다했다. 적의 시체가 성 밖에 산처럼 쌓여 있었지만, 적은 결단코 단념하지 않았다. 천하장사였던 김해 부사 이종인(李宗仁)이 연거푸 적을 베어 물리치고, 조선군은 기름과 횃불을 던져 일본군을 격퇴했다.

28일 큰비가 내려 성이 허물어지기 시작했다. 가장 활발하게 적과 싸우던 이 전투의 유일한 정규군 장수인 황진이 탄환에 맞아 전사하자 급격하게 전선이 휘청거렸다. 남은 장수들은 황망하고 더욱 비통하여 동분서주하며 병사들을 독려했고 자신들도 죽을힘을 다해 싸웠다.

29일 왜적은 소가죽을 여러 장 덮은 구갑차를 앞세워 동문 성벽 밑으로 몰려들었다. 오후 들어 비가 쏟아지기 시작하고 악귀 같은 수만 명 적군이 노도와 같이 진입했다. 이제는 정말 마지막임을 깨달은 김천일과 고종후, 최경회는 촉석루에서 북향 재배한 뒤 남강에 몸을 던져 자결했다. 이종인, 김준민(金俊民)과 이잠(李潛)은 성안의 남녀들과 함께 칼을 휘두르며 시가전을 폈으나 순식간에 에워싼 적의 칼날에 난도질당하며 장렬한 최후를 마쳤다. 김천일도 아들을 끌어안고 남강에 몸을 던졌다. 이종인은 죽을 때 양쪽 겨드랑이에 적을 한 명씩 끼고 남강에 뛰어들어 순사했다. 모두가 실로 피비린내 나는 전투 속에 왜군의 파상 공격을 거듭하여 막아냈지만, 일진일퇴의 치열한 공방 끝에 결국 모든 장병이 전사하고, 29일 진주성은 끝내 함락되고 말았다.

성이 함락되자 왜군은 처절한 복수심에 성안에 남은 모든 백성들과 병사들 6만여 명을 사창(社倉, 정부 곡물 대여기관)의 창고에 몰아넣고 모두 불태워 학살했다. 가축까지 모두 도살했다. 아, 저들을 어찌 용서할 수 있으랴! 이 비통함을 무엇으로 덮을 수 있을까!

이 싸움은 임진왜란 중에 벌어진 전투 가운데 최대의 격전으로 꼽히는데, 조선군이 비록 싸움에는 패했으나 왜군도 막대한 손상을 입어 그 상태로는 도저히 호남으로 진출할 수가 없었다. 왜 측의 자료에 의하면 당시 그들도 약 3만 8천 명이 전사했다고 한다.

이때 진주 기생 논개가 온 손가락에 가락지 10개를 끼고 촉석루에서 적장을 안고 남강에 투신했다. 적은 비록 진주성을 함락시켰으나, 패배와 다름없는 쓰라린 기억만 가지고 도주했다. 그들은 이 싸움에 진절머리를 내면서 더 이상 전진하지 못하고 철수하고 만 것이다. 이때 명나라 군은 휴전을 빌미로 끝까지 모른 척하고 쳐다보지도 않았다. 이것을 전쟁이라 할 수 있을까? 그것은 인간의 인간에 대한 살육이었다. 이것을 제2차 진주성 전투라 한다.

이순신의 『난중일기』_그 비통함의 기록

나의 징비록 18

『1593년 7월 2일 맑다. 날이 저물녘에 김득량이 와서 진주가 함락되었다고 전하며, 황명보, 서예원, 최경회, 김천일, 이종인, 김준민 등이 전사했다고 했다. 놀랍고 비통함을 가눌 길이 없었다. 그럴 리 없다. 응당 미친 사람의 미친 말일 것이다.』

–5월 2일. 선전관이 임금의 분부를 가지고 왔다. 물길을 끊어 도망가는 적을 죽이라는 것이다. 명 측은 절대 왜군을 치지 말라 하고 임금은 적을 죽이라 하고.

–5월 4일. 이날은 아산의 어머니 생신날. 축수의 잔 한잔 못 드리니 평생 유감이다. 우수사 이억기, 권준과 진해루에서 활 쏘다.

–5월 8일. 원균 밑의 부장 이영남이 와서 원균 수사가 잘못하는 것이 너무 많다 했다.

－5월 13일. 달빛은 배 위에 가득하고 온갖 근심이 가슴에 치밀었다.

－5월 14일. 선전관이 둘이나 왔다. 그들에게서 명의 하는 짓을 들으니 참으로 통탄스러웠다. 술이 두어 순배 돌자 경상 우수사 원균이 왔다. 술주정을 심하게 했다. 온 함선의 장병들이 분개하지 않는 사람이 없었다. 그 속이고 망령됨은 더욱 말할 길이 없다.

－5월 15일. 윤동구가 그의 대장 원균의 장계 초본을 가지고 왔다. 읽어 보니 그 고약스러움은 말할 길이 없다.

－5월 16일. 몸이 몹시 불편하여 누워 신음하였다. 명의 장수가 진군 속도를 늦추며 머물고 있다는 소리를 들으니 나라가 걱정이다.

－5월 19일. 명군이 부산 바다 어귀를 벌써 끊어 막았다고 했다.

－5월 22일. 명의 송응창이 패문을 돌렸는데, 그쪽에서 바다를 시찰하러 내려온다 했다.

－5월 24일. 명 측 관원이 왔다. 그들에게 황제의 은혜에 감사한다고 말했다. 그도 또한 답례로 두세 번 감사를 표했다. 그러면서 해군의 위세가 이리도 장하니 기쁘기 한이 없다 했다.
(명은 전쟁 개시 이래 이순신을 특별 예우했다. 이순신이 결국 명을 지켜주는 수호신이기 때문이다. 명은 양쯔강 유역의 수군 세력으로 일어나 중

국을 통일했기에 수군 중시의 전통이 있었다.)

–6월 3일. 순찰사 권율 등이 보낸 공문에서 각 도의 군마가 많아야 5천을 안 넘는다 하고, 군량도 거의 떨어져 간다 했다. 적도들의 발악이 날로 심해져 가는데 어찌하랴, 어찌하랴!

–6월 5일. 비바람 몰아치는 날씨에 뜬금없이 원균이 적을 치러 출동하자고 공문을 보내왔다. 그 흉계가 참으로 우습다.

(원균의 계속적인 흉계란, 말도 안 되는 제안을 이순신에게 하고 나서 나중에 이순신이 싸우길 거절했다고 조정에 보고하는 행태를 말한다. 당시 한산도 지척에 같이 있었는데 굳이 공문을 보내온 것은 후일에 대비한 증거를 남기기 위한 것이다.)

–6월 10일. 새벽 2시에 다시 원균으로부터 적을 함께 치러 가자는 공

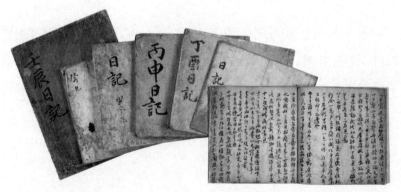

『난중일기(亂中日記)』 7책. 국보 제76호. 출처: 『충무공 이순신과 임진왜란』(문화재청 현충사관리소, 2011)

문이 왔다. 그의 시기와 흉모는 말할 길이 없다. 다음 날 사람을 시켜 공문을 보내니 원균은 술이 취해서 인사불성이라 했다.

－6월 12일. 어머니 생각에 흰머리를 뽑다. 유 정승(유성룡)이 편지를 보내왔다.

－6월 13일. 명 측에서 장수들을 보내 해군의 형세를 둘러보았다. 그들에게서 이여송이 왜군에 대하여 진격 토벌치 않아 명 조정으로부터 문책을 당했다는 소리를 들었다. 저녁에 진중을 거제 세포로 옮겼다.

－6월 25일. 진주가 포위당했는데 아무도 감히 진격하지 못했다 했다. 적들이 출몰하니 진을 적도로 옮기다.

－6월 27일. 적들이 견내량에 나타났다 해서 쫓아가 보니 벌써 도주하고 없었다. 불을도에 진을 치다.

－7월 5일. 적선 10여 척이 견내량 근처에 나타났다 하여 급히 쫓아가 보니 적선들이 허둥지둥 도망간다. 영의정(유성룡)에게서 편지 오다. 가슴이 아려오다.

－7월 15일. 시상을 적다.

가을 기운 바다에 들어오니 나그네 회포 어지럽다.

홀로 선창 밑에 앉아 있으니 마음 몹시 산란하다.

달빛이 뱃전에 드니 정신이 맑다 어느덧 새벽닭이 울었다.

-7월 19일. 어영담이 진주에서 피살된 장수들의 명부를 보내왔기에 보니 비참하고 원통함을 이길 수 없다. 이 원수를 어이 갚을까. 왜군들은 진주성에서 죽은 김천일, 최경회 등 우리 장수들의 목을 베어 히데요시에게 보냈다 했다.

-7월 25일. 영의정 겸 도체찰사 유성룡의 공문이 원균에게 왔는데 문책하는 말이 많았다 한다.

(그동안 원균이 비변사에 보낸 공문들이 너무 허망하고 거짓되었기에 유성룡이 문책한 것이다. 이는 곧 있을 삼도수군통제사 인사를 앞두고 원균이 우의정 윤두수 등 자기 측 당파 대신들을 움직이고자 하는 것에 대한 경고성 공문이었다.)

-8월 2일. 원균이 사람들에게 나에 대한 말도 안 되는 욕을 해 대고 다닌다는 보고를 접하고 쓴웃음을 짓다. 도원수 권율의 군관 이완(李莞)이 적의 형세를 보고하지 않는다고 군관들을 잡으러 왔다 해서 웃었다. 수군에 대해 개뿔도 모르면서 무슨.

(이런 일이 있고 나서 곧 삼도수군통제사로 승진한 이순신과 도원수로 승진한 권율 간에 소통이 잘 이루어지게 되어 전쟁을 이끄는 데 큰 도움이 된다. 아마 군관 이완이 다녀간 뒤로 두 대장들 간에 커다란 언쟁이 있었을 것이다. 그러나 유성룡이 있어 두 사람은 쉽게 화해하고 서로 이해했다. 사

실 유성룡이 아니라도 두 영웅들이 잘했겠지만 말이다.)

－8월 15일. 추석날이라 이억기, 권준, 어영담, 신호, 이순신(부장, 동명이인), 김완, 배흥립(裵弘立), 이응화, 이홍명 들이 모두 모여 이야기했다. 장남 회가 본영에 돌아가다.

(이날 조정에서 이순신을 삼도수군통제사로 임명했다. 교지는 10월 9일 받다.)

－1594년 1월 12일. 아침을 먹고 어머님께 하직을 고하니, "잘 가거라. 나라의 치욕을 크게 씻어라!" 하셨다. 어머니께서는 두세 번 거듭 타

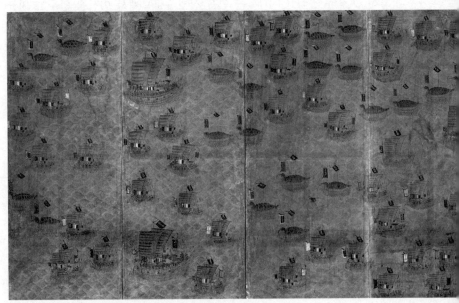

수군조련도. 출처: 『국립진주박물관 도록』, 64~65쪽, 2012년.

이르시며 이별을 조금도 슬퍼하지 않으셨다.

　–1월 20일. 바람이 불고 몹시 추웠다. 각 배에 옷 없는 사람들이 거북처럼 꼬부리고 앉아 추워서 떠는 소리가 차마 듣기 어려웠다. 군량미조차 없으니 더욱 답답하다.

　–1월 24일. 원 수사가 군관을 보내 보고하기를 좌도의 적 3백을 죽였다 했으나 자세하지 않다.

　–1월 25일, 26일. 하루 종일 군관들과 활 쏘다.

–2월 5일. 도원수 권율의 편지가 왔다. 유격 심유경이 왜적과 화해키로 결정했다 한다. 이제 왜적의 간계에 빠져 그들을 어찌지 못하게 되다니 한탄스럽다.

–2월 12일. 영의정의 편지가 오다.

–2월 16일. 암행어사 유몽인(柳夢寅)의 장계 초본을 보니, 낙안 군수 신호 등은 파면하고, 순천 부사 권준은 탐관오리라 하고, 담양과 장평 등은 악행을 덮어 주고 칭찬하는 내용의 장계였다. 임금을 이리 속이니 난리가 평정될 리가 없다. 나라를 그르치는 교활하고 간사한 말이 악비에 대한 진회의 그것과 같다.

(악비는 이순신이 존경하는 인물이다. 남송 때 진회는 금의 침입 때 치욕적인 강화를 성사시켰고, 악비는 금의 침입을 막아 낸 영웅적인 무장이다. 그는 진회의 간계에 빠져 누명을 쓰고 옥사했다. 현대의 시진핑 등 중국의 정치인들이 척계광과 함께 가장 존경하는 무장이다. 그들 두 장수는 중국 역사상 이순신과 너무도 흡사한 영웅들이다.)

–2월 21일. 통영 벽방에서 망보는 장수가 왜선 8척이 나타났다고 보고해서 바로 치라고 지시하다. 원균의 보고를 기다리다.

–2월 29일. 적선 16척이 고성 소소포에 들어왔다고 하므로 각 수사에 알려 주다.

1594년 3월 들어 왜적이 다시 발호하므로, 이순신이 명군 몰래 응징에 나선다. 그는 1594년 3월 10일 선조에게 장계(당항포파왜병장)를 올려 승전 보고를 한다.

"거제와 웅천의 적들이 수없이 떼를 지어 진해, 고성 등지를 제멋대로 드나들면서 여염집에 불 지르고 살인하고 재물을 강탈하니 삼도의 장수들에게 명령하여 적이 나타나는 즉시 급보하라 하여, 3월 3일 왜선 큰 배 10척 등 30여 척이 고성 땅 당항포로 가니, 신은 즉시 경상 우수사와 전라 우수사에게 전령하였고, 순변사 이빈에게도 그 전에 약조한 대로 보병과 기병들을 거느리고 나와서 이미 육지로 올라간 적들을 모조리 무찔러 달라는 공문을 띄운 후, 삼도의 여러 장수들과 몰래 밤 이경(二更, 밤 9시부터 11시 사이)에 거제도 안쪽의 지도로 갔습니다. 또한 삼도에서 가볍고 빠른 정예선들을 뽑아 대오를 짜서 적선들이 있는 곳으로 은밀히 보냈습니다."

"수군 전체의 장병들이 사생결단으로 돌진하니 굶주리고 여윈 병졸들까지 기꺼이 싸워, 왜선 30여 척을 모조리 불태우고 깨뜨리고 3월 7일 한산도 진중으로 돌아왔습니다. 작은 왜선 1척에는 명나라 병사 2명과 왜놈 8명이 있었는데, 명나라 병사가 소지하던 패문도 같이 보냅니다."

패문은 당연히 왜군들 건드리지 말라는 타락한 명 수뇌부의 지시 패다. 이순신은 길고 긴 장문의 장계를 올려 당항포에서의 승전을 보고했다. 그중에서 수하 장수들의 전적 보고가 제일 길었다. 이번 작전의 대상은 왜군의 수송선단이었다. 그들은 남해안 일대에서 곧 있을 전쟁에 대비해서 진지를 다시 구축하고 있었다. 그의 보고서는 아주 구체적이고 세세하다. 간혹 누가 애매한 보고를 올리면 이건 쓸모가 없다 하며 즉각 폐기했다.

～

－3월 7일. 몸이 극심히 아팠다. 아랫사람을 시켜 패문에 대한 답장을 써 보라 했더니 글꼴이 말이 아니어서, 병중에 억지로 일어나 글을 쓰다.

－3월 22일. 병중에 겨우 일어나다. 명 측 담 도사의 해전 금지 공문이 오다. 권율도 같은 내용으로 공문을 보내오다.
(이순신은 이에 대해 즉석에서 명의 회담 대표 담종인(譚宗仁)에게 패문에 대한 답서를 보냈다.)

"패문의 말씀 가운데, 왜군 장수들이 마음을 돌려서 귀화하지 않는 자 없고 모두들 무기를 거두어 제 나라로 돌아가고 싶어 하니, 너희 모든 병사들은 속히 제 고장으로 돌아가고 트집을 잡지 말라 하시니, 제 고장이라 함은 어디이며 또 트집을 잡는 자가 우리입니까, 왜놈들입니까? 지금 화의를 맺고자 한다는 것은 사실은 저들의 속임수입니다. 그러나 대인의 뜻을 거스를 수 없으므로 우선은 기한을 정하여 지켜보기로 합니다."

～

『난중일기』를 보면 끝없는 나라 걱정과 적군에 대한 준비 태세 생각뿐이었다. 간혹 원균의 흉계에 대한 걱정도 있었다. 조정에서는 유성룡이 있어 무게 중심을 바로 잡으며 전쟁을 이끌어갔다.

8월에 삼도 수군이 서로 통섭되지 않으니 주관하는 장수가 있어야 한다 하여 이순신으로 전라 좌수사 겸 삼도수군통제사로 겸직 임명한다. 원균은 자신이 군 선배로서 이순신에게 밀리니 부끄럽게 여겼으나, 이에 이순신은 그를 매사에 너그럽게 대했다.

이순신은 잠잘 때에도 군복 띠를 풀지 않고, 겨우 한두 잠 자고는 군무를 의논했다. 먹는 것도 조석으로 5~6홉뿐이어서 모두가 걱정했다. 그는 언제나 늦게까지 일하고 새벽에 일어나 공부했다.

또한 그는 조정에 끝없이 연구보고서를 올렸다. 해전 원리에서부터 해군 강화 방안, 병사들을 위한 둔전 경영 방안, 화포연구보고서 등등 헤아릴 수 없다. 이순신이 통제사로 임명된 이후 그가 1597년 3월 5일 감옥에 갈 때까지 3년 반 동안 그는 철저하게 남해 일대를 막아서고 있었다. 조선의 바닷길은 왜군의 출입 금지 지역으로 완전히 그에게 통제되고 있었다.

제7장

다시 가열되는 당파 싸움,
그리고 유성룡의 개혁정책

다시 영의정 유성룡_전시 재상

명과 왜의 강화협정이 계속되는 가운데 한양 수복이 이루어졌다. 10만여 명의 왜군이 남하하고, 조명 군이 뒤따라 쫓아가고 있었다. 각 군의 입장과 생각은 달랐고 일촉즉발의 순간들이 잠재하고 있었다. 조명왜 간 3국의 외교와 정치의 중심은 영남으로 내려왔다. 유성룡 또한 몸과 마음의 중병에서 조금 나아져 도체찰사로서 군사 상태를 점검하기 위해 영남 지역으로 내려갔다.

유성룡은 전쟁 이후 1년여 만에 고향 안동으로 내려왔다. 피난 갔다가 돌아온 어머니와 형님을 만났다. 안동의 본가는 모두 불타고 없었다. 그는 부지불식간에 눈물을 흘렸다. 어지간한 임금을 모시고 전쟁 1년여를 재상으로 보내고 나니 가슴은 숯검정이 되었을 것이고, 그래서 병까지 얻었던 그였다. 더구나 불타고 잔재만 남은 옛집에서 어머니를 만나니 당연히 눈물이 나올 수밖에 없었다. 그는 비통한 마음을 금할 수 없었다. 도처에 비통함뿐이니 이 강토의 인물들은 예나 지금이나 왜 이리도 비통한가?

1593년 선조는 8월 6일 유성룡을 다시 간절히 부른다. 나라일이 심상치 않게 돌아가고 있었기 때문이다. 선조로서는 내키지 않아도 어쩔 수 없었다. 명의 고관들에게 말발이 서고 당당히 말할 수 있는 사람은 조정 안에 유성룡밖에 없었기 때문이다. 아니, 어떤 의미에서는 선조 자신보다 더 무겁게 존대받고 있음을 잘 알고 있었다.

　선조의 열등감과 시기심은 끝이 없었다. 앞으로 그의 이 무서운 열등감과 시기심이 나라를 망치게 된다. 하기야 더 이상 어떻게 나라를 망치게 될까마는, 열등감은 그의 왜군에 대한 공포심으로 나라를 버린 행위에서 기인하고, 시기심은 자신보다 훨씬 더 현명하거나 용맹하여 백성들에게 사랑받는 신하들에게서 비롯한다.

　대표적으로 이순신, 의병장 김덕령, 곽재우, 그리고 전시 재상 유성룡 등 모두 시대를 뛰어넘는 조선의 인물들이다. 선조 때에 유독 그 인물들이 넘쳐났다던가. 그들의 공통점은 모두 전국적인 인물로서 백성들에게 신화적인 존재들이었다. 특히 이순신은 그에 관한 장계나 풍문의 내용이 하나같이 그가 장수인지 임금인지 분간을 못 할 정도였다.

　영호남에서 충청에 이르기까지 모든 백성들이 그를 사랑했다. 후일 이순신이 조정에 체포되어 압송되어 갈 때는 가는 곳마다 연도에 백성들이 길을 막아서며 울부짖었다. 다른 의병장들도 정도의 차이는 있을지언정 임금인 선조와는 비교조차 할 수 없을 정도로 백성들의 사랑을 받았다. 유성룡이 죽었을 때는 조정이 3일 동안 휴무하고, 한성과 영남의 모든 시전이 3일 동안 철시하여 슬픔을 같이했다. 권율에 대해서는 여러 가지 설이 있으므로 여기서 제외시킨다. 이들 영웅들은 칼날 위에 서 있었다. 선조의 싸늘한 눈초리가 그들을 시시각각 감시하고 있었다.

현대의 대한민국에서 매년 9월 진도 울돌목에서 열리는 명량 대첩 축제 때, 역대 최고최대의 함정으로서 한 대 값이 수조 원에 달하는 한국형 이지스함 3척이 웅장한 퍼레이드를 벌였다. 첫 번째 세종대왕함, 두 번째 율곡 이이함, 세 번째 서애 유성룡함은 선체와 미사일 등 무기 모두가 완전 백 퍼센트 대한민국의 기술로 만들어졌다. 필자 홀로 이순신을 떠올리며, 그가 살아 있었다면 이들의 위용을 보고 호탕하게 웃었을까 아니면 크게 통곡했을까를 생각했다. 아무튼 세 번째 이지스함을 만들고 나서 그 함정 이름을 처음에는 권율로 하자고 위에서 제안하니, 해군 당국에서 그건 절대 불가하다고 끝까지 우겼다고 한다. 다만 서애 유성룡이라면 모를까 했다더라.

2017년 9월 7일 오전 10시 울산 현대중공업에서는 해군 214급 잠수함 제9번 함인 '신돌석함'의 진수식을 거행했다. 언론에서는 이를 아주 멋지게 표현하여 "태백산 호랑이 신돌석 장군, 1천800t급 잠수함으로 부활하다!"라고 썼다. 진수식에는 해군 참모총장과 신돌석 장군의 손자 신재식 등 120여 명이 참석했다. 진수식의 하이라이트인 명명식 샴페인 브레이킹은 해군 관례에 따라 주빈인 해참총장의 부인이 맡았다.

재미있는 것은 잠수함 이름에 처음으로 구한말 평민 의병장의 이름을 제정했다는 점이다. 해군은 그간 214급 잠수함 함명으로 국난 극복과 항일 독립운동에 공헌한 인물의 이름을 따서 제정해 왔다. 214급 1번함으로 해군을 창설한 초대 해군참모총장 손원일 제독을 기리는 '손원일함'을 시작으로, 2번함은 고려시대 수군 창설과 남해안 왜구를 격퇴한 정지 장군의 이름을 함명으로 제정했다. 이후 3번 함부터는 안중근함,

김좌진함, 윤봉길함, 유관순함, 홍범도함, 이범석함 등 존경받는 항일 독립투사의 이름을 함명으로 제정했는데, 이번처럼 일제의 국권 침탈 이전 무장 항일운동을 펼친 평민 의병장의 이름을 함명으로 제정한 것은 신돌석함이 처음이다.

1878년 경북 영덕에서 태어난 신돌석 장군은 을미사변 이듬해인 1896년 1백여 명의 의병을 이끌며 고향에서 치열하게 항일운동을 전개했다. 이후 1905년 을사늑약이 체결되자 다시 의병을 일으켜 3천여 명의 병력을 지휘하며 일제에 맞서 싸웠다.

울진에서는 정박 중이던 왜선 9척을 격침했으며, 동해안을 비롯한 강원도와 경상북도 내륙 지역에서 여러 차례 이뤄진 격전에서 승리해 일반 농민들의 항일 민족의식을 고취하고 평민 의병장이 대거 등장하게 된 기폭제가 됐다.

2011년 1월, 소말리아 해역에서 한국의 상선 '삼호쥬얼리호'가 해적에게 납치되자 우리 해군 청해부대는 구축함 최영함을 급파해 추격에 나서 아덴만 전투를 통해 삼호쥬얼리호를 구출한 바 있다. 그 뒤를 이어 충무공 이순신함이 파병되었는데, 이 역시 기동전단의 주력 전투함인 구축함이다. 당시 한국에서 가장 큰 대형 함정이었던 구축함은 함정 이름을 국민들로부터 영웅으로 추대받는 역사적 인물의 이름을 따서 지었다. 광개토대왕함, 을지문덕함, 문무대왕함 등이 그것이다. 우리 해군이 미래에 보유하게 될 최초의 항공모함에는 '충무공 이순신'의 함정 이름을 준비하고 있다.

2002년 림팩 훈련에 참가, 수중에서 하푼 미사일을 발사해 60킬로미터 떨어진 미군의 퇴역 구축함을 명중시켜 한미 양군을 놀라게 하였던

'나대용함'도 임진왜란 당시 이순신 함대 소속된 수군 장수의 이름을 딴 것이다.

이 외에도 해군 함정은 용도에 따라 저마다 다른 명명법을 가지고 있다. 적의 동태를 감시하는 초계함은 중소 도시의 이름을 따서 명명한다. 지난날 침몰한 천안함과 당시 함포 지원사격을 했던 속초함 등이 여기 속한다. 천안함 구조와 인양작업에 참여한 성인봉함을 비롯하여 구조 인양함은 지명도가 높은 산봉우리의 이름을 쓴다. 근접 전투에 투입되는 고속정은 용맹스런 조류의 이름을 붙인다. 지난 2002년 연평해전 때 침몰한 참수리호가 대표적인 예다. 새로 건조된 최신형 유도탄 고속함은 예외적으로 연평해전 당시 참수리 357정의 정장이었던 고 윤영하 소령을 기리기 위해 '윤영하함'으로 명명되기도 했다.

한편 임진왜란 당시 전쟁을 이끌었던 정승 두 사람에 대해 사람들이 말한다. 오리 이원익은 속일 수는 있으되 차마 속일 수 없고, 서애 유성룡은 속이려 해도 속일 수 없다 하였다. 당시 조정 분위기가 선조부터 시서화를 즐겨하고, 매사 추상적이고 공리공담을 논하는 문인의 기질이 만연한 데 반해, 유성룡은 예외적으로 실사구시적인 인물이었다. 따라서 그는 경세적인 개혁정책을 계속 추구했다.

중종 때의 조광조, 명종 선조 때의 율곡, 유성룡으로 이어지는 개혁 실사구시파들은 목숨을 걸고 국정 개혁을 추진했다. 유성룡은 이퇴계의 제자로서 퇴계 또한 그런 점에서 그를 높이 평가했다. 유성룡은 이순신의 막역한 지기지우이며, 선배이고, 어버이 같았다. 변방의 말단 군인으로 세월을 한탄하던 이순신을 일거에 요직에 천거했고, 언제나 뒤에서 이순신을 지켜 주었다. 이순신과 끝없이 소통했고, 『난중일기』를 보면 심지어 이순신의 꿈속에까지 나타났다. 이순신은 항상 일기에 담담하게 쓰기를 정승으로부터 편지가 왔다고 했다. 두 사람은 서로가 사모했다. 물론 후에 선조 어전의 이순신 재판 당시 이원익 혼자 이순신을 지켜 변호했고, 유성룡이 애매한 태도를 보여 후인들의 오해도 받았지만, 경세가의 마음과 태도를 몇 마디 말로 재단할 수는 없는 일이다. 뒤에 자세히 말하겠지만, 선조 어전회의의 분위기가 워낙 황당하고 일방적이었기에 유성룡 또한 극도로 조심했던 것으로 보인다.

여기서 조선 시대를 항상 뒤흔들었던 망국적인 당쟁의 근원 문제를 간단하게나마 언급할 수밖에 없는데, 이는 선조 5년(1572) 당시 영의정 이준경이 죽기 직전에 선조에게 올린 유서에서, 조정 내에 붕당의 사론을 없애지 않으면 안 된다고 강하게 주장하면서 이야기는 시작된다.

당시의 조정 실세 이율곡은 무슨 이유에서인지 이상하게 펄펄 뛴다. 아니 이 조정 안에 무슨 붕당이 있다고 저 인간은 죽어 가면서 헛소리를 하느냐고 신랄하게 공격한다. 율곡의 조정이니 당연 삼사에서 들고 일어나 이준경의 벼슬 추탈까지 주장한다. 이에 상하 대신들 모두가 한목소리로 이를 찬성하는데 오직 한 사람, 당시 말단 관료 홍문관 수찬이었던 유성룡만이 이를 반대했다. 그는 조금도 위축됨이 없이 너무도 당당하게 주장하기를, "대신이 죽어 가면서 임금에게 올린 말이 부당하다면 물리치면 그만이지, 벼슬 추탈까지 한다면 앞으로 누가 할 말을 하겠습니까?" 하니, 아무도 공격하지 못하고 묵묵히 있었고, 이에 선조도 동의하면서 의논이 중지되었다.

그러나 불행히도 이준경의 사후 4년 만에 그의 말이 사실로 드러나서, 사림은 동인과 서인으로 갈리고, 율곡과 유성룡은 본인들 뜻과는 달리 서인과 동인으로 분류되었다. 이것이 호남과 영남의 갈등의 시초가된 것이라고 할 수 있겠다. 율곡은 후에 크게 뉘우치고, 죽을 때(1584)까지 당파 싸움을 말리고 다녔다. 본인은 물론 아니라고 생각했지만, 그는이미 당파의 한가운데에 서 있었다. 권력 있는 곳에 당연히 붕당이 따라다니게 마련이기 때문이다.

그러다가 선조 22년(1589) 저 악명 높은 기축옥사(己丑獄事)라 하는정여립 사건이 발생한다. 율곡의 제자인 정여립은 서인이었다가 율곡이죽은 후 동인으로 당적을 바꾼다. 그는 대동계를 조직하여 친구들과 활쏘기와 술 먹기를 하며 놀았는데, 그들은 왜구가 침입했을 때 이를 격퇴시키기도 했다. 그러다 별것도 아닌 일로 서인들이 동인을 잡는 구실로몰아 그 주동자로 지목된 여립은 자살하고 만다.

선조 또한 가만히 있을 수 없어 이 일을 키워 동인들 잡는 구실로 삼았다. 여기에는 서인의 영수 극렬파 정철이 사건 조사를 맡아 무고한 동인들을 너무나 많이 때려잡았다. 결국 동인의 엘리트들이 대거 숙청되기에 이르고, 유성룡도 예외 없이 숙청될 뻔했다. 이때 서인의 엘리트이항복이 중재에 나서고 유성룡이 상소를 올려, 선조와 중신들의 마음을 돌린다. 당시 그 상소 내용이 좋아 여러 사람들의 마음을 움직였고,선조도 동조하여 사건은 마무리된다. 유성룡의 상소는 유명하여 부녀자들까지도 한글로 옮겨 읽었다.

이 일로 좌의정 정철과 서인들이 득세하고, 동인은 북인과 남인으로갈린다. 후에 동인들이 정권을 다시 잡고 나서 동인들이 서인들에게 보복하고자 했을 때, 강경론자는 북인인 영의정 이산해 등이고, 온건론자는 남인인 유성룡 등이었다. 조선은 이런 당쟁의 와중에 임진왜란을 맞게 된 것이다. 당시 조선통신사 정사 황윤길과 부사 김성일은 서인과 동인으로, 그들의 귀국 보고가 정반대인 것도 이 때문이다. 그들은 전쟁 중에도 끝없이 싸웠고, 휴전 중에도 싸웠고, 전후에도 줄기차게 싸웠다. 그들은 왜 측에 붙어서도 싸우고, 명 측에 붙어서도 싸웠다.

~

진주성에서의 왜군의 살육전은 조선의 모든 인사들에게 피눈물 나는 고통이었지만, 명의 송응창은 자신들의 안위를 위해 여전히 왜 측의 조선할지론(4개도 이양)과 남쪽에 주둔하는 것을 은근히 동조하는 것으로 비춰졌다. 그들 조정에는 왜군이 조선을 이미 떠난 것으로 허위보고하며 어떻게 해서든지 전쟁을 끝내려 했다.

유성룡은 왜적을 물리치기 위한 마지막 수단으로 명 조정에 이 사실을 알리려고, 황진을 명에 보내려 했다. 송응창은 요동에서 사신들이 베이징으로 가는 것을 막았다. 그러면서 남쪽에 내려가 있는 명군들의 식량 조달문제를 강하게 들고 나왔다. 이들에게 식량문제는 전가(傳家)의 보도(寶刀)였다. 조선의 문제를 너무나 잘 알고 있는 그들에게 식량문제는 하나의 칼자루였다. 그들은 전쟁은 회피하면서 식량 조달에는 막무가내였다. 곳곳에서 명군들의 행패가 극심했다.

1593년 후반기가 되어도 명과 왜의 강화회담은 지지부진했다. 조선의 극렬한 반대로 명과 왜 양측 모두가 난감한 입장에 처했기 때문이다. 송응창 입장에서 명 황제가 이 사실을 알게 되면 큰일이었다. 유성룡도 이를 알기에 강경하게 강화회담 반대를 추진했던 것이다.

이에 경략 송응창은 세자 광해군에게 하삼도 즉 영남, 호남, 호서를 맡기라 했다. 선조는 즉시 그의 해묵은 전략인 왕위 이양을 발표하고, 세자와 대신들이 모두 머리 풀고 석고대죄했다.

선조 26년(1593) 9월, 송응창도 이여송도 지쳤다. 명군은 1만 6천 명을 남겨놓고 돌아가고 만다. 왜군들도 이에 호응하여 하삼도 여기저기에 4만여 명을 남겨놓고 일단 돌아갔다. 그러나 남아 있는 왜군의 숫자는 정확치 않다. 그들이 평소 하는 짓으로 볼 때 겉으로만 그렇지 실제 얼마만큼 남아 있는지 전혀 알 수가 없었다. 공식적인 숫자보다는 훨씬 많았을 것이다.

선조도 10월 1일 슬슬 한성으로 돌아왔다. 그는 백성들과 조정 대신들의 눈치를 보며 업무에 복귀했다. 아무리 싫어도 요즘 같은 비상시에 선조가 믿고 의지할 수 있는 인사는 수십 년 애증 속에 더불어 살아온 유성룡뿐이었다. 10월 27일 죽어도 못하겠다는 그를 다시 영의정으로 복귀시켰다.

송응창은 황제에게 왜군은 다 물러갔는데, 조선이 반대하여 강화회담이 성사되지 않는다고 허위보고하며, 하삼도를 세자에게 이양한다는 안을 재가받았다. 유성룡은 송의 부장인 총병 척금(戚金)에게 공갈을 친다. 왜적이 아직도 시퍼렇게 버티고 있는데, 송 경략이 저렇게 나오니 이 사실을 명 조정에 알려야 하나 말아야 하나? 척금은 웃었다.

명 조정에서 다시 사신이 당도하니, 응창은 그에게 조선을 분할하여 왜적을 잘 막는 사람을 왕으로 삼아 명의 울타리가 되도록 하자고 제안한다. 선조는 유성룡을 불러 사신이 온 기회에 우리 같이 동반사퇴하자고 제안한다. 그는 유성룡이 그들에게 제대로 대접받고 있다는 사실을 잘 알고 있다. 유성룡과 함께 그만두겠다 하면 그들이 입장을 철회할 것이며, 동시에 이 기회에 자신에 대한 명 조정의 생각을 알고 싶었던 것이다.

기가 막힌 유성룡이 "절대로, 절대로 그런 말은 그자들 앞에서 입에 올리지 마시오"라고 했다. 사실 그 당시 선조를 폐위시키려는 움직임이 조정 안팎에 있었다. 선조는 이 기회에 유성룡을 끌고 가서 사실을 확인하고 싶었던 것이다. 명 사신 사헌(司憲)이 도착하고부터 명 조정이 선조를 폐위시키고 새로운 왕을 내세울 것이라는 소문이 파다했다.

유성룡은 사신 사헌을 충심으로 대하며 조선의 상황에 대해 사실대로 알렸다. 그는 선조의 기대에 부응하여 모든 정성을 다하여 선조를 도왔다. 명의 군대나 사신이 조선의 임금을 좌지우지하는 것은 정말 말도 안 되는 것이었다. 당연 경략 송응창이 명 황제에게 허위보고한 일도 함께 알렸다.

사신 사헌이 떠나고, 그래도 안심이 안 되어 새해(1594) 정월 즉시 명 황제에게 사신 김수를 통해 비밀문서를 보낸다. 드디어 모든 사실이 밝혀지고 송응창과 이여송은 탄핵받고 소환된다. 고양겸(顧養謙)이 새로운 경략으로 온다. 정국은 강화회담이 끝나지는 않았지만 오랜만에 휴전 상태가 되었다.

다시 가열되는 당파 싸움과 유성룡의 개혁정책

1594년 9월, 계속되는 명왜 강화회담과는 별도로 난국을 타개하기 위해서 새로이 조왜 간에도 강화회담이 투 트랙으로 진행되기 시작했다. 그 하나는 경상 좌병사 김응서(金應瑞)와 고니시 유키나가, 통역관 요시라(要矢羅) 간의 회담이고, 또 하나는 경상 우병사 고언백(高彦伯)과 가토 기요마사 그리고 사명대사 유정 간의 회담이 그것이다. 새롭게 조선 측에서는 유정 사명대사가, 왜 측에서는 소 요시토시의 통역 요시라가 회담의 주요 인사로 참가했다.

임진왜란 당시 조선 불교계는 전통의 호국불교 정신을 지키고자 하여 임진왜란 발발 이후 각 사찰마다 전시 대비 태세를 갖추고 있었다. 왜국은 평소 조선 불교를 숭상하여 왜국의 왕실이나 도요토미 히데요시가 각종 불교 경전과 불상 등 불교 보물에 욕심을 냈다. 그리하여 전쟁을 기화로 이를 약탈하고자 했는데, 임진왜란 발발 후 도요토미 히데요시의 왜군은 전쟁과는 상관없는 불교 사찰을 마구 공격하여 불교 보물을 강탈했다. 이는 조선 불교계를 자극하여 전국 사찰의 승병이 일어나는 결정적인 도화선이 되었다. 그들은 물불을 가리지 않고 전쟁 속으로 뛰어들었다. 행주산성 싸움에서의 참전, 조헌의 의병 전투에서 7백의총과 똑같은 숫자의 승병이 전몰했고, 진주성 싸움 등 크고 작은 각종 전투에 승병은 몸을 던져 나라와 백성들을 지켜 냈다.

유정 사명대사는 임진왜란을 통해 크게 알려졌는데, 하룻밤 소나기에 뜰에 무수히 떨어진 꽃잎을 보고 인생의 무상함을 깨닫고 오랫동안 참선하여 득도한 인물이다. 임진왜란 때 의병을 모집하여 순안에 가서 청허 선사와 함께 활약했고, 청허가 늙어서 물러난 뒤 승군을 통솔했다. 또한 체찰사 유성룡을 따라 명나라 장수들과 협력하여 평양을 회복했고, 도원수 권율과 함께 경상도 의령에 내려가 전공을 세워 당상관의 지위에까지 올랐다. 1594년 가을에 명나라 총병 유정(劉綎)과 함께 왜장 가토 기요마사를 울산 진중으로 3번 방문하여 일본군의 동정을 살피고 회담했다.

사명대사는 계속해서 1597년 정유재란 때 명나라 장수 마귀(麻貴)를 따라 울산 왜성에 쳐들어가 싸웠으며, 이듬해 순천 왜성 전투에 참여하여 큰 공을 세워 가선동지 중추부사라는 벼슬도 받았다. 특히 그는 임진왜란 이후 1604년 임금의 국서를 들고 왜국에 사절로 가서, 교토 후시미 성에서 도쿠가와 이에야스를 만나 강화를 맺고 포로로 잡혀 갔던 조선 사람 3천5백여 명을 데리고 돌아온 바 있다. 후에 가야산에 들어가 입적했다.

소 요시토시의 통역 요시라는 조선을 잘 알고 있는 자이다. 그는 간교하기 짝이 없는 인물로서 유창한 조선말을 무기로 서서히 임진왜란을 둘러싼 국제정치의 전면에 등장한다. 이런 저급하기 짝이 없는 자가 전시 정치의 중심부에 끼어든다는 사실이 한심하기 그지없다. 그 자는 처음에는 조선의 군 간부들에게 왜군의 소소한 정보를 제공하며 서서히 다가가서, 급기야는 조정에까지 손을 뻗친다. 고언백이 요시라에게서 받은 정보 중에는 "히데요시가 장수 소 요시토시를 미워해서 괴롭다", "소 요시토시는 조선과 강화하기를 원한다"와 같은 그다지 의미 없는 것이었는데, 이따위 정보를 흘리며 생색을 냈던 것이다. 이 모든 것이 정전협상의 와중에 교착 상태에 빠진 조선 조정과 왜국 사이에 막힌 상황을 저들에게 유리한 방향으로 타개하려는 왜 측의 간계였다. 그들은 조선의 당파 싸움을 이용한 작전을 이미 개시하고 있었다.

〈수정실록〉 1594년 10월 13일의 내용은 선조가 윤두수를 삼도체찰사로 임명하고 전라도로 내려 보냈다 했다. 그리고 윤두수와 권율이 처음으로 실시한 거제도 수륙 양면작전 결과보고서를 올렸다. 의병장 김덕령을 선봉장으로 곽재우를 도별장으로 해서 육군을 지휘하도록 했다.

어느 곳에도 이순신의 이름은 없었다. 이토록 중요한 전투인 견내량과 의령 등지의 수륙 양면작전에서 삼도수군통제사 이순신을 뺐다. 그러고는 바로 직후에 작전 실패 보고를 하면서 갖은 변명을 다하며 통분한 일이라고 했다. 유성룡도 이 작전을 몰랐다 했다. 후에 알려진 바로는 좌의정 윤두수가 원균과 비밀리에 이 작전을 수행했다고 했다. 윤두수는 원균의 집안 어른이며 같은 붕당이다. 당파 싸움이 이제 전쟁 속 깊이 파고들어가 독버섯처럼 독을 피워서 전쟁을 망치고 나라를 무너뜨릴 준비를 하고 있었다.

1594년 10월 14일, 이미 다 지난 정여립의 일로 또다시 조정이 시끄럽기 시작했다. 이번에는 당시 재판장으로서 여러 사람을 숙청한 바 있는 정철의 문제로 갑론을박했다. 서인의 영수였던 정철이 동인들을 아주 없애려 했다고 문제제기 당했다. 강화 협상이 진행되면서 전쟁이 조금 조용해지니까, 당파 싸움의 전단이 열리고 있었다. 대체 지금 정여립이 웬 말인가? 윤두수는 서인, 유성룡은 동인, 서서히 당파 싸움이 다시 가열되고 있었다. 윤두수가 집안 조카 원균의 손을 들어주려고 이순신을 잡을 궁리를 하고 있었다. 유성룡도 긴장한다. 당파 싸움이 다시 가열되면 자신도 온전치 못할 것이다.

～

사실 나고야 본영에서 전쟁을 총지휘하고 있는 도요토미 히데요시는 왜군 전군에 이미 오래전부터 이순신을 잡을 계책을 마련하라고 강력히 지시한 바 있었다. 왜군 사령관인 고니시 유키나가는 작전을 달리하여 간계를 쓰기 시작한다. 물론 목표는 이순신이다. 그만 없으면 왜군의 모든 작전은 무조건 성공이다. 조선 조정의 당파 싸움을 이용하여 이순신을 잡고, 조선 조정을 흔들어 전쟁을 일거에 쓸어버릴 기회를 엿보고 있었다.

선조와 윤두수는 고니시의 간교에 넘어가 이순신을 잡고 원균을 통제사로 임명하기에 이른다. 심지어 후에 선조는, 고니시 유키나가가 자기네 편인 가토 기요마사를 넘겨주겠다고 속이며 작전을 벌이자, 그를 '하늘이 낸 사람'이라고까지 칭찬한다.

당파 싸움의 진원지는 당연히 당파의 이해관계에 얽혀 있다. 그들은 나라의 이익보다 자파의 이익에 더 목숨을 걸었다. 가문의 이익이 그 무엇보다 최우선이었다. 그래서 뜻있는 인사들은 이런 문제를 해결하기 위해 군정과 세정 개혁을 추진할 것을 주장했다. 그러나 저들은 또 개혁을 막기 위해 붕당을 만들고 인사를 독점하고 상대 진영을 공격했다. 개혁주의자 조광조도 그래서 모함을 받아 죽었고, 정여립도 당시 정철이 이끄는 서인에 의해 동인을 공격하는 제물이 되었다. 지금 정철을 공격하는 이유는 동인들 특히 북인들이 복수의 시동을 거는 것에 다름 아니었다.

조선은 기본적으로 먹을 것이 너무 없는 나라이다. 사농공상(士農工商)의 엄격한 체제에서 사농(士農)인 벼슬아치와 농민만 대우받고, 공상(工商)인 공업과 상업은 무시당하여 결국 나라든 개인이든 곳간이 비어 있었다. 오직 논과 밭뿐인 나라에 재물이 형성될 턱이 없었다. 한정된 논과 밭을 두고 서로 차지하겠다고 당파를 만들고 정변을 일으켜 이기는 세력이 모든 것을 뺏어 먹는 제로섬 게임이 난무했다. 그러니 조선 5백 년간 GNP 성장률은 제로였다. 홍길동 같은 인물이 유구국(琉球國, 지금의 오키나와)에 진출하여 새로운 천지를 개척하는 창조경제는 불가능했다.

모든 것은 조선의 국력이 너무 약하고 나아가 자주국방이 되지 않는 것이 문제였다. 유성룡은 드디어 개혁의 기치를 높이 들었다. 나라가 나라답게 운영되려면 국정의 근간인 군정을 시작으로 가장 중요한 민생 문제인 세정에 국운을 건 개혁의 칼을 대야만 했다. 이것은 임진왜란의 왜적보다 더 무서운 일이었다. 백성을 제외한 모든 세력을 적으로 돌리는 목숨을 걸어야 하는 엄청난 일이었다. 여기에는 붕당을 떠나 모두가 한마음으로 적대 세력이 되어 똘똘 뭉친다.

그러나 유성룡은 지금과 같은 전시 비상체제에 목숨을 걸고 군정과 세제 개혁을 추진하지 않으면 조선의 미래는 없다고 확신했다. 반대당의 율곡 선배에게서 전수받은 비책을 추진키로 결심했다. 바로 지금 시작해야 했다.

유성룡은 우선 조선 최초로 정식 군대의 설치를 추진했다. 이것이 훈련도감이다. 선조도 적극적으로 동의한 훈련도감이 선조 26년(1593) 10월 설치되었고, 총책임자에는 제조에 유성룡이, 부제조에 이덕형이 임명되었다. 하루에 쌀 두 되씩 급료를 준다고 하니 배고픈 장정들이 구름처럼 모여들었다. 너무 많이 몰려드니 하는 수 없이 시험을 치렀다. 우선 큰 돌을 들고 한 길 이상 되는 담을 뛰어넘어야 합격을 시켰다. 이렇게 하여 얻은 수천 명으로 살수, 포수, 사수의 삼수군을 구성했다. 이는 사실 명나라 장수 척계광의 『기효신서』를 참고한 방책이다.

유성룡의 군정개혁은 정식으로 월급 받는 직업군인들로 구성된 상비군 제도인 훈련도감을 설치하고, 더 나아가 근원적인 전시 작전체제와 병무체계를 개혁하는 것으로 집약된다. 조선의 전시 작전체제는 이제까지 제승방략(制勝方略) 체제였다. 이는 유사시 필요한 지역에 인근의 모든 군사가 집중적으로 모이고 중앙에서 내려간 지휘관이 지휘하는 체제이다. 유성룡은 제승방략 체제는 적은 수의 적을 제압하는 데는 일시적으로 유용하지만, 임진왜란 같은 대대적인 전쟁에서 장기적으로 싸우는 데는 적합하지 않다 하였다.

그는 개혁방안으로 진관제(鎭官制)를 도입하고자 했는데, 이는 제승방략 체제가 실제로 한 번 뚫리면 걷잡을 수 없이 무너지는 데 반해, 진관제는 오늘날의 향토예비군과 같은 지역 단위인 진과 관의 방어체제이기 때문에 적이 한 지역을 뚫더라도 또 다른 이웃 지방의 진관이 방어하게 되어 있으니 문제없다 했다.

또한 조선은 병무 행정이 제대로 되어 있지 않았다. 대체 언제부터인지 양민 백성들만 부담하는 이상한 병역의무제에 양반들과 천민노비들은 병역의무가 없었다. 이 문제야말로 세정과 함께 가장 첨예한 지점으로 손꼽혔다. 누구도 손대지 못했고, 율곡도 손대려다 같은 붕당에게 죽을 뻔했다.

유성룡의 군정개혁은 속오군제(束伍軍制)를 창시하는 것이었다. 이것은 명의 장군 척계광의 『기효신서』에서 주창한 것인데, 유성룡이 이를 차용하여 그 실시를 주장한 것이다. 속오군제는 한마디로 양반과 중인, 공사(公私) 천민 모두 병역의무를 지운다는 실로 혁명적인 개혁안이었다. 중앙에 훈련도감을 두고, 진관제와 함께 전국 각 지방에 속오군을 둔다는 것, 즉 양반과 그에 딸린 노비까지 군역을 지운다는 것은 목숨을 건 엄청난 개혁이었다.

조선 개국 초에는 개국의 기상이 넘쳐 당연히 양반들도 군역을 졌었다. 이것이 시간이 지날수록 점점 희미해져 가더니 정치권의 이해와 맞물려, 기득권 세력의 발호로 연산군을 물리친 중종 무렵부터 사라지기 시작했다. 결국 군역을 지지 않는 양반들이 지배계층이 되는 모순되고 기형적인 사회가 되어버렸다. 양민이며 농민인 일반 백성들만 나라의 모든 노고를 다하게 되는, 그들이 농사지어서 양반을 먹이고 병역으로 나라도 지키니, 나라꼴이 되어 가는 게 신기한 일이었다. 동서고금 어느 나라도 이런 법은 없다. 지배계층은 최소한 목숨 걸고 나라를 지키고 백성들을 보호하는 싸움이라도 해야 한다. 그래야 백성이 따르고 나라꼴이 선다.

유성룡의 국정 개혁은 예상대로 모든 지배계층이 반발했다. 다시 당쟁에 불을 댕기는 사달이 났다. 양반을 군역에 세우고 게다가 저들의 재산인 노비들까지 병역에 밀어붙이니 엄청난 회오리바람이 불기 시작했다. 이제 세제 개혁까지 단행하게 되면 죽음을 각오해야 할 판이었다.

유성룡은 그에 더해 노비들의 군역에는 반대급부를 부여했다. 군역하면 면천을 해 주었다. 율곡도 실패한 군역개혁이었다. 그러나 유성룡은 시도했다. 선조도 일단 동조했다. 재위 26년(1593) 6월 14일 〈선조수정실록〉은 전한다.

"사천(일반 양반집 노비)은 그 주인이 양반이면 벼슬을 제수하고 서얼은 허통하고 공천(관청 노비)이면 양민이 되게 한다. 사족의 집에는 노복이 천 명 또는 백 명이 있는데 관병은 날로 축소되니 시급한 문제였다."

노비의 주인인 양반 나리들은 아귀처럼 악을 쓰며 결사반대했다. 왜군에게 그렇게 당해도, 백성들이 그토록 죽어 가도, 나라가 망해 가도 절대로 양보할 수 없었다. 이제 유성룡을 죽이자는 데 피아 붕당이 따로 없었다.

선조가 유성룡과 군정개혁에 대해 걱정했다.

"전쟁 중인 이럴 때 병사를 기르지 말자니 저들의 말이 무슨 소린가?"

"괘념치 마십시오. 이를 10년만 시행하면 왜적을 물리칠 수 있습니다."

"사실 공천은 몰라도 사천은 병사가 되기 어려운 것 아니냐?"

"걱정 마십시오. 상께서 하시면 됩니다. 지금은 그에 더해 처첩까지도 속오군에 편입시켜야 합니다."

유성룡이 새벽까지 집에 안 가고 임금과 토론하며 심지어 처첩까지도 군대에 보내자는 초강경 입장으로 밀어붙이니 선조도 어쩔 수 없었다. 정말 유성룡은 양반 군역과 노비 군역을 시행했다. 다른 것 다 관두고 이것 하나만으로도 실로 유성룡은 감동적이다. 유성룡의 군역 개혁으로 엄청난 변화가 이루어졌다. 노비 출신들의 군역이 없었다면 임진왜란을 어떻게 극복했을까?

당연히 유성룡을 공격하는 상소가 빗발쳤다. 그중에서 특히 형조참의 유조인(柳祖仁)의 비판은 대표적인데, 그는 붕당의 앞잡이로 총대를 맸던 것이다.

"조선군에는 궁수 외에 포수(대포와 조총수)와 살수(긴 창 쓰는 자)는 불필요한데, 이를 키우고 노비를 병사로 쓰는 것에 온 나라의 웃음거리가 되니."

신무기 도입과 훈련을 비판하고 노비병역제를 비판하고 있다. 붕당의 고수들은 뒤에 숨어 사태 추이를 관망했다. 이에 유성룡은 단호하게 응답했다.

"지금의 실정은 사직이 폐허가 되고 백성들이 다 죽어 가고 있습니다. 무식한 무리들은 그의 노비가 병역에 나가는 것을 싫어하여……, 당나라 역사에 장순과 허원이 수양성을 지킬 때 장순은 자기의 애첩을 죽여서 삶고, 허원은 아끼는 노복을 죽여 그 고기로 군사들을 먹여 살리고……, 한의 위청은 노복에서 발탁되어 출세하였으니, 대체 누가 어질고 누가 어질지 못한 것입니까?"

유성룡은 한술 더 뜬다. 양민은 적의 머리를 하나 이상, 서얼은 2개,

천인은 3개 이상을 얻으면 과거 합격으로 인정하고 공명첩을 주자고 했고, 실제로 그리 했다. 당연히 천인들이 적극적으로 전쟁에 나섰다. 의병 중에 천인들이 많이 참가한 것도 이런 사유 때문이다. 충주 사람 신충원(辛忠元)은 의병으로 나섰다가 그 군공으로 수문장에 임명되었다. 그는 천인들을 이끌고 적을 공격했다. 그러나 이 신충원은 유성룡이 실각하자마자 바로 갖은 고초를 당하고 죽게 된다.

　유성룡은 이제 나섰다. 군정을 개혁하고 이제 세정까지 개혁하고자 했다. 그 험난한 여정을 유성룡은 묵묵히 걸어 나갔다. 그것이 이 땅을 살아가는 선각자의 길이었다.

개혁 또 개혁

유성룡의 개혁 정신은 정통 주자학의 산물은 아니다. 그가 접했던 새로운 학문은 양명학(陽明學)이다. 그가 임진왜란 1년여 만에 고향 안동 하회마을의 옛집 서가에서 타고 남은 양명학 책을 발견한 것은 우연이 아니다. 그는 양명학자였다. 임진왜란을 거치면서 조선 사회는 급격한 변화를 겪게 되는데, 그 한가운데에 서 있는 유성룡으로서는 개혁하지 않으면 안 된다는 것을 뼈저리게 느꼈을 것이다. 그런 사상적 기초를 제공한 것은 양명학이었다.

양명학의 정신은 앎이 있다면 곧 행함이 있어야 하며, 알았다고 해도 행하지 않으면 그 앎은 진정한 앎이 아니다. 철학적 성격을 지닌 경직되고 교조화된 성리학에 대한 반성과, 실천성을 강조하는 양명학에 대한 새로운 인식은, 전란을 겪으면서 더욱 경세가의 마음을 흔들었다. 게다가 명과 왜의 하는 짓을 가장 강렬하게 직접적으로 지켜보고 있는 그로서는 중국 중심의 세계관인 중화사상에 바탕을 둔 성리학에 반발하게 되었을 것이다. 그리하여 중국 중심의 세계관에서 벗어나 내 민족, 내 백성의 현실에 깊은 관심을 가지게 되었을 것이다.

군제 개혁의 와중에 유성룡은 계속해서 무섭게 세제 개혁을 진행시킨다. 마치 쇠뿔도 단숨에 뽑는 격이다. 유성룡은 이제 개혁의 화신이 되고 있었다. 군제 못지않게 불공평, 불공정한 망국적인 세제였다. 이 2가지를 그대로 두고는 나라꼴이 제대로 돌아갈 수 없었다. 도대체 말이 안 되는 제도였다.

조세 이전에 먼저 살펴보아야 할 것은 이미 조세화된 공납의 문제다. 어떤 의미에서는 이게 훨씬 더 큰 문제였다. 공납은 원래 전국의 백성들이 자기 지방의 특산물을 조정에 바치는 것인데, 모든 일이 그렇지만 이것이 점점 묘하게 변질되어 갔다. 공납제는 시간이 갈수록 그 부담과 비중이 점점 커 가는 세원이었다. 공납은 먹을 것 없는 조정에서 아주 좋은 먹잇감이 되었다. 그 종류도 엄청나게 많았고 지역에서 생산되지 않는 산물도 지역 특산물로서 부과되었다. 앞뒤가 맞지 않는 불합리하기 그지없는 제도가 되어버렸다. 각 지방의 크기와 실정에 부합하지 않게 거의 같은 엄청난 액수가 부과되었다.

유성룡이 임금에게 세제 개혁 전반에 관하여 진언한다.

"국가에서 받아들이는 논과 밭의 세금은 십일세보다 가벼워 백성이 무겁게 여기지 않는데, 이외의 공물 진상이나 각 절기 때마다 바치는 방물 등으로 인해 침해당하는 일이 너무 많습니다. 당초 공물을 마련할 때 전결 수로 균일하게 배정하지 않고 크고 작은 고을마다 많고 적음이 월등하게 차이 나기 때문에, 1결당 공물 값으로 혹 쌀 1, 2두를 내는 경우도 있고 혹은 쌀 7, 8두를 내는 경우도 있으며, 심지어 10두를 내는 경우도 있습니다. 각 관청에 봉납할 때는 또 간사한 아전들이 조종하고 농간을 부려 백 배나 비용이 더 들게 되는데, 공가로 들어가는 것은 겨우 10분의 2, 3에 불과할 뿐 나머지는 모두 사문으로 들어가고 맙니다.

진상에 따른 폐단은 실시한 지 백 년이 지나는 동안 속임수가 만연하여 온갖 폐단이 일어나고 있습니다. 신은 늘 생각건대 공물을 처치함에 있어 마땅히 도내 공물의 원수가 얼마인지 총 계산하고 또 도내 전결의 수를 계산하여 자세히 참작해서 가지런하게 한 다음, 많은 데는 감하고 적은 데는 더 보태 크고 작은 고을을 막론하고 모두 한 가지로 기준을 정해 마련해야 하리라 여깁니다. 이렇게 한다면 백성의 힘도 균등해지고 내는 것도 같아질 것입니다. 방물 값 또한 이에 의거해 고루 배정하되 쌀이든 콩이든 그 1도에서 1년에 소출되는 방물 수를 전결에 따라 고르게 납입토록 해야 할 것입니다."

–〈선조수정실록〉 선조 27년(1594. 4. 1.)

유성룡은 진실로 이러한 세제 개혁을 이루지 않고는 전쟁의 고통 못지않은 커다란 고통에서 백성들이 벗어날 수 없다고 생각했다. 그는 문제를 하나하나 세세하게 적시하며 개혁 방안을 모색했다. 방납(防納)업자의 폐단도 지적했다. 공물을 대신 만들어 납품하는 방납업자가 중간에 끼여 갖은 폐해를 일으키고 있음을 주지시켰다. 고을 아전들과 한통속이 되어 업자들이 만들지 않는 공물은 받아 주지 않았다.

이러한 공납의 폐단을 막는 방법을 모색한 개혁안이 수많은 종류의 공납을 쌀 한 가지로 통일하고, 부과 기준도 전답의 크기로 결정하는 것이었다. 그리하면 그 말썽 많은 특산물을 쌀 한 가지로 통일해서 내면

되고, 바치는 쌀의 양도 토지가 많은 양반 부호들은 많이 내고 땅 한 뙈기 없는 백성들은 하나도 내지 않게 되는 것이다. 이는 조광조와 율곡의 개혁안 그대로였다. 그러나 그들이 실패한 이유는 간단했다. 양반 토호들의 극렬한 반대 때문이었다.

대동법은 이렇게 나온 것이다. 대동법, 작미법(作米法), 대공수미법 등은 이름만 달랐지 모두 같은 제도였다. 모든 공납을 쌀 하나로 통일하여 납부하는 것이며, 토지의 크기에 따라 세금을 내는 제도였다. 이야말로 공납의 문제도 없애고 공정성을 확보하는 세제 개혁 제도이다. 조선 개국 이래 전시 재상 유성룡의 군정 개혁과 함께 최대의 회심작이며 감동의 역작으로 내놓은 것이었다.

당연히 양반 토호들의 반대가 전국 방방곡곡을 휘몰아쳤다. 조정 대신들, 수령 방백들 심지어 아전들과 힘 있는 백성들까지 반대했다. 모두가 이해를 같이하는 패거리들의 작태였다. 유성룡은 저들이 모두 반대하는 이유를 알고 있다 했다. 유성룡은 굽히지 않았다. 필사즉생(必死卽生)은 전쟁터에서만 통용되는 마음가짐이 아니다. 그러나 후에 유성룡이 실각되고 얼마 지나지 않아 대동법은 곧 폐지되고 만다.

유성룡은 자신의 '곡물작미의'라는 문서에 그 이유를 설명했다.

"지난날에 이익만을 탐내던 무리들이 온갖 꾀를 써서 이를 방해했으며, 사대부들 중에서도 식견 없는 자들이 이를 좇아 부화뇌동하는 바람에 다시 그 법이 폐지되었다."

유성룡의 대동법은 광해군조에 이르러 실시되다가 숙종 대에 전국적으로 실시되었으니, 대동법 실시에 1백 년 이상이 걸린 셈이다.

임진왜란은 백성들의 삶을 최악으로 몰고 갔다. 〈실록〉은 계속해서 백성들의 참담한 삶을 기록하였다. 대체 사관들의 그 기술이 선조에게 얼마만큼 전달되었는지 모르겠지만, 임금은 이런 말을 들으면 만사 제치고 목숨 걸었어야 했다. 선조 27년(1594) 1월 17일, 사헌부에서 지극한 심정으로 보고했다. 기근이 심해져 사람의 고기를 먹어, 길가의 굶어 죽은 시체에도 살점이 붙어 있지 않고, 산 사람을 도살하기까지 한다고 하였다.

임금도 어느 대신도 나서지 않는 백성들의 굶주림에 '배고픈 일에는 나랏님도 어쩔 수 없다'는 해괴한 논리를 만들어 저들 모두가 모른 척하고 있었다. 그렇다면 대체 누가 이 일을 한단 말인가! 저들은 왜 국록을 먹고 있는가! 그것도 모자라 갖은 갑질을 해 대며 백성들을 못살게 굴고 가렴주구를 일삼고 있는가! 그런 위정자들의 미친 행태는 시간이 지나고 사람이 바뀌어도 고쳐지지 않았다.

이제 개혁의 화신이 된 유성룡은 이런 문제에 절대 눈감지 않았다. 백성들의 참혹한 굶주림을 해결하기 위해 법으로 금지된 국제무역과 소금의 생산과 거래를 시행했다. 사농공상의 한심한 신분체제 속에서 그는 실로 미친 짓을 감행했다.

국제무역이란 압록강 중강진에서 시장을 열어 명나라의 싼 곡물과 조선의 면포를 거래하는 것이었다. 당시의 율법은 이런 교역을 금지시켰다. 그러나 유성룡은 과감히 밀어붙였다. 소위 중강개시(中江開市)의 시초가 이것이다.

"내가 청하여 요동에 자문을 보내 중강에 시장을 열어 무역을 하니, 중국에서도 조선의 기근이 심한 것을 알고 허락했다. 요동에 미곡이 많이 소출되니 평안도 사람들과 서로 통하였다."

당시 조선의 면포 한 필 값이 곡식 1말도 안 됐으나 중강진에서는 쌀 20여 말이 넘었다. 은과 구리, 무쇠를 교역하는 자도 10배의 이익을 얻었다. 요동의 곡식이 조선에 들어와서 많은 백성들이 굶주림에서 벗어났다.

국내에서의 소금 생산과 거래도 같은 결과를 만들었다. 유성룡은 그의 문서 '소금을 만들어 굶주린 백성을 구제하기를 청하는 서장'과 '소금과 쇠의 판로를 열어서 국용을 넉넉하게 하기를 청하는 계사(啓辭)'에서 첨단의 실사구시 정신과 전시 개혁 재상의 면모를 유감없이 보여 준다. 그는 선조에게 보고한다.

"소금을 잘 아는 윤선민에게 계책을 물었습니다. 황해도 풍천, 옹진, 장여 세 고을의 경계에 서너 개의 섬이 있는데, 섬에는 잡목이 무성하니 땔감으로 베어 근처의 소금을 굽게 하면, 하루 한 가마에서 닷 섬은 얻고, 그것의 반을 그들에게 주고 염관이 반을 취하면 관민이 모두 구제될 것이라 하여, 이를 시행하면 달포 동안에 몇 만 섬의 소금을 얻을 수 있습니다."

국가에서 만드는 관염 생산이 줄어든 이유로, 부역이 번거롭고 가혹한 수탈이 행해지는 정치가 침해하는 까닭에 소금가마의 수가 줄어들어 소금이 금같이 귀해져 나라와 백성이 서로 고통을 겪게 되었음을 지적하면서, 소금 굽는 백성들에게 다른 부역을 없애 주고 소금만 굽게 하여 일정량을 자신들이 갖게 하면 소금 생산량이 늘어나고 소금이 풍부해질 것이라 제안한 것이다. 지금까지 소금은 소수의 권력자들만 독점 생산할 수 있었는데, 소금의 용도는 곡식과 같아서 소금을 많이 생산하여 여러 곳에 거래하면 백성들의 삶도 많이 펴질 것이라 했다. 이렇게 잘 운영하면 국가에서는 돈 한 푼 들이지 않고 수많은 백성들을 살릴 수 있는 소금 사업을 권했다. 나아가 소금을 곡창지대로 운반하여 곡식과 바꾸어 굶주린 백성들을 구제할 수도 있다 하였다.

조선은 양반과 선비의 나라, 유가의 전통이 중국보다 훨씬 강한 나라였다. 부국강병의 법가적 정책보다 명분과 허세의 유가 전통이 강했다. 법가적 부국강병 철학의 바탕에 서 있는 중국이 유가적 철학의 기초 위에 있는 우리보다 더 자본주의적인 이유가 바로 이런 것이다. 예로부터 우리의 체면은 그 어느 가치보다 우선했다.

군자가 이익에 대해서 말하는 것은 군자답지 못하다고 하나, 중국은 춘추시대의 강태공이 제나라를 다스릴 때부터 이미 어염(魚鹽)의 이익을 말했고, 촉의 유비도 이익을 일으켜 나라를 풍족하게 했다. 당의 유안(劉晏)도 소금으로 이익을 얻어 나라를 부강케 했다. 이렇게 중국에서는 예로부터 나라에서 백성들을 위해 소금이나 쇠로 이익을 내는 것도 좋다 했다. 그렇기 때문에 중국은 세입이 매우 많아 소금 생산이 한 해 8백만 석이나 되는데, 모든 사람들이 다 관염을 사먹으므로 그 값이 모두 관가로 들어왔다. 이렇게 유성룡은 중국 정부를 예로 들며 사염의 폐단을 지적하고 관염을 대대적으로 생산하여 백성과 관가 모두 배부르게 하자고 제안했다.

유성룡이 사농공상의 폐단을 깨부수는 엄청난 개혁정책을 추진하고 있을 때에도 당파 싸움의 불길은 더욱 가열하게 타오르고 있었다. 붕당은 잠시라도 멈출 수 없었다. 기축옥사 연루자들의 신원을 요구하는 상소가 올라오기 시작했다. 대체 정여립 사건이 다 끝나고 억울한 인사들 수백여 명이 죽은 지가 언제인데 다시 그 타령이다.

선조 28년(1595) 봄, 전라도의 나덕윤(羅德潤)이 상소를 올려 정여립 사건 연루자들의 명예를 회복시키자는 신원을 요구했다. 그러면서 당시 재판장이었던 서인 영수 정철을 가차 없이 비판했다. 싸움은 꼭 이렇게 시작한다.

"정철은 사납고 더러운 성미로 불평불만 있는 자들을 모아 그 세력을 확장하여 함정을 파서 죄 없는 사람을 빠뜨리고 공법을 칭탁하여 사적인 원수를 갚아……."

그들은 죽은 정철을 끌어내며 공격했다. 영의정 유성룡도 같은 동인이라는 이유로 그들 편에 서 주기를 바랐다. 그러나 유성룡은 억울한 사람들의 신원은 풀어 주되 정철 한 사람을 공격하는 것에는 반대했다. 사실 그 뒤에는 선조가 있었다. 선조는 과거 동인을 공격하는 지렛대로 정여립을 이용했다. 유성룡은 이제 조용히 덮어 두고 민생 개혁과 닥쳐올 전쟁 준비에 몰두하자고 설득했다. 그러나 유성룡은 이런 개혁으로 조선의 백성은 살렸지만 자신은 결국 이 일로 탄핵을 당하게 된다.

명과 왜의 지루한 강화회담은 처음부터 잘못 꼬였다. 서로의 주군에게 거짓으로 보고하고 저들 좋을 대로 추진했기 때문이다. 명 조정은 왜군이 완전 철수한 것으로 알고 히데요시를 왜왕으로 책봉하여 책봉사

(册封使)를 파견했다. 책봉사로 왜에 간 명의 사신 이종성(李宗城)과 양방형(楊方亨)은 그 이유도 모른 채 갖은 고초를 당했다. 고니시 유키나가와 명의 심유경의 책략으로 책봉사들은 사방에서 괴롭힘을 당했다. 왜국에 가 있던 명의 심유경은 고니시 유키나가와 이미 한통속이 되어 있었기 때문이다.

심유경은 자신들의 이익을 위해서 고니시의 요구라면 무엇이든 실행할 준비가 되어 있었다. 그들은 그들의 책략을 확실히 하기 위해 조선통신사를 파견하라고 요구했고 이에 조선 조정은 파견 여부를 놓고 찬반 양론으로 들끓었다. 결국 유성룡은 하급 관리 황신을 보내 명의 사신을 보좌하게 했다. 히데요시를 만나고 돌아온 황신은 왜의 재침(再侵)이 확실하다고 보고했다. 그러거나 말거나 조선 조정은 일고의 가치도 없는 쓸데없는 당쟁으로 소란했다.

제8장

구름과 달_중오의 선조 그리고 영웅들

구름과 달_이몽학과 의병장 김덕령

역사적 사실이 태양에 비추면 역사가 되고 달빛에 바래지면 신화가 된다고 했던가. 태양은 핏빛으로 물들고 달빛은 그믐달이 되어 희미하게 스러지고 있었다. 급기야 전란 속의 달빛은 흔적조차 사라지고 캄캄한 어둠만이 천지를 뒤덮고 있었다.

임진왜란은 조선 전체를 바꿔 놓았다. 조선의 근본을 흔들었고, 나라의 뿌리에서 최정상까지 격한 변화가 이루어지고 있었다. 민초들은 어느 곳에도 믿고 마음 둘 데가 없었고, 조정은 조정대로 서로를 물고 뜯었다. 조선은 표류했다. 특히 양반 지배체제가 흔들렸고, 민초들의 마음도 바람처럼 떠나고, 그들의 세상도 변했고, 왕조도 말할 나위 없이 흔들거렸다. 거기에 선조의 모든 언행이 백성들의 마음을 떠나게 했다.

도처에서 민란이 일어났다. 민란은 우후죽순처럼 전국 곳곳에서 일어났다. 그 가운데 선조 27년(1594)에 일어난 송유진(宋儒眞)의 난과, 선조 29년(1596)에 일어난 이몽학(李夢鶴)의 난이 가장 크고 의미 있었다. 여

타의 다른 민란은 산발적인 소요로 전란을 틈타 살기 위해 벌인 우발적인 사건이었고 비조직적인 행동이었다. 또 이러한 행위는 직접 왕정의 전복을 겨냥한 반란은 아니었다.

그러나 송유진, 이몽학의 난은 그 규모나 조직 면에서 양상이 크게 달랐다. 이 두 반란은 특히 충청도 지역에서 일어났다. 반란의 주모자들은 썩어빠진 왕권을 타도하고 새 나라를 만들어 도탄에 빠진 백성을 구제하겠다는 기치를 내걸었다. 오랜 시간 왜란으로 나라가 황폐해진데다 흉년까지 겹쳐 민심이 극도로 흉흉해진 때이므로 "왜적의 침입으로 망가진 나라를 바로잡겠다"라는 세력들의 선동이 크게 호응을 얻었다.

이러한 점에서 임진왜란 초기 수령 방백들의 수탈과 혹사에 불만을 품었던 민초들의 단순한 민란과는 큰 차이가 있었다. 그들은 백성을 버리고 혼자 살겠다고 도망가는 임금을 증오했고, 평소 그토록 기세등등했던 고관대작들이 맨발로 도주하는 광경을 경멸했으며, 왜군과 제대로 싸워 보지도 않고 도주하는 관군들을 미워했다. 반면 아무것도 바라는 것 없이 그들 곁에서 용감하게 싸우는 의병들을 사랑했고, 그들과 함께 생사를 같이했다.

송유진의 난은 당초 선조 27년(1594) 정월 대보름에 일당을 이끌고 거사하기로 했으나, 사전에 누설되어 실패로 돌아갔다. 송유진은 충청도 천안과 직산 사이를 왕래하면서 서울의 수비가 허술함을 알고, 의병장을 사칭하여 반란 세력을 규합하는 데 성공하였다. 한때 지리산, 속리산, 청계산 등지에 은신하고 있는 송유진 일당은 2천 명이 넘었다. 그들은 군량미와 무기를 수집하여 많은 양을 비축했다. 먼저 각처의 반란 세력과 약속하고 군사를 움직여 아산, 평택의 무기고를 기습하여 병기를 탈취했다. 그 뒤 서울에 침입하기 위해 먼저 전주에 밀서를 보내 국가 전복을 꾀하다 사전 밀고로 실패하고 말았던 것이다.

처음으로 겪는 이러한 반란이 너무도 두려웠던 선조는 송유진 등의 체포 소식을 들었으나 안심하지 못했다. 그것은 송유진의 배후 세력이 엄청나게 클 것이라고 우려했기 때문이었다. 선조는 서울의 각 성문을 철저히 지키게 하는 한편 한강의 경비를 엄격하게 했다. 또 남산 위에는 장수와 병졸들로 대오를 짜서 주야로 망을 보게 했다.

이 반란에 연루되어 추국을 받은 사람은 그 수를 헤아릴 수 없을 만큼 많았다. 선조의 공포심이 일을 키웠던 것이다. 이들 중에는 송유진 일당에게 속아서 빠져든 의병장, 현직 관원, 양반 등 광범한 인물들이 체포되었다. 그중 대표적인 인물로는 이산겸, 여대로(呂大老), 노일개(盧一凱), 조원(趙瑗), 신응희, 김달효, 조희진(趙希進) 등이 있었다. 이들은 심한 고초를 겪은 후 대부분 석방되었으나, 이산겸만은 반란의 공모자라는 죄명을 쓰고 끝내 구제되지 못했다.

송유진의 난은 비록 찻잔 속의 태풍으로 끝났지만 선조의 생각은 달랐다. 선조는 두려웠다. 세상이 두려웠고, 백성이 두려웠고, 대신들이 두려웠다. 두려운 만큼 저들이 증오스러웠다. 특히 이제부터는 백성들에게 추앙받는 자들을 엄중 감시하여 저들의 반란을 사전에 철저하게 막고 무자비하게 죽이기로 작정했다. 그는 전국 각처에서 활약하는 인물들을 꼽아 보았다. 가장 경계할 자로는 충청, 전라, 경상 삼도와 전국 각처에서 백성들의 애비처럼 사랑받는 이순신이 있었고, 백성들과 한몸으로 매일 부대끼며 왜적과 싸우는 의병장들이 있었다. 김덕령과 곽재우 같은 자들이 송유진과 다를 바가 뭔가! 다 한통속이라 생각했다. 기회만 주어지면 결단코 용서하지 않으리라 결심했다.

임진왜란 발발 후 계속되는 흉년으로 민초들의 생활은 말할 수 없이 참담했다. 그 위에 왜의 재침을 막기 위해 전국 각처에서 산성을 수축하는 등 백성들의 부담이 가중되자 그들의 원성과 고통은 나날이 커져 갔다. 이러한 기회를 포착하여 선조 29년(1596) 이몽학은 불평불만에 가득 찬 백성들을 선동하여 반란을 획책했다. 이몽학은 본래 왕실의 서얼 출신으로, 아버지에게 쫓겨나 충청도, 전라도 등지를 전전하다가 임진왜란이 일어나자 징병관 한현(韓絢)의 휘하에서 활동했다.

그는 반란을 일으키기 얼마 전부터 한현과 함께 홍산(지금의 부여군) 무량사에서 모의하고 군사를 조련했다. 동갑회(同甲會)라는 비밀결사를 조직해 친목회를 가장한 반란군 규합에 열중했다. 한현은 선봉장 권인룡(權仁龍), 김시약(金時約) 등과 함께 어사 이시발(李時發)의 휘하에 있으면서 호서 지방의 조련을 관리하라는 명령을 받았다. 그러나 민심이 이반되고 방비가 소홀함을 알아차리고 이몽학과 함께 시류에 편승해서 거사할 것을 결의했다.

이몽학은 김경창(金慶昌), 이구(李龜), 장후재(張後載), 도천사 승려 능운(凌雲) 등과 함께 홍산 쌍방축에 주둔하니 반란군이 1천여 명에 달했다. 1596년 7월 6일, 이몽학 일당이 야음을 타고 홍산현을 습격해 현감 윤영현(尹英賢)을 붙잡았다. 이어 임천군을 습격해 군수 박진국(朴振國)을 납치했는데, 이들은 모두 반군에게 항복하고 그들의 수하가 되었다. 계속하여 인근 군현을 습격해 반군은 성공가도를 달렸다. 수령들은 싸워 보지도 못하고 패해 항복하거나 도주하였고, 백성들도 모두 반군에게 복종했다. 이때 반군이 지나는 곳마다 밭을 매던 자는 호미를 들고, 행상하던 자는 지팡이를 들고 분주히 즐겨 따르지 않는 자가 없었다더라.

수천 명으로 늘어난 이몽학 군은 10일에 홍주성으로 진격했다. 이에 홍주 목사 홍가신(洪可臣)은 이희(李希)와 신수(申壽)를 시켜 거짓 항복을 함으로써 이몽학을 속이고 시간을 벌었다. 이 틈을 이용해 홍가신은 인근 수령들에게 구원을 요청했으며, 마침 고을에 머물던 무장 임득의(林得義)는 가솔과 의병 8백 명을 이끌고 포위된 성안으로 들어와 고을에 사는 무장 박명현(朴名賢)을 불러 함께 수성 계책을 세웠다. 인근의 순찰사 신경행(辛景行), 수사 최호(崔湖), 박동선(朴東善), 황응선 등이 와서 홍주성에서 이몽학 군과 전투를 벌여 반란군을 퇴치하고 위기에 처한 홍주성을 구했다.

이때 조정에서는 충청 병사 이시언이 이끄는 토벌군이 여러 차례 패퇴하자 권율 장군을 진압군 대장으로 임명했다. 권율은 호남의 군사를 이끌고 여산을 거쳐 이산까지 진군했으나, 반란군의 형세가 워낙 흉흉하여 충용장군 김덕령에게 급히 지원군을 이끌고 진압군에 합류토록 연락했다. 심지어 영남에는 포로로 잡은 왜군까지 원군으로 보내도록 연락하니, 이 소식을 들은 반란군이 더 이상 진격을 하지 못했다. 김덕령은 반군을 토벌하러 가던 중 이미 진압되었다는 소식에 발길을 돌리고 만다. 후에 이것이 사달이 되어 김덕령은 죽게 된다.

그 사이 도원수 권율, 충청 병사 이시언, 장군 이간(李偘) 등이 홍주 주위로 향했다. 이때 홍가신은 민병을 동원하여 반격했고, 판관 아병 윤계(尹誡)가 총포를 쏘아 이몽학 군을 공격했다. 홍주성 공격에 실패한 반란군은 밤에 청양까지 도망했는데, 그곳에서 이몽학의 부하 김경창, 임억명(林億命), 태척(太斥) 등이 이몽학을 살해하여 머리를 베었고, 이몽학이 죽자 반란군은 뿔뿔이 흩어졌다. 면천에서 형세를 살피고 움직이지 않던 모속관(募粟官, 군량 모집을 위해 지방에 파견하는 관리) 한현은 홍주에서 수천 명을 모병하여 이몽학 군과 합세하려 했으나 관군의 공격으로 패주하다 잡혔다. 한현을 비롯하여 이 반란에 가담한 자들 중 죄가 무거운 자 1백여 명은 한양으로 압송되어 죄의 경중에 따라 처벌되니 이로써 이몽학의 난은 평정되었다.

그러나 문제는 이제부터였다. 반란군 수장 한현을 친국하는 과정에서 의병장 김덕령과 홍계남, 곽재우, 최담령, 고언백이 반란에 가담했다는 소문이 퍼지고 김덕령, 홍계남, 곽재우, 최담령이 잡혀갔다. 이몽학이 처음에 군사를 일으켰을 때 "김덕령은 나와 약속했고 도원수와 병사, 수사도 모두 함께 계획하였으므로 반드시 우리에게 호응할 것이다"라고 거짓으로 선전했고 사람들이 모두 그 말을 믿었으므로, 난이 평정되어 선조가 친국할 때에 이들의 죄를 물었다. 조금만 생각하고 판단해도 그들이 무죄인 사실이 당장 드러날 것이었다.

그러나 선조는 이 기회를 놓치지 않았다. 김덕령만은 용서할 수 없었다. 그 뒤 홍계남과 곽재우는 천신만고 끝에 간신히 풀려났으나, 김덕령은 계속해서 선조의 친국을 받았다. 그때 임금이 금부도사에게 묻기를 "김덕령을 잘 가두었는가? 병조로 하여금 실한 군사를 더 많이 배정하여 감시하라" 했다. 이에 선조의 의중을 간파한 중신들이 너무도 놀라 아무런 말도 하지 못하자, 이들을 대신하여 유성룡이 나섰다. 그는 김덕령이 무죄이고 전쟁에 공이 아주 많은 나라의 충신임을 잘 알고 있었다.

그가 서슬이 시퍼런 임금에게 진언하길 "김덕령은 천천히 조사해도 늦지 않을 것입니다. 어차피 죄는 가려질 것입니다"라고 했다.

그러나 누구보다 김덕령을 잘 알고 있으며, 그와 함께 수많은 전쟁을 함께 치른 권율도 묵묵히 관망만 했다. 그때 이런 일에 절대 가만있을 수 없는 좌의정 윤두수가 선조 편을 들고 나섰다. "역적 죄인의 일은 기다릴 것 없이 오늘 당장 해야 합니다" 했다. 선조가 다시 김덕령이 자살하지 않도록 철저히 감시하라 했다. 이날부터 선조의 직접적인 고문이 시작되었다.

당시의 정황으로 봐서 관련자들을 모두 불러 천천히 조사하면 의병장 김덕령은 무죄로 풀려날 것이 확실했다. 그는 다른 곳에서 의병 활동을 활발하게 하고 있었고, 반란의 근처에도 간 적이 없었기 때문이다. 반란 마지막 당일에도 군사들을 이끌고 진압하러 가던 중 난이 평정되었다는 소식에 그 길로 다시 전장으로 되돌아갔었다. 그때 일단 가서 진압군 측에 가담했어야 했다. 모든 일이 그러하듯 충신 김덕령은 왜적 무찌르는 일에만 골몰했던 것이다. 그는 다른 정치적인 일에는 관심이 없었고 참여도 하지 않았다. 후에 선조 국문 시에 왜 그냥 돌아갔느냐는 추국에, 김덕령이 답하길 전장의 왜적 물리치는 일이 급하여 그리했다고 답하자, 조정의 역적 물리치는 일이 더 급하지 않느냐며 심히 고문하였다. 대체 아무런 답이 없는 조정이었다.

이몽학이 백성들의 사랑을 받고 있는 김덕령을 무고로 끌어들인 것이기 때문에 의문을 더했다. 김덕령은 무죄가 확실했다. 모두가 이 사실을 알고 있었으나 선조는 고집스럽게 불문곡직 고문으로 일관했다.

김덕령은 수백 번의 고문으로 온몸과 정강이뼈가 다 부서졌고, 결국 고문 끝에 처참하게 죽었다. 김덕령이 고문으로 죽어 가면서, 그의 별장 최담령만은 무죄이고 나라에 쓰임이 많은 자이니 살려 달라고 그를 잘 알고 있는 도원수 권율에게 애원했으나 결국 그도 처형되고 말았다. 충장 김덕령과 권율은 왜적 토벌을 무수히 같이 도모했던 장수들이었다.

〈선조수정실록〉 29년(1596) 8월 1일, 남도의 군민들은 김덕령에게 기대고 소중히 여겼는데, 그가 억울하게 죽자 모두들 원통하게 여기고 가슴 아파 했다고 했다. 그때부터 남쪽 사민들은 김덕령의 일을 경계하여 용력 있는 자들은 모두 숨어버리고 다시는 의병을 일으키지 않았다. 곽재우, 홍계남 등 의병장들도 모든 것을 버리고 산속으로 들어가 숨었다. 정유재란이 일어나자 조정에서는 지난 일은 다 잊고 나라를 위해 다시 싸워 달라고 간곡하게 요청하였을 때에도 그들은 오직 백성을 위해 싸웠다.

아아, 결국 이몽학이라는 시커먼 구름은 아름다운 달 김덕령을 덮어버렸다. 아니, 선조라는 구름이라 해야 맞을 것 같다. 그러나 그렇게 그 정도로 끝낼 선조가 아니었다.

정유재란의 전야제_이순신 죽이기의 서막

정유년 한 해 전인 1596년 11월 7일, 선조 어전회의가 뜬금없이 열렸다. 아니, 그들 몇 사람만이 은밀하게 준비한 회의가 열렸다. 그것은 다름 아닌 이순신 관련 회의였다. 주요 대신들과 비변사의 전시 원로들이 다 모였다. 이순신에 관한 길고 지루한 회의는 오늘을 시작으로 이순신을 완전히 때려잡을 때까지 앞으로 몇 번이고 계속될 것이었다. 선조가 개회하고, 북인 영수 전 영의정 판중추부사 이산해가 시작했다.

이산해: 전쟁이 일어나고 벌써 다섯 해째인데 좋은 계책은 없고, 그나마 오직 화친을 맺을 것만 믿어 왔는데, 이런 한심한 일이 어디 있습니까? 원균을 다른 곳으로 이동시킨 후 바다 싸움에서 성과가 없으니 분개할 일입니다.

선조: 원균은 어떤 인물인가?

유성룡: 그가 바다 싸움에서 잘못을 저지르자 영남의 수군들이 대부분 원망하고 있으므로 그를 쓸 수 없는 것은 분명한 일입니다. 더구나 이순

신과 원균의 사이가 나쁜 것은 조정이 다 아는 사실입니다. 원균은 업무 협의 시에도 항상 화만 내고 있습니다.

선조: 이순신도 그러한가?

좌의정 이원익: 이순신은 자신에 대해 변명을 별로 하지 않는데, 원균은 언제나 성질을 냅니다. 이순신을 한산도에서 옮겨서는 절대로 안 됩니다. 만약 옮기면 일이 다 틀어집니다.

판중추부사 윤두수: 원균은 신의 친척인데, 이순신은 후배이면서 원균의 윗자리에 있기 때문에 그렇게 성을 내는 것이지요. 조정에서 알아서 잘 처리해 주는 것이 좋을 듯합니다.

선조: 내가 들으니, 사실 일은 원균이 한 것인데, 원균이 이순신만 못하다고 하니 그렇게 화내는 것이라 하더라. 왜적을 잡을 때에도 매번 원균이 앞장섰었다고 한다. 바다에서 싸울 때 원균이 공을 많이 세웠고, 이순신은 원균을 따라다녔다 한다. 이순신이 공로를 세우게 된 것은 원균 덕분이라 한다.

이원익: 제가 원균에게 당신의 공로가 결코 이순신을 능가할 수 없다 했습니다.

좌승지 이덕열(李德悅): 이순신은 원균이 15번 불러야 비로소 나가 적선 60척을 붙잡아 가지고 자기 공로라 보고했다고 했습니다.

이원익: 호남의 적이 많았기 때문에 늦게 나간 것입니다. 원균은 애초에 많은 실패를 하였습니다.

지중추부사 정탁: 그들이 서로 공을 다투니 둘 다 잘못이 있습니다. 전하께서 화해시켜 앞으로 공을 세우라 권하십시오.

어전회의가 끝나고 임금이 아무리 원균 편을 들어도 중론이 이순신 쪽에 있음을 간파한 원로대신 형제 윤두수와 윤근수가 임금에게 서면 보고를 제출하는데, 그 내용이 그야말로 당파 싸움과 이순신 모함의 진수를 보여 준다. 제 친척인 원균을 수군통제사에 앉히고 이순신을 죽이고자 하는 음모를 적나라하게 꾸미고 있었다.

"적은 수군을 특히 무서워하고 우리 육군은 하찮게 여긴다 합니다. 임진년 바다 싸움에서 공로를 세운 장수 중에서 원균이 제일 용감하고 강직했습니다. 바다 싸움에 능숙하여 적을 만나는 족족 이기기만 했지 실패한 일이 없었기 때문에 군사들이 믿고 겁을 내지 않았습니다. 원균이 수군을 통솔한다면 꼭 승리할 것이지만 적임자가 아닌 자가 그 자리에 앉는다면 적을 감당하지 못할 겁니다.…… 지금 빨리 한산도의 수군을 거제의 장문포로 옮겨 진주시켜야 합니다. 적을 살육하기를 꺼리는 이순신에게 엄히 주의를 주어 군령으로 다스려야 합니다."

선조: 이처럼 글로 써서 건의한 데 대해서 대단히 기쁘게 생각한다.

어전회의에서는 중신 이원익과 유성룡의 이순신 옹호에 심드렁하게 대응하던 선조가 간신 두 형제 대신의 이순신을 비난하는 거짓 진술에는 적극적으로 반응하여 대단히 기쁘다 말하고 있다. 임진년 전쟁이 발발하자마자 선조가 북쪽으로 도주하는 도중에 이순신으로부터 받은 옥포해전 승전장계에 어전에서 모든 대신들과 함께 읽고 통곡하던 때를 벌써 잊고 있다. 아니, 너무도 생생하게 기억하기 때문이었다.

해가 다시 바뀌고 조선은 이렇게 선조 30년(1597) 정유년을 불안하고 암울하게 맞이하고 있었다. 명 조정은 강화회담 대표 심유경이 거짓으로 문서를 위조해 히데요시가 왕위 책봉에 감사한다는 글을 조정에 보고했다는 사실을 알자, 심유경을 처벌하고 만약 왜가 재침하면 더 강력하게 대응한다는 원칙을 세웠다. 조선으로서는 전화위복이 되었다.

조선 조정의 당쟁은 더욱 한심하게 진행되어, 개혁 재상 유성룡과 이순신에 대한 공격은 치밀하게 준비되고 있었다. 그들은 물불을 가리지 않았다. 왜 측에서도 이러한 조선의 내부 사정을 꿰뚫고 있었다. 도요토미 히데요시의 조선 재출병 결정의 전제는 이순신 공략이었다. 한산도에서 남해안 일대를 지키고 있는 이순신을 제거하지 않으면 해전에서 승산이 없고 결국 육전에서도 보급 경로가 막혀 아무것도 할 수 없기 때문이다.

이를 해결하기 위해 히데요시의 일급 참모 고니시 유키나가가 움직였다. 그는 자신의 통역사 요시라를 암약시켰다. 고니시는 일찍부터 요시라를 조왜 강화회담에 참여시키고 조선 진영에 자주 보내 작은 정보를 은근히 넘겨주어 신임을 얻게 했다. 요시라는 경상 우병사 김응서를 설득하여 함안에서 고니시를 만나게도 했었다. 나중에 비변사 중신들이 김응서가 조정의 사전 허락도 없이 적장을 만난 일을 탄핵코자 하였으나, 회담에서 나온 정보 가치를 나름 평가한 선조가 "단기로 적장을 만나다니 김응서도 보통 장수가 아니다" 하여 무마했다. 자신이 그토록 무서워했던 왜군 장수를 홀로 찾아가 만난 것이 대견해 보였던 것이다.

～

조선 조정의 일이 생각보다 쉽게 술술 풀리게 되니 왜군의 고니시와 요시라가 겁도 없이 점입가경이었다. 어처구니없게도 왜군의 일개 통역사 요시라가 조선 조정을 시험하고 나섰다. 그가 당당하게 조선의 벼슬을 달라 요구하니, 김응서가 즉시 선조에게 주청하여 정3품 절충장군과 은자 80냥을 주었다. 요시라는 이제 조선의 관복까지 입고 조선 진중에 수시로 드나들게 되었던 것이다.

요시라가 이때 은근히 정보를 전해 주기를, "조선과의 화의 문제가 풀리지 않는 것은 전적으로 가토 기요마사 때문입니다. 이 사람을 없애야 합니다. 우리 장군 고니시도 그를 제거하기를 원합니다. 우리가 비밀리에 그가 오는 일시와 장소를 전해 줄 것이니 잠복해서 꼭 치도록 하십시오" 하였다. 김응서가 이를 즉시 임금에게 보고하니, 임금은 도원수를 시켜 이순신에게 알리도록 했다.

정유년(1597) 1월 21일, 도원수 권율이 한산도 진영에 이르러 이순신에게 "적장 가토 기요마사가 다시 나온다고 하니 수군은 요시라의 말대로 하라. 삼가 기회를 놓치지 말라"라고 했다. 이순신은 즉각 이것이 왜군의 간계임을 알아차렸다. 그래서 이순신은 이에, "바닷길이 험하여 왜적은 반드시 매복하고 기다릴 것이다. 전선을 많이 동원하면 적이 반드시 알아차릴 것이고, 적게 동원하면 도리어 습격을 받을 것이다" 하며 이 명령을 따르지 않았다.

이날 과연 가토는 고니시와 함께 매복하여 습격할 계획으로 기다리고 있었다. 가토와 고니시가 정적(政敵)인 것은 사실이지만, 왜적이 누구인가? 그들은 자기 나라 일에는 철저하게 한마음 한몸이었다. 그들은 이순신을 죽일 계책을 짜 놓고 기다리고 있었다.

선조에게도 이제 드디어 이순신을 죽일 절호의 기회가 왔다. 즉각 이순신을 비난하는 원균의 장계가 도착했다. 그 자신은 임진년 전쟁이 벌어지자마자 경상 우수사 관내의 모든 함정들을 다 불태우고 군사들도 전부 해산시키고 도주한 자였음에도 불구하고, 일이 벌어지니까 지체없이 선조에게 거짓으로 보고를 했다. 거의 동시에 경상 우병사 김응서의 장계도 도착했다. 그 역시 한목소리로 이순신을 공격했다. 선조는 더욱 고무되었다.

김응서가 1월 17일 올린 장계 내용을 보기로 한다.

"도원수가 두루미 한 마리와 매 한 쌍을 고니시 유키나가에게 보내 주라 하기에 들여보냈습니다. 정보 보고에 의하면, 12일에 가토 기요마사 휘하의 왜선 150척이 일시에 건너와서 서생포에 머무르고, 가토 자신도 130척을 거느리고 건너와서 가덕도에 머물렀는데, 우리 수군이 준비가 안 되어 맞이하여 치지 못했습니다. 앉은 채로 기회를 놓치고 말았습니다. 적장 고니시도 몹시 통탄하면서 말하기를, '너희 나라에서 하는 일이 매양 이 모양이니 뉘우친들 무슨 소용이 있겠느냐. 내가 한 말들이 가토의 귀에 들어갈까 걱정이다. 비밀을 지키도록 하자' 했습니다. 통분할 일입니다."

도대체 설령 이 정보 보고가 맞다 하더라도 가토는 이미 1월 13일에 부산포 앞바다에 도착하여 준비하고 기다리고 있었다. 김응서가 조정에 비밀정보 보고를 한 일시가 1월 17일, 다시 이순신에게 지시가 내려간 것은 1월 20일 이후가 된다. 고니시는 모든 것을 예측하고 시차가 잘못된 정보를 흘린 것이다. 김응서와 조정 전체가 이런 잘못된 정보에 놀아

나고 있었다. 선조의 이순신에 대한 적의를 간파한 간신배들도 선조의 장단에 맞춰 춤추고 있는 형국이었다.

〈선조실록〉 1597년 1월 23일, 즉각 이순신 죽이기 제6차 어전회의가 벌어졌다. 조정에서는 임금이 이순신에게서 마음이 떠났다는 사실을 알고 더욱 기승을 떨며 이순신을 공격했다. 임금에게 이 기회에 아부코자 하는 한심한 인간들의 경연장이 되고 있었다.

이산해: 신이 지난번 원균을 만났는데, 왜놈들이야 뭐가 두려울 게 있습니까?, 했습니다. 이건 수군의 용맹을 믿고 하는 소립니다. 도체찰사 이원익도 수군을 믿고 있다 했습니다.

선조: 왜적의 우두머리 고니시 유키나가가 확실히 가르쳐 주었는데 우리가 이를 해내지 못하다니 참으로 용렬한 나라이다. 우리는 고니시보다 훨씬 못하구나. 한산도 장수 이순신은 편안히 누워서 어떻게 해야 할지조차 모르고 있구나.

윤두수: 이순신은 왜적을 두려워하는 것이 아니라 사실 싸우길 싫어하는 것입니다.

이산해: 이순신은 죽은 정운과 원균이 없으니까 머뭇거리는 겁니다.

김응남: 이순신이 싸우러 나가길 꺼려하니까, 오죽하면 부하장수인 정운이 그의 목을 베려고 하자 무서워서 어쩔 수 없이 나아간 것입니다.

선조: 지금 이순신에게 어찌 가토 기요마사의 머리를 베어 오기를 바라겠는가? (한숨을 쉬면서) 아, 우리는 다되었다. 이제 어떡하지?

정말이지 당시 조선 조정의 수준이 이렇게 비열하고 저급한지 우리는 몰랐다! 온통 거짓과 증오가 난무하고 있었다. 나라와 백성의 앞날은 차치하고 붕당의 적 앞에서는 무엇이든 하는 그들이었다. 유성룡은 그때부터 입 닫고 눈 감기 시작했다. 이 모든 것의 칼날이 자신과 이순신을 향한 것임을 잘 알고 있었기 때문이다. 이제 이순신 죽이기의 마지막을 장식하는 제7차 어전회의가 준비되고 있었다.

제7차 어전회의_증오의 선조

이순신, 지옥 길로 가다

선조의 선조에 의한 선조를 위한 망국적 제7차 어전회의가 열렸다. 선조 30년(1597) 정유년 1월 27일, 드디어 재판이 시작되었다.

재판장: 선조 이연, 변호인: 영의정 유성룡, 우의정 이원익

피고인: 이순신

피의사실: 고니시 유키나가와 간자(間者, 간첩) 요시라가 제공한 정보에 따라 조정에서 지시한 출격 명령을 어기고 적장(敵將) 가토 기요마사를 죽이지 않은 죄

이에 대한 피고인 이순신의 변명은 첫째 고니시 유키나가와 요시라가 간교(奸巧)하여 그들의 말을 믿을 수 없고, 둘째, 날씨가 바람이 너무 불고 파도가 높아 아군에 위험하며, 셋째 적들의 매복이 흉악하니 나가서는 안 된다는 것이었다.

변호인 측 참고인: 지중추부사 정탁, 병조판서 이덕형

검찰 측: 판중추부사 윤두수, 좌의정 김응남, 영중추부사 이산해, 호조판서 김수, 이조참판 이정형(李廷馨), 좌승지 이덕열 등

유력한 변호인 우의정 이원익은 도체찰사로서 때마침 전장인 남해 지방 순시 중이었다.

재판의 시작과 함께 윤두수가 포문을 열었다.

윤두수: 이순신은 조정의 명령을 받아들이지 않고 싸움에 나가기 싫어해서 한산도로 물러나 있으니, 신하들이 통분해하고 있습니다.

선조: 순신이란 어떤 자인가? 사람들은 모두 그가 간사하다고 한다. 명의 관리들이 조정을 기만하고 못 하는 짓이 없는데, 이런 못된 짓을 우리나라 사람이 본받고 있다. 가토 기요마사의 머리를 가져오더라도 그의 죄는 용서받지 못할 것이다.

유성룡: 이순신은 신과 같은 마을 사람입니다. 신이 젊었을 때부터 알고 있는데, 그는 자기 직책을 잘 감당할 수 있습니다.

선조: 그가 글은 아는가?

유성룡: 그는 강직하여 남에게 굽힐 줄 모릅니다. 그래서 신이 그를 수사로 천거하였고, 결국 그 일은 너무 지나치게 되었습니다.

선조: 이순신을 너그럽게 용서해 줄 수 없다. 일개 무장 주제에 어찌 감히 조정을 업신여길 생각을 한단 말인가. 우의정 이원익이 내려가면서 말하길, 원균을 장수로 임명할 수는 없지만 적과 싸울 때는 써야 한다 했다. 원균을 수군의 선봉으로 삼고자 한다.

김응남: 지당하신 말씀입니다.

이산해: 임진년 해전 때 이순신이 원균 몰래 밤중에 혼자 장계를 올려 자기 공로라고 했습니다. 여기서 원균이 원망을 품게 되었습니다.

그날 회의는 한없이 길게 늘어지고 거짓과 음모가 판쳤다. 한 이야기를 하고 또 하고, 대체 이게 무슨 짓인지 모르겠더라. 문제는 선조와 간신배들이었다. 그들의 발언은 너무도 뜬금없고 무슨 말을 해도 결국 충신 이순신을 죽이자는 말로 귀착되었다. 이런 것이 조선 조정의 모습이었다. 무슨 말을 더하랴! 저들이 패전 후에 어떤 표정으로 무슨 변명을 할지 두고 볼 일이다.

1597년 2월 4일, 선조의 지시로 사헌부에서 이순신을 체포하여 죄를 주자고 주청했다.

"통제사 이순신은 바다 가운데서 군사를 끼고 앉아 싸움은 하지 않고 그저 남의 공로나 가로채려고 기만하는 장계를 올렸습니다. 적들을 내버려둔 채 치지 않고 나라의 은혜를 저버린 죄가 큽니다. 붙잡아다 심문하고 법대로 죄를 주시기 바랍니다."

2월 6일, 선조는 우부승지 김홍미(金弘微)에게 비밀문서로 주의사항을 전했다.

"이순신을 잡아올 때 선전관에게 신표(信標, 뒷날에 보고 증거가 되게 하기 위하여 서로 주고받는 물건)와 밀부(密符, 조선 시대에 병란이 일어나면 즉시 군사를 동원할 수 있도록 내리던 병부. 유수, 감사, 병사, 수사, 방어사 등에게 주었다)를 주어서 잡아오되, 원균과 교대한 뒤에 잡아오라고 전하라. 수군통제사를 원균으로 경질(更迭)하고 이순신과 가까운 장수들을 원균 측의 인물들로 경질하라. 이순신 교체와 관련하여 나주 목사 권준과 경상 우수사 배흥립이 서로 규탄하면서 다투고 있으니, 아마도 일을 그르칠 것 같아 걱정이다."

이때 조정에서 사전에 규찰어사 남이신(南以信)을 파견하여 한산도에 가서 사찰토록 하니, 그가 전라도에 들어갈 때부터 군사와 백성들이 길을 막고 이순신의 원통함을 호소하는 사람들로 인산인해였다. 수군 내에서도 권준, 어영담 등 이순신 함대의 용사들이 크게 반발하니 조정이나 위에서 위험요소로 판단했다.

남이신은 사실대로 보고하지 않고, "가토 기요마사가 섬에 7일간이나 머물러 있었으나 우리 군사가 출정했으면 그를 잡아올 수 있었을 텐데, 이순신이 머뭇거리는 바람에 그만 기회를 놓쳤습니다"라고 허위보고를 했다. 하지만 남이신은 편전에서 나와 다시 은밀히 임금의 처소로 가서 전라도의 상황을 상세히 전한다. 엄청난 숫자의 군민들이 길을 막고 통곡하며 이순신의 억울함을 호소하였다는 정경을 보고할 때, 선조의 표정이 심히 일그러졌다.

2월 26일, 의금부도사가 이순신을 한산도에서 체포, 한성으로 향했다. 인산인해를 이룬 백성들이 연도에 나와 이순신을 체포해 가는 우마

차를 붙잡고 통곡하며 따라갔다. 도저히 지나갈 수가 없을 정도였다.

3월 4일, 이순신 투옥. 유학자 안방준(安邦俊)이 쓴 문집『우산집(牛山集)』가운데 '백사 이항복의 장수론에 대한 비판'을 보자.

"이순신은 죽어도 좋다는 생각으로 한산도를 차단하여 적으로 하여금 감히 서쪽으로 나오지 못하게 한 지 무릇 6년, 겁을 먹고 어쩔 줄 몰라 하는 원균을 이순신이 끌어내어 살렸거늘, 원균은 도리어 흉측하게도 이순신을 해치고 무고하였다. 또한 원균이 통제사로 부임하던 날, 나의 중부를 찾아와서, '내가 이 직함을 영화롭게 여기는 것이 아니라 오직 이순신에 대한 부끄러움을 씻게 된 것이 통쾌합니다' 하니, '장수가 적을 무찔러 공을 세워야지 직함을 대신하는 것으로 통쾌하다고 하면 됩니까?' 하였다. 원균이 돌아간 후에 중부가 말하길, 원균의 인품을 보니 일은 다 글렀다! 하며 탄식하였다 했다. 남쪽 사람들이 지금도 이 일을 이야기할 때는 부르르 화내며 팔을 걷어붙이지 않는 사람이 없더라."

선조는 이순신을 처절하게 고문하였다. 살릴 마음이 없었다. 이순신의 뼈가 다 드러나도록 고문했다. 대체 무슨 사유로 무슨 말로 고문했을까? 정유년 3월 13일, 선조, 우부승지 김홍미에게 비망기(備忘記)를 하달했다.

"이순신이 조정을 기망한 것은 무군지죄(無君之罪, 역적죄), 적을 치지 않은 것은 부국지죄(負國之罪, 국가반역죄), 남의 공을 가로챈 것은 함인지죄(陷人於罪, 남을 해친 죄), 방자한 것은 기탄지죄(忌憚之罪, 건방진 죄)

다. 신하로서 임금을 속인 자는 반드시 죽이고 용서하지 않을 것이다."

대체 무슨 철천지원수가 졌기에 임금이 그의 충직한 신하를 반드시 죽이고 용서하지 않겠다고 맹세하니, 하늘 아래 무슨 일인지 모르겠다! 서인과 북인들이 좋아라 날뛰고, 유성룡은 절망했다. 분노도 일어나지 않았다. 모든 것을 내던지고 싶었다. 그는 임금에게 사직서를 썼다. 영의정과 도체찰사 직위를 벗어던졌다. 선조는 이를 반려하고, 유성룡이 또 쓰고 반려하기를 여러 차례 했다.

~

선조에게 판부사 정탁(鄭琢)이 충신 이순신을 죽여서는 안 된다는 상소를 올렸다. 정탁은 퇴계의 제자이며 남인이었다. 남인의 영수 유성룡과 함께 선조에게 매일같이 나라의 인재를 죽여서는 안 된다고 간곡하게 진언하고 설득하여, 급기야 정탁으로 하여금 상소를 올리게 했던 것이다. 선조와 유성룡은 비록 군신 관계지만, 30년의 애증으로 지속된 끈끈한 결속이 있었다. 그들은 서로를 너무 잘 알았다. 유성룡이 영의정 자리를 박차고 나갈 정도로 강하게 반발하는 것에 선조도 마지막에 굽힌 것이다. 이순신은 살해당하기 직전에 석방되었다.

선조 30년(1597) 정유년 4월 1일, 봄꽃이 만발하기 시작할 때 이순신은 감옥에서 나왔다. 눈부신 봄날에 이순신은 죽음에서 해방되었다. 그는 이미 삶과 죽음에서 초탈한 듯했다. 말없이 하늘 한 번 쳐다보고는 이순신은 전장으로 향했다. 이순신은 석방 후 백의종군(白衣從軍)을 하게 된다.

백의종군이란 정직(停職)을 말한다. 조선시대에는 관복 색깔로 직급을 나타내는데, 그 관복을 벗고 평상복인 백의를 입고 조정의 지시사항을 대기하는 벌칙이다. 이순신에게 금부도사와 수행원들이 계속 감시인지 수행인지 따라다녔고, 도원수 권율의 지시에 따라 군사고문직을 맡기 위해 그가 있는 남쪽 전선으로 내려갔다.

영의정 이하 정탁 등 여러 대신들이 사람을 보내 문안했다. 다음날 영의정 유성룡의 집에서 새벽까지 유숙하며 이야기를 나눴다. 두 사람은 통음(痛飮)했다. 이순신은 별로 말이 없었고, 유성룡이 그를 달랬다. 동병상련의 정을 나누며 자신도 그리 멀지 않았음을 토로했다. 금부도사가 수행원들과 수원까지 먼저 내려가 기다리겠다 했다. 그것은 한성 백성들이 길가에 나와 이순신 행렬을 격하게 배웅하니 백성들의 눈을 꺼려했던 것이다. 백성들이 이순신의 초췌한 몰골에 통곡하고 아우성쳤기 때문이다.

『난중일기』 4월 13일자는 말한다.

어머니께 가는 중 어머니가 돌아가셨다는 청천벽력 같은 부고가 날아오다. 다음 날 도착하여 입관하다. 친구의 극진한 호상에 뼈가 가루가 되도록 고마움을 잊지 못하겠다고 말하다. 빈소를 차리다. 찢어지는 아픈 가슴을 어찌 다 말하랴! 울부짖으며 어서 죽기를 바라다. 천지에 나 같은 사람이 또 있을까!

이순신은 혼자 울었다.

논산 노성에 도착하니 고을 군수가 반갑게 접대해 주다. 내려올수록 점점 사람들이 반갑고 따뜻하게 대해 주다. 동시에 원균에 대한 원성이 더 크게 들려오다. 목적지인 순천 도원수 집무실에 도착하니, 금부도사와 수행원들이 한성으로 돌아가다.

도원수가 조문해 주다. 도원수 방에서 순찰사, 병마사들과 자리를 같이 하다.

원균이 수군통제사로 부임한 지 세 달 정도 지났는데 여수 본영과 한산도 진영에 여러 가지 문제가 드러나고 있다. 그는 이순신이 만들어 놓은 모든 제도와 전략을 전부 폐기하고 이순신의 부장들을 다 내쫓았다. 원균의 부장 이영남도 자신의 부정을 잘 알고 있다 하여 내쫓으니 군사들이 원망하고 분해하였다.

이순신이 과거 집무실을 한 채 지어 운주당(運籌堂)이라 이름 짓고 주야로 작전회의를 하고, 비록 졸병이라 해도 군사 일을 의논하려면 언제든지 출입할 수 있게 하던 곳인데, 원균은 이곳에 애첩을 들여 그 집에 살게 하니 아무도 출입할 수가 없었다. 또 밤낮으로 술타령을 하고 병사들을 괴롭히니, 모두들 그를 비웃으며 만약 왜적을 만난다면 도망가는 수밖에 없다 했다. 운주당은 지금 제승당(制勝堂)이라 이름한다.

이순신이 호남에 도착하니 모든 군, 관과 백성들이 환호작약하다. 이순신을 맞이하는 백성들이 늘어선 길이 5리가 넘게 넘쳐나다. 체찰사 우의정 이원익이 백의종군하는 이순신에 대한 예우로 같은 백색의 평복 차림으로 문안하다.

조선의 전시 작전체제가 흔들거리다. 비변사와 체찰사 본부, 권율의 도원수부, 원균의 수군통제영 간의 유기적인 체계가 무너지기 시작하다. 마침내 수군통제사 원균이 도원수 권율에게 곤장을 맞는 초유의 사태가 벌어진다. 그동안 참고 참았던 권율의 인내심이 마침내 폭발한 것이다. 원균의 수군이 앞으로 나가려 하지 않고 육군이 먼저 나가서 쳐야 한다고만 주장하니 일을 그르칠 것이 뻔하다는 것이 이유였다.

권율의 부름에 새벽같이 원수진으로 가다. 일은 시급하게 전개되는데, 안골포와 가덕도의 적을 육군이 다 물리친 뒤에 수군이 나아가겠다고 고집부리니 이것이 무엇인가? 수륙 양면작전으로 부산을 쳐야 하는데 원균의 수군을 어찌해야 할까를 고민하는 문제다. 또한 원균의 수군이 여기저기 작은 전투에서 계속 패전하고 있었다. 정유재란의 불길이 6월이 되면서부터 본격적으로 시작되고 있었다. 아니, 전쟁은 이미 이순신 죽이기부터 시작되고 있었다.

제9장

필사즉생 필생즉사!

정유재란 발발과 통한의 칠천량 전투

정유년(1597) 4월, 명이 동정군 6만 대군을 파견했다. 명 황제는 자신의 신하 송응창이 왜적과 내통하여 자신을 속이고 거짓 보고한 사실을 알고 분노했다. 더 나아가 이미 조선에서 물러간 줄 알았던 왜적이 더욱 기승을 부리고 금년 정유년에 재침할 것이란 보고에 참을 수가 없었다. 이번에야말로 확실하게 응징하여 다시는 명과 조선을 넘보지 못하게 하리라 작정했다. 황제는 평소에도 왜군이 간사하고 교활한 것을 괘씸하게 여기고 있었다. 하여 이번 원정군은 6만의 대군으로 구성했고, 전관 송응창보다 훨씬 유능하고 성실한 신임 병부좌시랑(국방차관) 형개(邢玠)를 경략으로 하고, 경리 양호(楊鎬), 제독 마귀(麻貴), 부총병 양원(楊元) 등으로 지난번보다 훨씬 고위급으로 군대를 구성했다.

그러나 선조는 초조했다. 왜적의 재침은 확정적인데, 조선군의 준비 태세는 하나도 되어 있지 않으니 어찌해야 좋을지 난감했다. 지난 전쟁에서 경험했듯이 수군의 역할이 가장 중요했다. 부산에서 남해안 일대의 적군 수송로를 철저히 막아 내야 하는데, 원균은 갖은 핑계를 대며 전투에 나서지 않았다. 참다못한 권율이 원균의 곤장을 치면서까지 강압했다. 물론 도원수 권율의 그런 행동 배경에는 이순신을 모함한 죄가 있기에 원균이 증오스럽기도 했지만, 전황은 점점 급박해지는데 수륙 양군의 유기적인 전시체제가 전혀 잡혀 있지 않았기 때문이다.

게다가 고니시 유키나가의 간계가 다시 시작되고 있었다. 그의 통역 요시라를 통해 다시금 이순신을 죽일 때 사용했던 거짓 정보를 흘리며 조선 조정을 흔들어 댔다. 선조는 고니시를 아직도 철석같이 믿고 그 정보에 따르도록 권율을 압박했다. 적이 가져온 거짓 정보에 근거하여 전선에서의 전술전략을 대궐에서 곧바로 지시해 대는 임금이었다. 권율은 이를 그대로 원균에게 전달했다. 원균도 이제는 실제 마주치는 전장에서 진상을 알아챘는지 고니시 유키나가와 요시라의 정보가 거짓 같다고 보고하기에 이르지만, 이미 때는 늦었다. 선조는 계속 전투를 독려해 댈 뿐이었다.

정유년 선조 30년(1597) 6월, 이때 왜군 10만여 명이 불개미 떼처럼 부산으로 몰려들기 시작했다. 고니시군은 의령을 거쳐 곧장 전라도로, 가토군은 경주, 대구를 거쳐 곧장 한성으로 진군할 계획이라는 정보가 들어왔다. 그러나 이 전략은 당연히 부산에서 조선 수군을 공략한 후라야 가능한 일이었다. 그들은 부산으로 서서히 집결했다. 조선 일대는 아비규환이었다. 도처에 피난민 행렬이 길을 가득 메웠다.

선조 30년 정유년(1597) 7월 14일, 그토록 주저하던 원균이 조선 수군 전체 함정 2백여 척을 이끌고 드디어 출정했다. 그러나 그것은 심모원려(深謀遠慮)의 작전계획을 수립한 연후의 출정이라기보다 선조의 거듭

된 지시와 도원수 권율의 명령에 따른 강압적인 것이었다.

원균 함대는 왜군 6백여 척이 정박해 있는 부산의 왜군 본영을 향해 억지로 떠밀려 나아갔다. 이는 그야말로 당시 조선 수군의 모든 역량을 결집한 함대 총사령부와 총력 함대였다. 수군통제사 겸 전라 좌수영 수사 원균과, 전라 우수영 이억기군, 배설의 경상 우수영군은 물론 최호의 충청 수영군까지 결집하여 출정했다. 조선 총함대는 견내량, 가덕도를 거쳐 부산으로 출진했다.

원균 함대가 절영도 인근에 이르렀을 때, 풍랑이 거세게 일고 날은 이미 저물었는데, 함대가 정박할 곳이 마땅치 않았다. 그때 왜선 몇 척이 앞에서 왔다 갔다 하며 조선 함대를 도발했다. 원균은 자신은 뒤로 빠진 채, 부하들에게 함대를 몰아 앞으로 진군할 것을 명령했다. 이순신과는 이 점에서 크게 차이가 난다. 이순신은 언제나 자신이 앞장섰다. 최선두에서 장수가 지휘해야만 장병들이 따르는 법.

그러나 함정 내에 있는 모든 장병들은 한산도에서 이곳까지 잠시도 쉬지 않고 4~5시간여를 노 저으며 왔고 배고프고 목마르고 완전히 지친 상태였다. 수군에게 있어 이런 전술은 치명적이었다. 이순신은 무조건 장병들의 안전과 건강을 최우선시했으며, 누가 뭐래도 상황이 좋지 않으면 움직이지 않았다. 그 대신 적을 죽을 지경까지 몰아서 공격했다. 지형지물을 철저하게 연구하여 아군이 유리한 곳에서만 싸웠다. 이렇게 막무가내로 진군하여 아군이 극도로 피로한 상황과 적에게 유리한 곳에서는 절대로 싸우지 않았다.

게다가 풍랑은 거세게 몰아쳤다. 이건 자살 작전이었다. 조선 수군은 사방으로 흩어져 표류하기 시작했다. 실로 상상할 수 없는 사태가 벌어지고 있었다. 언제나 세심하고 과감한 전략으로 연전연승했었는데, 조선 해전사상 이런 일은 없었다. 왜군은 조선 측의 상황을 그대로 읽고 있었다. 캄캄한 어둠과 격랑 속에서 왜군의 총공격이 시작되었다. 깨지고 불타고 파괴되어 만신창이가 되었다. 병사들은 전투에서 도주하기 바빴다. 평소 사령관 원균에 대한 반감이 그대로 작용했던 것이다.

이순신이 그토록 공들이고 병사들과 함께 키워 왔던 조선 수군의 함대가 풍비박산 나고 있었다. 원균은 무조건 인근 거제도의 영등포로 도주했고, 섬에 닿자마자 목이 마른 조선 수군들은 물을 찾아 뛰어내렸다. 그러나 섬에 매복하고 있던 왜군 수천 명이 함성을 지르며 공격해 댔다. 그들은 순식간에 아군 병사 4백여 명을 주살했다.

원균은 허둥지둥 다시 함선으로 도주하여 거제도 칠천량에 상륙했다. 그곳에도 왜군은 매복해 있었고 계속 추격하여 무자비하게 아군을 공격했다. 그동안 이순신에게 당했던 모든 복수를 일거에 해치웠다. 처절하게 하나하나 부수고 불태우고 죽였다. 조선 수군은 속절없이 당하여 결국 전멸하기에 이르렀다. 원균은 일찌감치 다 포기하고 먼저 상륙하여 언덕으로 도주하다가 몸이 비대하여 소나무 둥지에 기대 앉아 기진해 있는데, 좌우에는 아무도 없었다. 왜군 병사 여럿이 그곳으로 다가가서 원균을 도륙했다. 이순신 함대의 젊은 영웅 전라 우수사 이억기도 전투 중에 전사했다. 왜군은 환호작약했다. 이제야 그들의 철천지한을 풀었다. 왜군의 함대 사령관은 한산도 대첩 때 죽기 직전에 필사적으로 도주한 와키자카 야스하루였다.

그는 조선 수군과의 해전에서 최초로 이룩한 대승을 본국의 총대장 히데요시에게 자랑스럽게 보고했으며, 히데요시는 환호작약했다. 너무도 통쾌했다. 다만 이순신에게 승리하지 못한 점이 걸렸지만 아무려면 어떤가! 이순신은 다른 방식으로 이미 처리하지 않았던가! 조선 장병 수천여 명이 죽은 이 전투는 조선 수군의 궤멸을 의미했고, 왜군은 연전연승의 조선수군에게 처절하게 복수했던 것이다.

당시 경상 우수사 배설이 원균에게 여러 차례 건의를 했다.

"칠천도는 물이 얇고 좁아 함선을 움직이기 어렵습니다. 진을 다른 곳으로 옮겨야 합니다."

그러나 원균은 듣지 않았다. 배설은 이래서는 경상 우수영 함대조차 다 죽을 것 같아서 남모르게 자기 부하들과 짜고서 전투가 벌어지면 자기 함대만이라도 얼른 도주하자 밀약하고서 피신했다. 그 함대 12척이 살아남아 한산도로 일찌감치 피신했다. 이것이 바로 이순신의 그 마지막 함대 12척이다. 웃어야 하나 울어야 하나!

조선 수군은 이렇게 허망하게 한순간에 무너졌다. 이순신이 세계 해전사에 빛나는 모든 해전에서 연전연승을 올리며 백성들과 함께 승리를 자축하던 남해안 일대에서, 왜적에게 일거에 무너진 것이다. 항상 같이 기뻐하던 백성들은 피난 행렬을 이루었다. 남해안 일대를 철통같이 방어하던 수군이 궤멸되니, 제해권은 당연히 왜군에 넘어갔다. 다음은 즉각 전라도 길이 열렸다. 조선은 이제 그 어느 곳도 안전한 데가 없었다.

도원수 권율이 백의종군하는 이순신을 찾아왔다. 삼도 수군의 궤멸 소식을 듣는 이순신은 온몸을 떨었다. 그 자리에서 통곡했다. 7월 22일 칠천량 패전 이후 일주일 만에 선조는 이순신을 삼도수군통제사로 재임명한다. 칠천량 패전 소식에 선조의 조정에서 누가 어떻게 했는지 꼭 보아야 한다.

먼저 조정에서 파견한 선전관 김식이 올린 장계부터 간략히 본다.

"7월 15일 저녁 10시경에 왜선이 나타나 우리 전선을 공격하니 도저히 적을 당해 내지 못하고, 우리 군사들이 물러나니 적세가 하늘을 찔러 우리 배들이 전부 불타고 깨지고 군사들이 불타 죽고 빠져 죽고…… 정신 없는 가운데 소신이 달아나다가 돌아보니 왜놈 6~7명이 칼을 휘두르며 소나무 아래 있던 원균에게 다가갔는데, 그가 살았는지 죽었는지 모르겠습니다."

다음, 김식의 장계를 읽은 선조의 어전회의를 본다.

선조: 수군 전부가 엎질러져 버렸으니 이제는 어쩔 도리가 없다. 대신들은 명의 도독과 안찰에게 가서 보고해라. 혹시 남은 배가 있는지 알아봐라.

(대신들 모두가 꿀 먹은 벙어리)

선조: 아무 말도 없으면 왜군이 저절로 물러나냐?

유성룡: 하도 답답하니 그런 거지요.

선조: 이것은 전부 천운이니까 어쩔 수가 없다 해도, 원균을 대신할 자가 없나?

병조판서 이항복: 지금 가장 시급한 것은 수군통제사를 속히 임명하는 것입니다.

선조: 주둔지를 잘 지켜야 하는데, 도원수가 원균을 독촉해서 이리 되었

다. 모든 것이 천명이거늘 사람의 계책이 잘못된 문제가 아니다.

그 길고 긴 어전회의는 다 관두고 선조와 간신배들은 단 한마디도 반성하지 않았다. 지금 조선 병사 수천 명이 바다에서 왜적에게 몰살되고 나라가 망해 가는 이 판국에도, 조선의 조정에서는 전쟁의 양상과 패전 원인을 철저히 분석하고 당장 내일의 전투에 대비하기는커녕 무조건 자기변명과 책임 전가뿐이었다.

조선의 임금 선조는 정말 이럴 수가 있는 건지! 모든 것을 천명과 천운 탓이며, 자신이 내린 어명도 권율에게 책임을 돌리고 있고, 그토록 어전회의에서 이순신을 모욕하고 원균을 지원하던 윤두수, 윤근수, 김응남 등 간신배들은 아무것도 모르는 체 한마디도 하지 않았다.

결국 북인을 제외한 남인과 서인의 두 영수인 유성룡과 이항복의 천거로 이순신을 다시 수군통제사로 재임명한다. 선조가 이순신 임명 교지에 쓴 이순신에 대한 온갖 미사여구는 낯 뜨거워서 차마 옮기지 못하겠다. 조선 임금의 하는 짓을 누가 알까 두렵다.

8월 15일, 선조의 교지를 받은 이순신은 묵묵히 침묵하다가 불쑥 선전관에게 영의정 유성룡도 알고 있냐고 담담히 물었다. 그는 임금에게 보내는 회신 장계를 간략하게 쓰고 과음했다. 잠을 이루지 못했다. 이순신에게 또 다른 충격은 "수군이 전멸했으니 버려도 좋다. 육전에나 힘 쓰라"라고 위로랍시고 임금이 말한 부분이다. 해서, 이순신은 답했다. 여기서 저 유명한 이순신의 피맺힌 외침이 나온다. 아니, 그건 단말마 비명소리였다.

自壬辰至于 五六年間	자임진지우 오육년간
賊不敢直突於 兩湖者	적불감직돌어 양호자
以舟師之拒其路也	이주사지거기로야
今臣戰船 尙有十二	금신전선 상유십이
出死力拒戰則猶可爲也	출사력거전칙유가위야
今若全廢舟師	금약전폐주사
是賊所以爲行而由	시적소위이행이유
湖右達於漢水	호어달어한수
此臣之所恐也	차신지소공야
戰船雖寡	전선수과
微臣不死則不敢侮我矣	미신불사즉불감모아의

왜놈들이 쳐들어온 임진왜란 5~6년 동안

왜적들이 전라도와 충청도로 바로 쳐들어오지 못한 것은

우리 수군이 바닷길을 막고 있었기 때문입니다.

지금 신에게는 아직 전선 12척이 있습니다.

죽음을 각오하고 싸우면 적의 진격을 저지할 수 있습니다.

만약 수군을 전폐시킨다면

적에게는 다행한 일로,

신은 적들이 호남과 충청, 한강까지 한걸음에 도달할 것이 두렵습니다.

비록 전선 수가 적다 해도

신이 아직 죽지 않았으니 적이 감히 모멸하지는 못할 것입니다.

왜군은 부산 본영에 6백여 척의 함대가 버티고 있었다. 10만여 명의 군사가 다시금 조선을 공격할 만반의 준비를 하고 있었다.

1597년 8월 3일, 정유재란이 발발, 왜군이 진격해 왔다. 왜적들이 거침없이 조선 전역으로 쳐들어왔다. 한쪽은 우키다 히데이에(宇喜多秀家)가 좌군대장으로 남해안으로 해서 고성, 사천, 하동, 구례, 남원, 그리고 전주로, 또 한쪽은 우군대장 모리 히데모토(毛利秀元)가 낙동강, 거창, 안의, 진안, 전주로 진군할 계획을 세웠다. 왜의 좌우군 모두 이순신이 없는 전라도와 남해안을 이제는 제집처럼 쳐들어가고 있었다. 그들이 얼마나 전라도에 집착하는지 알 수 있었다. 좌군의 선봉장은 고니시 유키나가이며, 우군의 선봉은 가토 기요마사였다.

선조와 김응서 등은 그렇게 당하고도 아직도 고니시 유키나가가 조선 편이라고 굳게 믿었다. 그런 고니시가 구례까지 순식간에 쳐들어간 것을 보고, "이럴 수가!" 하고 놀랐다. 그 고니시가 5만 5천여 군사로 남원성을 포위 공격하고, 치열한 공방 끝에 조명연합군 4천여 명을 한 사람도 남김없이 살육했다. 진주성의 재판이 벌어진 것이다. 선조와 그 일당들은 경악하면서 그동안 자신들이 고니시에 대해 칭찬하고 그가 준 정보를 활용하라고 지시한 내역을 숨기고자 계속 침묵으로 일관했다.

선조는 왜군의 재침이 시작되는 6월부터 어수선한 상황에서 슬슬 보따리를 쌀 준비를 했다. 먼저 중전부터 피신시킬 궁리를 했다. 지난번 임진년에 고생한 경험을 살려 미리미리 준비하지 않으면 낭패라고 생각한 것이다. 너무도 놀랍고 한심하여 유성룡과 몇몇 대신들이 극력 반대했다. 도대체 이런 난국에 중전이 대궐을 나서 도주하면 백성들이 이번에는 못 참고 들고일어날 것이라며 절대 도망가지 못하게 말렸다.

선조는 억지로 참았다. 그러나 대궐 내에는 유성룡이 가족들을 몰래 피신시켰다는 소문이 돌았다. 이를 듣고 선조는 분노하여 이를 공격했다. 유성룡이 기가 막혀 "유언비어에 임금이 이처럼 동요하여 중신을 죄인 취급하시니, 저같이 어리석은 자는 자리를 지킬 수 없어 그만 사직하겠습니다"라고 했다. 유성룡은 자신에 대한 음모가 시작되고 있는 것을 간파했다.

이에 선조가 "미안하다. 요즘 도성 사람들이 대부분 가족들을 피난시키고 있는데, 백성들 여론이 전부 임금 탓이라 하면서 못 하는 말이 없기에 나는 참으로 분노를 참을 수가 없었다. 그 뒤에 대간의 보고를 읽고 와전된 것임을 알았다. 한 번 웃어버릴 일을 가지고 어찌 사직하려 하는가" 하였다. 도성 백성들이 못 하는 말이 없다고 말하는 임금의 심사가 어떠했을까? 당시 백성들이 임금에 대해 하는 말은 차마 형언할 길이 없다. 자칫하면 민란이 일어날 지경이었다. 자신의 어리석음을 토로하는 임금 앞에서 유성룡은 그 사직서를 찢어버렸다. 그러나 문제는 전국의 수령 방백들이 앞 다투어 직임을 버리고 야반도주하는 사태가 도처에서 벌어지고 있었다. 선조가 직임을 버리고 도주하는 수령들은 효수의 중벌로 다스리겠다고 선포했다. 다시 조선 강토는 불쌍한 백성들의 피난 행렬로 가득 찼다.

그러나 갈길 없는 백성들의 행렬은 대체 어디로 향해 간다는 말인가? 이순신이 선조에게 올린 장계에 나와 있듯이 그야말로 보고 있으면 너무도 애처로워 눈 둘 곳이 없는 참상이었다.

필사즉생 필생즉사!_울돌목 명량 대첩

수군통제사로 다시 돌아온 이순신은 눈에 띄게 몸이 쇠약해져 있었다. 『난중일기』는 이순신이 온통 토사곽란과 고열로 신음하고 잠 한숨 못 잔 이야기기로 채워졌다. 당연했다. 한 달 가까이 모진 고문을 겪은 몸이었다. 몸을 제대로 가누기도 걷기도 힘들었다. 그러나 배설의 경상 우수영에서, 원균 통제사의 칠천량 전투에서 출전하지 아니하고 숨겨 두었던 전선 12척을 튼튼히 수리하고 전투 태세를 갖추어 나갔다. 10척의 판옥선을 거북선으로 변형시키기도 하고 적의 총격에 견딜 수 있도록 단단히 보수했다.

함선 외부 표면에 소나무 판을 몇 겹씩 더 얹었다. 다가올 치열한 총격전에 대비하고 12척으로 적 함대의 무자비한 공격에 견딜 수 있어야 했다. 이때 전라 우수영 관할의 백성들이 판옥선 1척을 이끌고 왔다. 그대로 사용해도 될 정도로 공들여 수리한 함정이었다. 백성들이 후일에 대비해 전투 중에 몰래 숨겨 두었던 것이다. 실로 가상한 모습이었다. 감사했다. 이제 함선이 모두 13척이 되었다.

임금이 밀어붙이는 막무가내의 비열한 정치와 자신에 대한 이해할 수 없는 증오심에 죽기를 각오하고 감옥에서 버텼지만, 이순신은 선조의 행태를 마음속에서 아직도 풀 수 없고 정리할 수 없었다. 자신을 다시 수군통제사에 임명하면서 수군을 버려도 좋다고 위로인지 야유인지 모를 교지를 내리니, 이에 다시 한 번 묵묵히 고심했다. 영의정 유성룡도 이미 다 포기하고 자신의 길을 간다 했다. 고향 안동으로 돌아가서 조용히 살고 싶다고 몇 차례나 토로했다. 그래서 임금의 통제사 교지에 대한 답장에서도 담담하게 그저 잘 알았다고만 썼다.

이제 전장으로 돌아와 아직 나에게는 12척이나 남아 있다고 격정적으로 임금에게 외쳤지만, 현장으로 돌아와 막상 함대 상황을 보니 실로 허망하기만 했다. 어떻게 불과 반년도 안 돼서 이토록 폐허로 만들 수가 있단 말인가! 원균에 대해서가 아니라 자신의 운명에 대해 증오했다. 자신의 운명이 이처럼 모질 수가 있는가! 자신이 평소 존경해 마지않는 남송의 무인 영웅 악비의 심정이 이러했으리라!

이순신은 알았다. 이제 자신이 마지막으로 온몸을 던져 죽을 장소를 선택해야 한다. 곧 불개미 떼처럼 몰려올 왜적을 물리칠 최적의 장소를 정해야 했다. 그는 망설임 없이 이곳 울돌목, 명량을 왜군 주력 함대를 쳐부술 장소로 정했다. 유속이 너무 빨라 항상 시끄러운 물소리가 나는 명량이 최적의 전투 장소였다. 수만 명의 적군을 태운 수백 척의 대함대를 말도 안 되는 적은 숫자의 함대로 싸우기에는 전라 우수영 앞바다에 자리한 천혜의 지형, 자신이 전라 좌수사로 근무할 때부터 수백 번 보아 둔 이곳이 안성맞춤이었다. 머릿속에 수백수천 번 전투 상황을 그려 두었던 울돌목이었다. 또한 이곳은 전라도의 마지막 관문이기도 했다. 이곳의 중요성은 말할 필요조차 없었다. 바로 전라, 충청, 한성으로 연결되는 요충지다. 여기서 자신이 패배하면 조선은 끝이다. 진정 모든 의미에서 끝이다.

이순신이 전투 준비를 위해 전라 우수영에 머물고 있다는 소식이 퍼지자 백성들이 구름처럼 몰려들었다. 자신을 향한 백성들의 눈물과 탄식이 폐부를 찔렀다. 나는 저들에게 무엇인가? 나는 조선의 무엇인가? 나의 길은 어디 있는가? 온몸이 고열로 공중에 붕 떠 있는 것같이 발 디디기도 힘들었지만 살아 있어야 할 이유가 여기 있었다.

8월 들어 왜선들이 슬슬 나타나 도발하기 시작했다. 조선 수군이 형편없이 빈약한 것을 알고 시험하자는 것이다. 적선들이 어마어마하게 몰려들 것이라는 정보가 난무했다. 부산 왜군 본영에 자리한 모든 함선들이 연합함대를 결성하여 이순신이 복귀한 조선 함대를 아주 궤멸시키고 옛날의 패배를 복수하고자 몰려온다고 하였다. 그리고 적들은 전라, 충청, 한성으로 직진할 터였다.

적들은 한 번은 해남의 어란포에서 8척, 또 한 번은 진도의 벽파진에서 13척이 도발했다. 저들은 아군이 공격하면 바로 도주했다. 칠천량 해전에서 전사한 전라 우수사 이억기의 후임으로 김억추(金億秋)가 부임했다. 좌의정 김응남이 사사로운 정으로 보내온 자였다. 통탄할 일이었다. 경상 우수사 배설도 그러하더니 다시 붕당으로 인사를 하는 조정의 모습이 참기 힘들었다. 김억추는 기껏 일개 만호에 적합한 인물이지 수사를 맡을 만한 인물이 아니었다. 9월 2일, 경상 우수사 배설이 드디어 본색을 드러내고 저 혼자 살겠다고 새벽에 도주했다. 진중이 크게 동요했지만 이순신은 묵묵히 하늘만 바라보았다. 9월 9일, 중양절에 제주에서 보내온 소 5마리를 잡아 전 장병에게 먹였다. 전 장병 4천여 명이 먹었다.

～

대규모 적선이 해남의 어란포 인근에 몰려와 있다는 정보를 접했다. 전투가 임박하고 있었다. 백성들을 모두 산으로 대피시켰다. 진중에는, 적이 이미 와 있어서 아군의 패배가 필연적이라고 헛소문을 내고 다니는 자가 있어 목을 베었다. 칠천량에서의 대승으로 왜군의 사기는 한없이 높아졌지만, 이순신이 다시 왔다는 소식을 접하고 왜장 와키자카는 긴장하며 가슴이 뛰었다. 이번에야말로 진정 복수를 맹세했다. 이순신의 함대는 보잘것없는 13척에 불과하다는 정보도 입수했다. 왜장들은 대규모 연합함대를 결성하여 이순신을 확실하게 궤멸시킬 계획을 세웠다. 와키자카, 구키 요시다카, 도도 다카토라, 구루시마 미치후사(來島通總) 등 왜군 내에서는 당대의 용장들이었지만 모두 이순신에게 대패한 쓰라린 경험이 있는 장수들이 대거 포진하고 있었다. 그들은 하나같이 초조하고 긴장했다. 지금 조선 해군이 형편없이 궤멸되어 있는 이때야말로 이순신을 죽여 복수할 수 있는 절호의 기회라고 생각했다. 그러나 그들 중 한 사람도 정말 이순신을 죽일 수 있으리라고 믿는 자는 없었다. 저들은 수적으로는 막강했지만 왠지 움츠러들 뿐이었다.

～

이순신은 전라 우수영 앞에 있는 울돌목에서 적들을 맞이하기로 결정했다. 울돌목은 유속이 빨라 마치 바다가 우는 것 같다고 하여 명량(鳴梁)이라 했다. 그곳은 천혜의 바닷길 요새이며 전라도의 마지막 관문이다. 극소수의 함선으로 엄청난 수의 적 함대와 싸우기 위해서는 정상적인 방식으로는 안 된다.

이순신은 전 장병들에게 말했다. 필사즉생, 필생즉사(必死卽生 必生卽死)! 즉 죽기로 하면 살고 살기로 하면 죽는다! 한 사람이 길목을 지키면 천 명의 사람들도 겁낸다. 이는 모두 우리에게 해당하는 말이다. 한 사람도 살 생각을 하지 말라! 나 자신부터 오늘 목숨을 버릴 것이다! 나라를 위해 다 같이 죽자!

정유년 선조 30년(1597) 9월 16일 새벽 4시, 왜적 함대 3백여 척이 새카맣게 몰려들었다. 어느 기록에는 그보다 훨씬 더 많은 1천여 척이라고까지 하는데, 비교적 3백여 척이 정확하다. 이순신의 조선 함대 13척이 울돌목 앞에서 일자진(一字陣)으로 기다리고 있었다. 왜적도 울돌목이 유속이 빠르고 험하다는 것을 잘 알고 있었다. 그들은 유속이 어느 정도 잠잠해지는 때인 낮 12시경을 기다리고 있었다. 이번에야말로 이순신의 조선 수군을 처절하게 때려 부술 것이라고 거듭 맹세했다.

왜군의 기동함대 사령관은 임진년 당포해전 때 죽은 구루시마 장군의 아우 구루시마 미치후사 장군이었다. 그 역시 오늘을 벼르고 별렀다. 12시가 되어 울돌목이 잠잠해지기 시작하자 드디어 왜군들이 움직였다. 일거에 쓸어버릴 기세로 당당하게 돌진했다. 이순신 함대는 선봉에 이순신과 거북선 함대, 중군에 미조항 첨사 김응함과 거제 현령 안위, 후군에 김억추 우수사 등이 포진했다. 그리고 이순신이 각별히 부탁한 지역 의병 수군과 민간 어선단을 합쳐 10여 척이 저 멀리 맨 뒤에 기다리고 있었다.

왜군은 서둘렀다. 조류가 바뀌는 2시가 되기 전에 전투를 끝내고 어서 이순신을 죽여 목을 따고 싶었다. 그들의 총대장 히데요시의 소원이었다. 기동함대 사령관 구루시마의 돌격선단이 돌격 앞으로 전진해 왔다. 그들은 이순신의 대장선과 선두 함대 모두를 겹겹이 에워쌌다. 조선 수군의 장수들은 너 나 할 것 없이 시작부터 겁을 잔뜩 집어먹고 도망갈 궁리부터 했다. 그 와중에 우수사 김억추는 어느새 아득히 멀리 도주하고 있었다.

이순신 함대는 거북선을 필두로 함포와 지자총통과 현자총통 할 것 없이 모든 총통을 마구 쏘며 선제공격했다. 함선을 바다 한가운데 정박시켜 놓고 병사 전원이 죽기를 각오하고 모든 화력을 총동원하여 공격했다. 이순신은 한발 더 나갔다. 거북선과 대장선이 적장의 기함으로 달려드니 적의 함선들이 오히려 주춤거리며 뒤로 밀렸다. 특히 거북선의

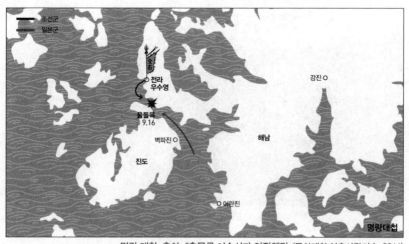

명량 대첩. 출처: 『충무공 이순신과 임진왜란』(문화재청 현충사관리소, 2011)

함포와 포탄들은 위력적이었다. 왜군 돌격선단은 대혼란에 빠졌다. 그들 함선들은 시작과 동시에 이미 불타고 깨지고 아비규환이었다. 겹겹이 에워싼 적 함대들이 오히려 어쩔 줄 몰랐다. 명량의 바다가 이미 붉게 물들고 있었다. 동시에 적들의 시체와 깨진 배 조각으로 지옥길로 변해 갔다. 이순신 함대의 미친 듯한 맹활약에 적들이 얼이 빠졌다.

이순신은 "적 함대가 비록 1천 척이라도 우리 함대를 어쩌지 못한다. 동요하지 말고 적을 쏘아라!" 하며 소리 질러 아군을 독전(督戰)했다. 그리고 중군의 영하기(令下旗)와 초요기(招搖旗)를 급히 세웠다. 그리고 중군장 김응함과 안위의 배를 향해 소리 질렀다. "안위야! 군법에 죽고 싶으냐! 네가 군법에 죽고 싶으냐! 네가 어디 간들 살 수 있겠느냐!" 그 다음 김응함에게는 "너는 중군장이면서 피하기만 하고 대장을 구원하

명량 대첩비. 전라남도 해남군. 보물 제503호.
출처: 『충무공 이순신과 임진왜란』(문화재청 현충사관리소, 2011)

지 않으니 그 죄를 어찌 면할 것이냐! 당장 처형할 것이지만 상황이 급하므로 일단 공을 세워라!" 하고 소리쳤다.

이에 두 배가 황급히 적 함대 속으로 들어가 접전을 벌이자, 적장도 호위선 3척을 지휘해서 맹렬히 독려했다. 왜군들이 안위의 배에 개미떼처럼 매달렸다. 피아 치열한 백병전이 벌어졌다. 아군이 혹은 모난 몽둥이를 들고, 혹은 긴 창을 잡고, 큰 돌멩이로 사정없이 치고 때리며 싸우다가 힘이 다 빠졌다. 이때 녹도 만호 송여종(宋汝悰)과 평산포 대장 정응두(丁應斗)의 배가 와서 적을 쏘아 댔다. 이들은 왜군들을 향해 편전, 장전, 피령전, 산탄 등을 셀 수 없이 쏘아 적을 모두 죽였다. 어느덧 적진에는 몸을 움직이는 자가 한 놈도 없었다. 실로 장렬한 전투였다. 적군은 이순신군의 무서운 기세에 속절없이 죽어갈 뿐이었다.

적장 구루시마의 함대가 조선 수군에게 집중 공격을 받으니, 왜선들이 구루시마 주위를 겹겹이 에워쌌다. 결국 뒷줄의 함대는 사격을 할 수 없는 상황에 처했다. 게다가 이순신 함대의 격렬한 전투 모습에 적들은 놀라고 두려워 떨었다. 조선군이 이처럼 사납고 거칠었던가. 조선 수군 대장 이순신은 도저히 사람의 형용이 아니었다. 말로만 듣던 군신의 모습 그 자체였다. 전후에 당시 참전했던 왜군들은 하나같이 그때의 전투 장면을 몸서리치는 경험으로 회고했다.

전투에 몰두하다 보니 일부 왜선들은 처음 경험하는 거친 물살에 해협 서쪽으로 떠내려갔다. 물살이 너무 거세 어찌해 볼 도리가 없었다. 그들은 자신들도 모르게 떠내려가 후방에 대기하던 조선 의병 수군들에게 불타고 깨졌다. 2시가 넘어가니 갑자기 물살의 방향이 바뀌어 역방향으로 조류가 흘렀다. 불타는 왜군 함선들이 거꾸로 왜군 함대 쪽으로 떠내려왔다. 왜군들이 어쩔 줄 몰라 했다.

이순신 대장선에는 안골포 전투에서 항복해 온 왜군 준사라는 자가 있었는데, 그가 갑자기 바다를 향해 소리쳤다.

"마다시다!"

"저 무늬 있는 붉은 비단 옷을 입은 자가 안골포의 적장 마다시입니다."

병사를 시켜 갈고리로 뱃머리 위로 끌어 올리니, 준사가 펄쩍펄쩍 뛰며 "마다시 맞다!" 하였다. 마다시란 왜군 함대 사령관 구루시마를 가리킨다. 곧바로 가차 없이 그의 목을 토막 내어 높이 효수하니, 이를 바라보는 적들은 경악했다.

멀리서 이 광경을 지켜본 와키자카는 아찔하였다. 어떻게 이순신이 아니고 자신들의 사령관 목이 높이 걸리는가! 그사이 해협 양편에 늘어서서 전투를 지켜보던 조선 백성들이 처음에는 놀라고 울다가, 아군이 승기를 잡으니 신바람 나게 노래하고 드높여 풍악을 울렸다. 왜적들은 우선 놀라고 기가 막혀 전의를 상실했다.

그 사이 후방에서는 점점 늘어난 의병 어선단의 숫자가 수백여 척이 되었다. 왜군은 이를 보고는 더 놀랐다. 언제 이순신이 저렇게 많은 함대를 준비했는지! 저들이 매복 작전을 준비했구나 싶었다. 와키자카는 왜군 전 함대에 무조건 퇴각 명령을 내렸다. 그날 왜군 30여 척, 왜군 4~5천여 명이 불타고 깨지고 죽었다. 아군 2명 전사, 2명 부상. 이것은 실로 기적이었다!

울돌목 명량 대첩 리뷰_도요토미 히데요시의 죽음

정유년 선조 30년(1597) 9월 16일, 명량 대첩은 세계 해전사에 한산도 대첩 못지않은 신의 계산에 의한 철저한 군신의 전투로 평가된다. 이를 기적이라 말하면 안 된다고 한다. 그 이유는 아무도 감히 하지 못했던 전례 없는 해전이고, 누구도 도전하지 못했던 과감한 작전과 전략의 승리이기 때문이다. 운이 아니라는 이야기이다.

사실 생각해 보면, 아무리 이순신이라도 저 급류 위의 울돌목에서 왜적 함대 3백여 척이 몰려올 때, 그 좁디좁은 명량 바다 위는 적으로 새까맣게 뒤덮여 있었을 텐데, 13척 아군 함대가 얼마나 왜소하고 초라하게 여겨졌을까! 그리고 얼마나 심장이 얼어붙었을까! 우수사 김억추가 아니어도 누구라도 그냥 뒤돌아서 도망가고 싶었을 것이다. 게다가 이렇게 천신만고 끝에 싸워 이기면 무엇 하나! 아무도 알아주지 않을 절대 고독의 싸움에 이순신은 차라리 명량의 바다가 아니라 하늘을 쳐다보았을 것이다. 그는 운명의 바다에 몸을 던졌다.

13 대 3백이면 23배의 수로 적이 공격해 오는데, 이를 일자로 버텨서

거북선의 용머리포로 먼저 왜장 함대를 집중 공격하여 왜장선을 치고 불태워 기동함대 사령관 구루시마를 쓰러뜨리는 전략이 주효했다. 바다에 죽어 떠 있는 적장을 건져 내어 목을 토막 내고 효수했다. 이를 본 적장들은 기절초풍했다. 특히 용장 와키자카는 거의 정신을 잃고 허둥댔다. 그가 특히 이순신을 두려워하고 복수심에 치를 떨며 별러 왔기 때문이다.

돌격함대 사령관이 먼저 죽어 나자빠지고 그의 함대 30여 척이 깨지고 불타 배 안에 있던 병졸들 수천여 명이 바다에 수장되니 그 모습은 지옥 그 자체였다. 왜의 수군은 옛날부터 주먹구구식 백병전 위주라 조선 수군보다 한 배에 훨씬 더 많은 병사가 승선해 있다. 소형 함선에 약 80명, 중대형 함선에 120~200여 명 승선, 그래서 30여 척이면 적게 잡아도 4~5천여 명이 승선하고 있다.

하여간 이것이 왜군 전체에 주는 충격은 한층 더 컸을 것이다. 오죽하면 임진년 당포해전 당시 조선 수군의 험악한 모습에 히데요시의 양아들인 왜군의 젊은 장수 하나가 그 전투의 처절한 모습만으로도 그대로 쓰러져 병사하지 않았던가!

울돌목의 조류는 낮 12시에서 오후 2시 전후까지 잠잠하다가 그 후 서서히 바뀌어 역류하기 시작한다. 그 바람에 불타는 적선이 그대로 떠내려가서 왜선단 쪽으로 향했다. 이래저래 왜적들의 상태는 점점 경악으로 악화일로였다. 거기에 양 해협 위에서 응원하던 조선의 백성들까지 가세했다. 풍악 울리고 소리 지르고 난리치는 모습은 왜군들에게 악다구니로 들렸다. 그리고 맨 뒤 저 멀리서 수백 척으로 불어난 조선 의병 수군과 어선단은 왜적들에게 또 다른 커다란 위협이 되었다. 저들이 어떻게 나올지 너무도 무서웠다.

결국 와키자카는 급히 전군에 퇴각 명령을 내린다. 무조건 퇴각이었다. 부산 쪽 남해안 일대의 포구와 왜성으로 도주하는 것이 상책이었다. 왜적들은 조명연합군이 뒤쫓아 와서 자신들의 퇴로가 차단될 것을 우려했다. 너무도 두려웠다. 앞뒤 살필 것 없이 튀었다.

~

그 당시 어질고 어진 우리 백성들이 바닷물에 떠내려온 엄청난 왜군 시신들을 하나하나 묻어 준 곳이 진도의 왜덕산이라는 묘역이다. 그곳에 매년 구루시마의 후손들이 찾아와 참배하고 있다 하더라. 일본의 구루시마 해협에 있는 구루시마 인근에 울돌목 못지않게 시속 20킬로미터가 넘는 급류 해협이 있고, 이곳에서 단련한 구루시마 함대는 히데요시에게서도 전투 능력을 인정받아 명량 해전에서 선봉에 세워진 것이다.

유성룡은 『징비록』에서 이순신의 군대 경영을 강조한다. 이순신이 고금도로 병영을 옮겨 주둔했는데, 어느새 군사 8천여 명을 모았다. 식량이 모자랄 것을 걱정하여 바다 통행첩을 만들어 어선들에게 발부하며 큰 배는 3섬, 중간 배는 2섬, 작은 배는 1섬을 내게 하였다. 10여 일 동안 1만여 섬을 비축했다. 또 쇠와 구리를 모아 대포를 주조했고, 배를 건조했다.

그리고 수많은 백성들이 이순신이 주둔하는 진영 근처에 와서 의지하여 집을 짓고 마을을 이루고 장사하며 살아갔다. 백성들이 너무 많아 성안에 다 수용할 수 없을 정도였다. 다시 말해 백성들의 생업을 안정시켰다는 말이다. 전장의 장수가 민생도 챙겼다.

울돌목 해전에서 꼭 언급해야 하는 부분이 있다. 그것은 쇠사슬이다.

울돌목 바다 양쪽 해안에 쇠사슬을 걸어서 적을 무너뜨렸느냐 아니냐 하는 문제이다. 쇠사슬을 사용했다는 설을 뒷받침하는 여러 가지 전설이 있다. 울돌목의 폭이 제일 좁은 곳이 지금 진도대교가 있는 곳으로 약 3백 미터인데, 이를 연결해서 전투 시에 양쪽에서 잡아당겼다는 설은 현실적으로 상상하기 어렵다. 그 이유는 불을 뿜는 치열한 전투 시에 왜군은 이순신의 돌격선단 3~4척을 30여 척이 겹겹이 에워쌌는데, 어떻게 쇠사슬을 들어올려 공격할 수 있을까? 이순신의 『난중일기』나 그 후의 수많은 공식 기록에도, 정조의 『이충무공전서(李忠武公全書) 1~8』에도 쇠사슬 얘기는 없다. 이 이야기는 역시 있음직한 전설로 끝내야 할 것 같다.

왜국의 어느 학자의 말대로 왜의 수군이 남해 바다에서 가장 멀리 서쪽으로 가 본 곳이 명량이더라 하는 말이 재미있다. 명량 대첩 이후 남해안에서 빼앗겼던 제해권이 다시 돌아왔다. 동시에 육로로 쳐들어갔던 왜군의 좌우 양군이 크게 흔들렸다. 그들은 북상을 포기해야 했다. 아

『이충무공전서』. 출처: 『난중일기_전장의 기록에서 세계의 기록으로』(문화재청 현충사관리소, 2013)

니, 그들은 도주하기 시작했다. 중간에서 고립될 것이 두려웠던 것이다. 왜의 좌군인 간적(奸敵) 고니시 유키나가군은 충청에서 전라도 순천으로 도주했다. 왜의 우군 가토 기요마사군은 경상도 기장 서생포 쪽으로 도주했다.

명 황제의 면사첩과 막내아들 면의 죽음

명량 해전을 끝내도 이순신에게는 잠시도 평화가 없었다. 전투가 끝나자 바로 아산의 사가가 왜적들의 습격으로 분탕질을 당했다는 비보가 들려왔다. 이순신의 부인이 막내아들과 조상 제사를 모시고 집을 지키고 있는 곳이었다. 맏아들 회가 배편으로 아산 사가에 상황을 알아보러 갔다.

이순신은 전투가 끝나자 백성들을 위무하는데, 포로로 잡혀간 백성들의 이야기와 흩어진 가족들 이야기를 들으며 마음이 너무 아파 견딜 수가 없었다. 한편으로는 매일 밤 몸에 식은땀이 나서 온몸을 적실 정도였다. 우수사 김억추가 어부들 몇 명을 곤장으로 무릎을 쳤다는 소식에 놀랐다. 곤장으로 무릎을 치면 잘못하면 병신이 되거나 죽을 수 있기 때문에 절대 금기다. 병영에서도 절대 안 되는 법인데, 이순신이 노골적으로 비판하니 곧바로 우수사가 어부들 곤장 친 일로 사과하러 왔다.

막내아들 면이 아산 사가에서 모친을 모시고 있다가 왜적들이 여염집을 분탕질한다는 말을 듣고 나가 싸우다가 적의 칼에 찔려 죽었다는 비보를 접했다. 그 소식을 듣고 이순신은 정신을 잃었다. 그 뒤로 비통하여 계속 정신을 잃었다. 평소 이순신 자신과 가장 닮았다 하여 각별히 사랑하는 아들이었다. 급전직하로 몸과 정신이 쇠약해졌다. 이순신의

『난중일기』가 점점 뜸해지고 간단히 한 줄로 쓰여졌다.

11월 17일 명군의 경리 양호가 명 황제의 면사첩(免死帖)을 가져왔다. 이를 받은 사람은 어떤 경우에도 죽음을 면하게 해 준다는 황제의 은사였다. 명 황제만이 내릴 수 있는 특별권한이었다. 이순신이 조선 바다를 잘 지키고 결과적으로 명의 바닷길도 잘 지켜 준 것에 명 황제가 기뻐하며 치하한 것이었다. 평상시에도 왜구들이 산둥 반도와 중국 남부 지방 일대에 자주 출몰하여 크게 골머리를 앓던 중이었다. 면사첩은 가문의 명예이며 실제로도 상당한 효과가 있는 제도였다. 그 누구도 이순신을 잡아서 죽일 수 없다는 선언이자 동시에 이순신을 더 이상 건드리지 말라는 조선 임금에 대한 경고에 다름 아니었다.

도원수 부에서 임금의 공문을 가져왔다.

"통제사 이순신은 비록 모친의 상중이지만 상제의 예법만 따르지 말고 권도를 따르라. 그대는 내 뜻을 받들어 소찬 먹는 것을 그만하고 고기를 하사하니 방편을 따르라."

즉, 아무리 상중이라도 몸을 생각해서 임금이 내리는 고기를 먹으라는 임금의 지시였다. 이순신은 이를 받고 담담하게 감동이라 표현했다.

이제 대세는 조명연합군 쪽으로 넘어왔다. 양측 모두는 빨리 전쟁을 종결짓고 싶어 했다. 1597년 12월, 조명연합군은 제독 마귀가 이끄는 명군 4만 명과 도원수 권율의 조선군 1만여 명, 도합 5만여 명으로 울산의 도산성을 공략했다. 그곳은 가토 기요마사가 지키는 곳으로, 제1차 도산성 전투가 벌어질 곳이다.

명 경략 양호의 명군과 권율의 조선군이 맹렬하게 공격했다. 조명연합군은 고립 작전을 써서 울산 지역 전체를 방어했다. 양산에서 오는 지원군을 막았고, 태화강에서도 막아 냈다. 성안의 왜군은 철저하게 고립됐다. 더 이상 회생 방법이 없다고 판단한 가토 기요마사는 할복을 생각했다. 왜군은 식량과 식수가 떨어진 지 오래였다. 가토의 왜군은 죽음으로 완강하게 저항했고, 양측의 피해는 컸다. 양군 모두 수천 명의 사상자를 내고, 전투가 조명연합군의 승리로 끝나갈 무렵 왜의 지원군이 온다는 소문에 명군이 그대로 물러섰다.

임진왜란을 통틀어 명나라군은 왜군을 너무 두려워하여 왜군의 지원군이 온다는 소문만 들리면 곧장 퇴각하고 말았다. 그래서 유성룡 같은 조선의 지휘관들은 명군이 이곳에서 전쟁은 하지 않고 식량만 축내러 왔냐고 조롱하기까지 했다. 후일담으로 이때 지독하게 혼쭐이 난 가토 기요마사는 전쟁 후에 자신이 성주로 있는 구마모토성으로 돌아와 성벽을 온통 떡가루로 발라 놓고, 성안 곳곳 마루 밑에도 물을 저장해 놓았다. 왜냐하면 나중에 구마모토성이 포위되어 또다시 농성하게 될 때 그 떡가루와 물로 양식을 대신하기 위해서였다.

도요토미 히데요시의 죽음과 4로군 전략

명은 전쟁을 신속히 끝내야 했다. 북쪽에서는 여진족이 들끓기 시작했고, 조선의 전쟁은 교착 상태에 빠져 진퇴양난의 상황에 처해 있었다. 경략 양호가 전쟁을 빨리 끝내지 못한다는 이유로 문책을 받아 천진순무(天津巡撫) 만세덕(萬世德)으로 교체되었다.

이제 조명연합군은 숙의 끝에 4로군 전략으로 변경했다. 이는 남해안 일대의 여러 왜군 요새들을 소탕하는 작전으로, 동로군은 울산 왜성, 서로군은 순천 왜성, 중로군은 사천 왜성, 수로군은 이순신과 진린(陳璘) 제독의 조명연합 함대가 순천 왜성을 합동 공격하는 전략이었다.

동로군은 명 제독 마귀의 2만 4천여 명, 서로군은 제독 유정의 1만 3천여 명, 중로군은 제독 동일원(董一元)의 1만 4천5백여 명, 수로군은 제독 진린의 1만 3천여 명, 모두 6만 5천여 명의 전력이다. 조선군도 면모를 일신한다. 동로군에는 경상 좌병사 김응서의 5천5백여 명, 서로군에 전라 병사 이광악(李光岳) 1만여 명, 중로군에 경상 우병사 정기룡(鄭起龍) 2천3백여 명, 수로군에 이순신 7천3백여 명 등 모두 2만 5천여 명으로 태세를 갖췄다.

동로군은 가토 기요마사가 지키는 울산 도산성을, 중로군은 시마즈 요시히로(島津義弘)가 지키는 사천성을, 서로군은 고니시 유키나가가 지키는 순천 왜교성을 동시다발로 공격키로 했다. 수로군은 새로이 진린 제독의 수군이 참가하여 육군과 함께 수륙 양면작전을 수행하기로 했다.

1598년 8월 18일, 오래전부터 병중에 있던 도요토미 히데요시가 죽었다. 사실 도요토미 히데요시의 죽음에는 임진왜란을 잘못 일으킨 패배 의식과 이순신에 대한 불같은 적개심과 열등감이 크게 작용했을 것이다. 그는 자신에게 연전연패를 안긴 이순신만은 꼭 죽이고 싶었다. 그러나 절대 우세의 전투에서조차 이순신에게 크게 깨지고 마니 그는 숨쉬

기조차 힘들 만큼 낙담했다. 왜의 원로들은 히데요시의 죽음을 비밀에 부치고 전군은 11월 15일까지 부산에 집결하여 순차적으로 본국으로 철수하라는 명을 내린다.

선조 31년(1598) 9월 22일, 동로군 마귀 제독의 2만 4천 명과 경상 좌병사 김응서의 5천5백 명이 연합하여 제2차 울산성 전투를 벌인다. 1만여 명의 가토 기요마사군은 철저하게 수성하며 버텼다. 구원군은 오지 않고 있었지만 왜군의 추가 병력이 곧 도착할 것이라는 소문만 무성하니, 명의 제독 마귀는 영천으로 철수하고 말았다.

이 기회를 틈타 가토 기요마사는 11월 18일 울산성을 불태우고 부산으로 도주했다가 본국으로 탈출했다. 가토 기요마사를 잡을 수 있는 마지막 기회가 날아갔다. 조선으로서는 통한의 순간이었다. 어째서 명군은 절호의 순간마다 회피했을까? 그것이 의문이다.

중로군은 어떻게 되었을까? 동일원 제독의 3만여 명의 중로군은 조선의 경상 우병사 정기룡의 2천2백 명과 합동으로 사천성을 공격했다. 이에 왜의 시마즈 요시히로 1만 군은 난공불락이라는 사천신성으로 이동해 사수했다. 치열한 공방전을 벌이던 중 명군 내부에서 화포의 오발로 탄약고가 폭발하여 커다란 혼란을 겪고 있던 중, 이를 이용하여 왜군은 성 밖으로 나와 기습하여 명군을 공격했다.

크게 타격을 입은 명군은 성주로 퇴각했고 사천성 함락작전은 실패로 끝났다. 명 황제는 열세의 왜군을 그것도 히데요시의 죽음으로 혼란에 빠져 있는 적을 공략하지 못한 것에 크게 화내고, 특사를 보내 다시 재공격하라는 지시를 내렸다. 이에 놀란 동일원은 11월 17일 다시 사천성으로 진격해 보니 왜의 시마즈는 순천 왜교성에서 사수 중이던 고니시군을 지원하기 위해 노량으로 떠난 뒤였다. 결국 조명연합군의 공격은 하나도 성공하지 못했다.

명의 수군 도독 진린 합류

1598년 2월, 이순신은 고니시 유키나가의 순천 왜교성을 확실하게 공격하기 위해 수군 본진을 고하도에서 고금도로 옮겼다. 남도 백성들도 이순신을 따라 생활 터전을 이동했고, 수만 호의 백성들이 여기에 의지해 살았다. 이곳은 순천 왜교성의 고니시군을 견제하고 감시하기에 좋은 곳이었다.

7월 16일, 명의 수군 도독 진린이 수군 5천여 명을 거느리고 도착했다. 조정에서는 미리 알려오길, "진린은 성질이 사납고 오만하니 그를 잘 모시고 노엽게 하지 말라" 하며 걱정했다. 평소 이순신의 높은 자존심과 대립하게 될 것을 걱정한 비변사 대감들의 염려였다.

그러나 그들은 이순신을 잘못 봤다. 그는 이제 노련한 백전노장이었다. 그는 우선 온 고을 산과 바다의 짐승들을 잡아 술과 안주를 성대히 차리고 군대의 위엄을 갖추고 멀리까지 마중 나가 진린을 맞아 들여 큰 잔치를 베풀었다. 진린은 감격했다. 조선에 앞서 나가 있던 장수들에게서 들은 바에 의하면 이렇게 융숭한 접대를 받은 사람이 없었다. 조선의 사정도 그렇고 하여 군대의 대접이 시원찮아 아예 포기하고 있던 참에 이순신은 그를 멋지게 대접했던 것이다. 모두들 '과연 이순신'이라 칭송했다.

진린은 이렇게 자신을 잘 대접해 주는 이순신이 매우 고마웠다. 조선 사정이 너무도 열악한 것을 알고 있는 그였다. 진린과 이순신은 처음부터 궁합이 잘 맞았다. 진린은 이순신이 명에서도 유명하여 장군으로서의 그의 진면목을 미리 파악하고 있던 터라 존중해 마지 않았다. 그들은 매사에 서로 의논하고 협력했다. 절이도에 왜군이 침입하여 조명연합함대가 나가 싸웠는데, 조선 수군이 적을 모두 죽이고 명군은 전적이 없었다. 황당하던 차에, 이순신이 잡아들인 적의 머리 모두를 명 측에 양보하니 진린은 명 황제에 면목이 영 없던 차에 아주 고맙게 여겼다.

나중에 전투가 벌어졌을 때에는 진린이 조선의 판옥선을 타고 이순신의 지휘를 받기 원하여, 모든 호령과 지휘권을 이순신에게 넘긴다. 조명수군연합군은 이제 마지막 노량 해전을 함께 치르게 된다.

제10장

고향을 어이 잊으리까!

도조 이삼평과 심수관

오늘날이 오늘이라

매일이 또한 오늘이라

날은 저무는데…….

그들의 마음은 백년이 지나도 고향을 떠날 때의 그 시간에 머물러 있다. 도공 심수관(沈壽官), 전라도 남원에서 끌려간 이들은 현재 일본 도자기 가문의 최고 명문 사쓰마야키(薩摩燒)의 도조(陶祖)가 되었다. 이들의 후예는 해마다 음력 8월 보름, 달 밝은 밤이 되면 조상의 묘가 있는 산에 올라, 나무 사이로 빛나는 바다 너머로 '오늘'을 부르며 고국의 산천을 향해 절을 했다.

일본의 작가 시바 료타로(司馬遼太郞)는 그의 소설 『故鄕을 어이 잊으리까』에서 심수관 가문 이야기를 이렇게 시작한다.

일본인들은 임진왜란을 '도자기 전쟁'이라 부른다. 도요토미 히데요시는 조선 도자기에 심취해 있었다. 틈만 나면 도자기를 감상하고 다도를 즐겼다. 조선에서는 흔한 막사발마저 너무 애지중지하여 결국 이것 .
이 왜의 보물이 되었다. 다실도 독특하게 꾸며 누구든지 지위고하를 막
론하고 다실에 들어가려면 그 입구를 좁고 낮게 하여 기어들어 가도록
만들었다. 차 마시는 일을 조선에서는 다례(茶禮)로 하여 예의범절로 여
기는데, 왜에서는 히데요시의 솔선수범으로 도로 승화시켜 '다도(茶
道)'로 만들고 이를 숭상하려 했다. 히데요시는 훌륭한 도자기를 보면
성 한 채와 맞바꾸자고 제안하기도 했다.

왜의 3대 명문 도자기는 아리타야키(有田燒), 사쓰마야키, 가라츠야
키(唐津燒)이다. 앞의 단어는 지역 이름이고 뒤의 야키는 도자기를 말한
다. 아리타야키의 도조는 이삼평(李參平), 사쓰마야키의 도조는 심당길
(沈當吉)인데, 유명한 도공 심수관의 15대 조부이다. 가라츠야키의 도조
는 나카자토(中里)이다.

도조란 물론 도자기 할아버지를 말하고 원조라는 뜻이다. 지금의 명
문 도자기 가문의 후손들은 전부 각 도조의 15~16대 후손들이다. 그들
의 연배가 비슷한 것은 모두 임진왜란 당시 끌려간 조선 도공들과 그 후
손들이기 때문이다. 일본의 3대 도자기는 모두 조선의 도조들이 일본에
전수한 도자기의 전통에서 비롯한다. 도조라는 영광스러운 이름도 우리
가 아니라 일본 사회가 붙여 준 것이다. 가라츠의 나카자토 또한 조선의
도공들이 전수한 도자기 기술을 이어받은 일본인 가문이다.

필자는 우연한 기회에 사가현(佐賀縣) 아리타 도자기 축제인 '아리타
흙과 불의 축제' 때 초청받아 간 적이 있는데, 당시 근엄한 표정의 이삼
평 동상과 좌상, 그리고 이삼평이 찾아내고 4백여 년간 사용한 도자 흙

산을 보았다. 이삼평이 18년간 헤맨 끝에 찾아낸 도자 흙산은 하도 파내서 지금은 거대한 혈이 되어 있었다. 그 흙산은 잠실 대운동장만큼이나 커다란 땅 구덩이가 되어 섬뜩하고 기묘한 기분이 들 정도였다.

이삼평은 충청도 공주 출신으로, 정유재란 때인 1598년 왜의 나베시마 나오시게(鍋島直茂) 군에 잡혀 왜국에 끌려갔다. 그들은 지금까지 이삼평을 극진히 모시고 있다. 모든 예법을 다해 섬기고 있었다. 규슈 지역 전체는 우리와 떼려야 뗄 수 없는 수많은 인연들이 얽혀 있는 곳이어서, 들판의 작은 나무 비석 하나도 알고 보면 조선에서 끌려간 도공 아니면 유생들의 무덤가이다. 그곳 어딘가 황량한 들판에서 조용히 잠들어 있는 어느 조선 선비의 나무 비석 앞에서 술 한잔을 올리며 기도했다. 조선의 어느 집 젊은 선비가 전쟁 중에 임신한 부인의 양식이라도 구하러 지나다가 왜군에게 납치되어 왜군 성주의 가정교사 노릇하던 중 부인과 부모를 그리워하다가 일찍 죽어 묻힌 길가 무덤일 것이다. 나도 모르게 흐르던 눈물에 안내하던 사가현청 공무원이 말없이 손을 잡아 주었다.

아리타의 거대한 땅 구덩이를 보면서 4백여 년간 그들이 흘린 땀과 눈물을 생각했다. 흙과 불의 결정체를 만들면서 조선의 도공들은 예술가답게 오직 도자기의 미학만을 추구했을까? 왜적들에 의해 난도질당하고 있는 조국의 가족들과 고향 땅을 생각하며 피눈물을 흘렸을까? 도조 이삼평의 표정은 왜 그리도 근엄할까? 분노일까, 아니면 슬픔일까?

척박한 조선의 강토 위에서 예술가 대접은 고사하고 짐승 같은 최하층민으로 살며 양반 사대부들의 가렴주구와 오만불손을 겪다가 이곳 왜국 성주들의 친절하고 성의 있는 대접에 모든 것을 잊었을까? 아마도 오롯이 도자기의 현란한 색과 모양에만 몰두하여 자신을 다 내던지고 불가마만 바라보며 잊고 살았을 것이다.

이삼평은 18년 동안 땅만 내려다보며 다녔다. 하늘은 쳐다보지 않았다. 조국의 하늘이 아닌 적의 하늘 아래서 자신을 채찍질하며 흙을 찾아 헤맸다. 이삼평은 1616년 아리타의 이즈미야마(泉山)에서 백자의 원료가 되는 흙산을 발견했다. 이것이 바로 일본 백자의 시작이다. 그러자 도처에 흩어져 있던 조선의 사기장들이 모여 든다.

그중 백파선(百婆仙)이란 여성이 김해에서 남편과 같이 납치되어 끌려왔다가 남편이 죽자 수백여 명의 사기장을 데리고 이곳 아리타로 이주해 왔다. 그러자 이름도 없던 아리타는 백자로서의 명성이 일본 전역에 알려졌다. 또한 이 아리타야키는 전 세계에 수출되었기에 세계적으로 명성을 떨치게 되었다. 그때 도자기 수출이 주로 이마리(伊萬里) 항구를 통해 수출되었기에 '이마리야키'라 부르기도 한다.

아리타의 도잔 신사(陶山神社)는 오직 천황, 번주 나베시마 나오시게와 함께 이삼평을 제신으로 모시고 제사를 지내고 있다. 1917년 아리타 자기 창업 3백 주년을 기념하여 도조 이삼평 비가 건립됐다. 매년 5월 4일 도조 축제가 열린다. 또 1990년에는 그의 고향인 충청남도 공주시 반포면에 한일합동 기념비가 세워졌다.

이곳 사가현 아리타에서 생산되는 자기는 청화백자와 오채자기가 주를 이루었고, 크기가 규격화·표준화되고 색상이 다채롭고 호화로워서 공예품적인 디자인의 특성을 지녔다. 그런 이유로 대량 생산과 판매를 위한 산업 도자기로서의 성격을 지녔다. 결국 아리타야키는 조선 자기장들의 앞선 기술을 바탕으로 명나라 도자 양식을 수용하고 거기에 일본의 전통 회화나 공예의 색상과 문양 등을 접목하면서 하나의 새로운 브랜드를 창출했던 것이다.

왜국은 상인 정신에 입각하여 자국의 도자기를 적극적으로 해외에 알려, 17세기 네덜란드 동인도회사에 1, 2차에 걸쳐 수만 개의 도자기를 수출했다. 동인도회사는 한번 써 보고는 곧바로 다량으로 수입했다. 나중에는 수백만 개를 수입하여 서구 사회에 왜국의 아름다운 도자기가 적극적으로 유입되기 시작했다. 아리타야키가 아시아의 대표 도자기로 평가되는 이유가 여기에 있다. 조선의 백자는 왜국의 백자가 되어 세계인이 사랑하는 도자기가 되었다. 사쓰마야키와 가라츠야키도 곧 해외에 수출하여 일본은 조선과 중국을 제치고 전 세계에 도자기의 붐을 일으키는 도자기 중심국이 되었다.

사쓰마야키

사쓰마는 지금의 가고시마(鹿兒島)이다. 사쓰마의 번주 시마즈 요시히로는 1598년 12월 정유재란 마지막까지 사천성에서 농성하다 탈출하여, 순천 왜성으로 고니시 유키나가를 지원하러 출진했다가 군사를 거의 잃고 가까스로 고향으로 도주했다. 그 와중에 당초 목표한 대로 남원의 심당길과 박평의(朴平意) 등 40여 명의 도공을 납치해 왔다. 시마즈는 특히 이들을 사무라이급으로 대우하며 공을 들였다. 심당길은 수소문 끝에 간신히 백토를 찾아내 사쓰마야키를 발전시킨다.

심당길이 처음 일본에 가서 백자 흙을 천신만고 끝에 구하는 장면을 시바 료타로의 소설 『故郷을 어이 잊으리까』 속에서 찾아본다.

드디어 골짜기에 닿자 노인은 등에서 내렸다. 그는 "거길 파 보라구" 하며 회초리로 한군데를 가리켰다. 거기서도 기대했던 흙은 나오지 않았다. 날이 어두워지기 시작했다. 노인은 마지막으로 "젊은이, 골짜기 저쪽 언덕을 파보라구" 하며 회초리로 다시 가리켰다. 그 낫으로 언덕의 흙을 후벼 보았다. 축축한 흙이 잿빛 모래흙과는 전혀 다른, 짙은 갈색의 초콜릿 같은 질 좋은 흙이 낫 끝에 묻혀 나왔다. 서둘러 풀을 베고 표면을 벗겨 보자, 수산화철이 침전된, 보기 드문 토층이 나타났다. 한 움큼 집어 핥아 보았더니 철분을 함유한 진한 맛이다. 심 씨는 다짜고짜 가져왔던 전대에 담아서 노인 곁으로 가져갔다. 이것이었다. 드디어 흙을 찾았다!

심당길 가문이 세계적인 명성을 얻게 된 것은 바로 12대 심수관 때부터였다. 혼신의 노력을 기울여 만든 도자기 '대화병 환조'를 1875년 오스트리아 만국박람회에 출품하여 세계 최고 수준의 작품으로 평가받았다. 그 이후 13, 14대 연속으로 만국박람회에 작품을 출품했으며, 이후 사쓰마 도자기는 세계적인 명품 도자기 '사쓰마웨어'가 되었다. 12대 심수관 이후 도공으로 가문의 업을 계승하는 자손은 모두 심수관이라는 이름을 세습하였다. 현재의 심수관은 15대 심수관이다. 심수관과 함께 백토를 발견하고 사쓰마도기의 번영을 이루는 데 크게 기여했던 박평의의 후손 중에 도고 시게노리(東鄕茂德, 한국 이름 朴茂德)는 제2차 세계대전 당시 외무상이었다.

가고시마까지 온 김에 한 가지 이야기를 안 할 수 없다. 그것은 일본의 아키히토 일왕이 2001년 12월에 느닷없이 고백한 말 때문이다.

"내 어머니는 백제 무령왕의 자손이다."

멸망한 백제 왕 손녀가 어머니라는 사실을 밝혔다. 다시 말해, 일 왕가는 한국계라는 사실을 분명히 밝힌 것이다. 일본의 가장 찬란했던 헤이안(平安) 시대를 연 성군 간무왕(桓武王)의 어머니 다카노노 니가사(高野新笠)은 백제 무령왕의 10대 후손이다. 그 비밀의 왕국 백제 무령왕의 탄생지는 가고시마 가카라시마(加唐島)이다.

가라츠야끼

일본의 3대 명문 도자기 중에서 필자는 언제나 심정적으로는 아리타 도자기를 생각하지만, 실제로 느끼기에는 일본인 가문에 기술을 전수한 조선인 도공은 지금 그 가문에 없지만, 가라츠 도자기를 마음에 두고 있다. 그 까닭은 그 가문의 전통이 왠지 진정한 조선의 맥을 잇고 있다는 막연한 믿음이 있기 때문이다. 그리고 현재의 가라츠야키의 12대 전승자인 나카자토의 태도 때문일 것이다. 그를 인터뷰한 내용을 보면 조금 이해될 듯도 하다.

나카자토 선생은 누구보다 생활형 도자기에 대한 애착이 큰 예술가였다. 일본 가라츠 도자의 인간국보(인간문화재) 12대 전승자이자 그의 아버지인 나카자토 무안(中里無庵)이 사라져 가는 가라츠야키를 현대에 되살려 낸 작가였다면, 그는 가라츠 도자기의 본류인 옛 조선 도공들의 정신을 잇고자 하는 도예가다.

"가난한 사람들이 하루 종일 일상생활에 쓰는 식기를 만들어 낸 것이 바로 옛 가라츠야키다. 보기에만 좋은 작품을 만드는 것보단, 가까이 두고 사용할 수 있는 도자기를 만들어야 한다고 다짐했다." 이것이 바로 하루

10시간 이상 도자기를 만드는 데 그가 평생을 바쳐 온 힘이었다.

—아시아경제, 2012년 6월 1일자

가라츠 도자기는 질박한 자연의 맛에, 사용하면 사용할수록 전통의 맛이 더욱 짙어져 많은 다인들이 애호하고 있다. 이러한 그릇은 소장자가 계속하여 사용하면서 그릇을 다시 재탄생시켜 완성시킨다고 하는 정서가 있다. 에도 시대 이래 일본에서는 가라츠의 다구(茶具) 또한 번성하여 다인들에게 진정한 명품으로 대접받았다.

가라츠야키의 유래는 오래전부터 귀족들의 비호 아래 잡기를 중심으로 만들어 오다가, 임진왜란 때 조선의 도공들을 납치해 온 이후 그들로 하여금 조선의 맛이 나는 다기들을 만들게 했다. 지금도 한국의 분청사기와 가장 흡사한 질감의 그릇들을 만드는 곳 중의 하나다. 나카자토 무안은 현대 도자기에 밀려 잊혀진 가라츠야끼를 현대에 맞게 디자인해서 다시 복원하는 데 공헌했다. 그의 복원 노력에 힘입어 지금 다시 인기를 회복한 가라츠는 전통 도자기로 자리 잡고 있다.

가라츠야끼는 특이한 다다키주쿠리라는 기법을 가지고 있는데, 이것은 진흙을 로프와 같이 만들어 물레에 쌓아 올려 안에서 받침대를 대고 밖에서 주걱으로 때려서 표면을 다듬는 기법이다. 이것은 원래 조선에서 유래한 방식인데, 조선 도공에게서 배운 기법을 지금도 쓰고 있다. 또한 그림을 그리고 반투명의 회색 유약을 칠해서 바탕이 보이도록 한다. 이 스타일은 매우 환경 친화적이고 디자인이 단순해서 가라츠야키 중에서 가장 인기가 높다.

가라츠야키는 현대 문물에 밀려 사용하는 사람이 급격히 줄어들면서,

현재는 나카자토 가문 하나만이 14대째 명맥을 이어가고 있다. 내리막 길에 있던 가라츠야키는 그대로 사라질 뻔했다가 나카자토의 12대손인 나카자토 무안의 현대적인 디자인에 힘입어 다시 부활했고, 나카자토는 그 공로로 1976년 가라츠야키의 무형문화재로 선정되었다.

여기서 잠깐 여성들에게 인기가 많은 일본의 노리다케 생활자기 이야기를 간단히 하고 넘어간다. 차가 발달한 곳에 자기도 발달한다. 한국, 중국, 일본은 물론, 유럽에서 차를 가장 즐기는 영국에서 도자기 산업이 발전했다. 18세기 영국에서는 중국에서 전통 자기를 수입해서 쓰다가, 소의 뼈를 원료로 해서 가볍고 단단한 본차이나(bone china)를 개발했다. 그때 웨지우드(Wedgwood)사에서 이를 본격적으로 발전시켜 오늘날의 유명한 생활자기를 생산하게 되었다. 이것이 그대로 일본으로 건너가 1904년 노리다케 생활자기 회사가 이것을 생산 발전시킨 것이다.

그러나 어찌됐든 세계 예술품 경매 시장에서 일본 백자는 우리 조선 백자와 경쟁 상대가 되지 않는다. 조선의 백자가 월등히 비싸다. 한국 도자기의 진정한 가치를 해외에서 비로소 인정받게 된 것이다. 영국 왕실에서조차 요즘은 다시 한국의 도자기를 주문해서 사용 중이라 한다.

나의 징비록 29

피눈물로 쓴 『건거록』

전쟁은 인간을 가장 무자비하게 만든다. 적을 죽여야 내가 살 수 있기 때문이다. 전쟁을 크게만 본다면 제대로 보지 못한다. 그 속에 감춰져서 겉으로 나타나지 않지만 한 사람 한 사람의 개인사가 모두 합쳐져서 하나의 거대한 전쟁의 모습으로 그려진다. 당연히 한 개인의 역사는 그 속에 묻힌다. 커다란 역사 앞에서 작은 것은 일단 덮고 지나가게 마련이니까. 그래서 전쟁은 비인간적이다.

전쟁 속에서 마구 상처 입고 죽어 가는 한 개인들의 삶은 그대로 묻힌다. 그들의 삶도, 애틋한 사랑도, 고귀한 생각도, 사랑하는 가족들의 모습도 전쟁의 이름으로 한꺼번에 파묻힌다. 그러다가 무엇을 위한 전쟁인지 누구를 위한 전쟁인지 모르고 서로를 죽이고 죽는다. 적의 생각을 알았다면 그리고 적의 가족을 한번이라도 만났다면 그렇게 무자비하게 죽였을까? 더군다나 고향에 가는 길에 우연히 마주친 적군의 병사에게 납치되어 적국으로 끌려가게 된다면, 그래서 원치 않는 세월을 지내게 된다면 어떨까?

임진왜란 때 고초를 겪은 인사들이야 부지기수이지만 각계각층에서 납치되어 왜국으로 끌려간 피랍 인사가 무려 적게는 2만 명에서 많게는 10만 명까지로 추정한다. 이중에서 조선으로 다시 송환된 사람은 사명대사 유정을 비롯해 몇 차례 파견된 포로 송환사의 노력으로 약 7천1백 명 정도이다. 그 과정에서의 참상이야 더 말할 필요가 없겠지만, 이순신도 『난중일기』에서 납치된 사람들과 그 가족들의 고통을 가슴 아파한 기록이 있다.

도요토미 히데요시는 임진왜란 때의 경험을 살려서 정유재란 때는 조선의 학자, 도공, 기술자 등 인재 납치를 주 목적으로 전쟁을 일으켰다고 할 정도로 많은 인사를 납치했다. 그들은 출신별, 분야별로 목록을 만들어 조선의 인재들을 닥치는 대로 잡아갔다. 그중에는 왜국에 끌려

『간양록』. 출처: 국립진주박물관

가서도 지조와 자존심을 지키며 조선의 선진 학문을 가르치고 왜국의 인사들과 널리 교류한 인물은 그리 많지 않다.

그런 가운데 강항(姜沆)은 주목할 사람이다. 타고난 금수저에 골수 유학자라는 한계를 뛰어넘는 역동적인 삶을 살았다. 그는 주어진 한계 상황을 그대로 받아들이지 않고 부단히 극복하려고 노력했다. 지조 높고 실사구시적인 경세가의 면모는 그를 납치한 왜국에서도 대단하게 평가했다. 그의 파란만장한 삶을 더듬어 보면서 납치된 수많은 사람들의 삶도 더불어 짐작해 본다.

강항은 조선의 유학자이자 의병장이다. 조선 초기의 문장가인 강희맹의 5대손으로 전라도 영광에서 태어났으며 율곡 이이와 우계 성혼의 문하에서 글을 배웠다. 정유재란 때 형조좌랑으로서 호조판서인 이광정(李光庭)의 종사관으로 남원성에서 군량미를 수송했다.

원균이 칠천량 전투에서 대패하자 왜군은 오매불망 그리던 전라도 지역을 파죽지세로 밀고 들어갔다. 왜군은 조명연합군이 지키는 전라도의 관문인 남원성에서 일대 전투를 벌이는데, 명의 부총병 양원이 거느리는 명군 3천여 명과 전라 병사 이복남(李福男)과 김경로가 이끄는 1천여 명의 조선군을 합쳐서 4천여 명이 수성하고 있었다.

왜군은 고니시 유키나가를 필두로 우키다 히데이에, 시마즈 요시히로 등 5만 6천여 명의 대군이 엄청난 기세로 일거에 쓸어버릴 것처럼 공격해 왔다. 이때 전주에 주둔해 있던 명의 장수 진우충(陳愚衷)은 조명연합군이 간절하게 구원을 요청해도 전혀 듣지 않았다. 그러나 처음부터 비교가 되지 않는 전세인데도 불구하고 조명연합군은 제대로 응전했다. 왜군도 완강한 연합군의 응전에 당황했다. 그러나 중과부적은 어쩔 수 없었고, 결국 거의 전멸했으며 살아 도주한 병사는 얼마 되지 않았다. 진우충도 끝까지 모른 체하고 관망하다가 결국 그도 도주해버리자 왜군은 전주까지 무혈입성했다.

당시 조정에서는 그토록 믿고 있던 고니시 유키나가가 선봉장이 되어 남원성을 공격하자 경악했다. 선조가 하늘이 낸 사람이라고까지 칭찬하던 고니시였다. 남원성이 함락되자 고니시의 왜군은 성안의 모든 사람들을 몰살했다. 진주성에서의 살육이 재현되었다. 임금의 단 한 번의 판단 착오로 칠천량과 남원성에서 조선의 군민들과 명의 군인들 수천, 수만여 명이 무참하게 죽었다. 아무리 임진왜란 자체가 모든 것이 잘못된 전쟁이라 해도 임금 선조의 판단 착오는 헤아릴 수가 없었다.

강항은 남원성에서 패퇴한 후 고향인 전라도 영광으로 겨우 피신해서 의병을 모집했으며, 30세의 나이에 영광에서 왜적의 포로가 되어 왜국으로 끌려가 온갖 수모와 고초를 당했다. 그는 1597년 9월부터 1600년 5월까지 3년여 동안을 왜적의 포로로 지냈다. 그 당시의 경험을 책으로 남긴 것이 바로 『건거록(巾車錄)』이다. 이는 죄인이 타는 수레에서 쓴 책이라는 뜻으로, 선비로서 왜적에게서 납치되었다가 살아 돌아온 것이 부끄럽다는 의미였다.

1656년 수제자 윤순거(尹舜擧)가 스승의 책명을 좀 더 멋있게 바꿔서 『간양록(看羊錄)』으로 편찬했다. '간양'은 한나라 때 흉노의 포로가 되었지만, 끝내 흉노의 신하가 되기를 거부하고 차라리 양치기가 되어 그 치욕을 감내한 한나라 소무(蘇武)의 충절을 뜻한다. 『건거록』이 훨씬 더 멋있을 뻔했다. 예나 지금이나 조선에는 중국 고사나 영어로 된 말을 더 멋있게 생각하는 이상한 버릇이 있다. 제자가 스승의 훌륭한 뜻을 왜곡

한 나쁜 사례라 하겠다.

강항은 자신의 고향인 영광까지 왜군이 쳐들어오자 가족과 함께 배를 타고 이순신의 전라 좌수영이 있는 남쪽으로 내려가던 중 적선을 만났다. 같이 가던 가족 모두가 죽기를 작정하고 바닷물에 뛰어들었으나 왜군이 강제로 끌어 올려 포로가 되었다. 이 과정에서 강항은 부친이 탄 선박과 멀어졌고, 그의 형제와 가족은 왜국으로 끌려갔다.

강항은 오사카와 교토에 유폐되어 있던 중 귀국할 때까지 포로들의 참상뿐만 아니라 왜의 역사, 군사, 지리, 관제, 풍속, 지도 등을 빠짐없이 기록했다. 『간양록』은 강항이 쓴 여러 가지 글들을 하나로 엮은 책인데, 임금께 올린 '적중봉소(賊中封疏)', 당시 일본의 특징을 밝힌 '적중견문록(賊中聞見錄)', 귀국 뒤에 올린 '예승정원계사(詣承政院啓辭)', 환란 생활을 기록한 '섭란사적(涉亂事迹)', 포로들에게 준 '고부인격(告俘人檄)' 등으로 구성됐다.

'적중봉소'는 강항이 왜의 지리 및 지세, 관호, 군제, 형세 등을 기록하여 선조에게 올린 소로서, 임진왜란 당시의 일본 정세가 상세히 담겨 있다. 그는 원래 이 봉소를 3개로 만들어 두 번은 탈출하는 조선인을 통해서, 한 번은 중국인을 통해서 조선 조정에 전하고자 하였다. 비록 포로로 잡혀 있었지만, 왜국 현지의 많은 정보를 수집하여 적극적으로 조선 조정에 보내고자 했던 것이다.

'적중견문록'은 강항이 일본에 체류하면서 일본인과의 친교를 통해서 알게 된 일본의 실정을 기록한 글이다. 여기에는 '왜국백관도(倭國百官圖)', '왜국팔도육십육주도(倭國八道六十六州圖)', '임진·정유에 침략해 온 왜장의 수요[壬辰丁酉入寇諸將倭數]' 등이 수록되어 있다. '왜국백관도'와 '왜국팔도육십육주'는 신숙주(申叔舟)의 『해동제국기(海東諸國記)』의 내용과 일치되는 부분이 많지만, 임진왜란 당시의 실정을 보다 자세하게 기록하고 있어 현실성이 강하다. 특히 '왜국백관도'는 왜국의 천황 이하 관료들의 직급 및 관직명을 밝히고 있어 당시의 일본 실정을 파악하는 데 귀중한 자료라 할 수 있다.

강항은 3년 가까운 포로 생활을 하면서 어려운 환경 속에서 위험을 무릅쓰고 일본의 정세와 사회상을 습득하고 정리하여 본국에 알렸다. 그는 후시미성(伏見城)에 억류되어 있을 때부터 현지의 관호와 형세 등을 적어 인편으로 서울에 보냈다. 또한 현지의 지리, 군사시설, 관제를 비롯한 정세와 정황을 비밀리에 인편으로 고국에 보고했다.

천주교 신부 루이스의 탄식

나의 징비록 30

당시 포로로 잡혀간 조선인들은 대부분 경상도, 전라도 사람들이었다. 전쟁이 장기화되면서 왜군은 주둔지인 경상·전라도 일대의 선비와 도예가들을 무차별적으로 납치해서 왜국으로 끌고 갔다. 특히 임진왜란 초기보다 정유재란 이후에 잡혀간 사람이 훨씬 더 많았는데, 당시에 왜군은 주로 전라도 지방에 주둔하고 있어서 전라도 지방의 피랍인이 다른 곳에 비해 많은 것이다.

또한 왜군과 왜국 상인이 결탁하여 조선인을 포로로 잡아 노예로 팔아버린 경우도 있었다. 왜국 상인들은 조선인 포로들을 포르투갈 노예 상인들에게 팔아 넘겼다. 이들은 처음부터 노예사냥을 목적으로 조선에 출정해서 남녀노소를 막론하고 사로잡아 나가사키로 끌고 간 뒤 포르투갈인과 총, 비단 등으로 교환했다. 당시 그러한 실상이 어떠했는지는, 그때 천주교 신부였던 루이스 세르꾸에이라(Luis Cerqueira)가 1598년 9월 4일에 쓴 글을 통해 알 수 있다.

"외국 배가 들어오는 항구인 나가사키에 있는 많은 왜인들은 포로를 사려는 포르투갈인들이 시키는 대로, 노예 매매를 위하여 조선 사람들을 사려고 왜국의 이곳저곳으로 돌아다녔고, 조선인들이 이미 잡혀 있는 지역에서 그들을 사는 한편, 조선인들을 납치하기 위해 조선으로 갔다. 그리고 왜인들은 납치 과정에서 많은 사람들을 잔인하게 죽였고, 중국 배에서 이들을 포르투갈 상인들에게 팔아 넘겼다."

이런 참혹한 짓을 감행하는 왜인들을 목격한 같은 왜인들조차 이를 고발했다. 왜군 종군 승려 케이넨(慶念)이 그의 『조선일일기(朝鮮日日記)』에 자신이 부산에서 목격한 현장을 1597년 11월 19일자 일기에 다음과 같이 고발하고 있다.

"왜국으로부터 수많은 상인이 왔는데, 그중에는 인신매매자들도 섞여 있었다. 이들은 매매한 조선인 노예 남녀노소를 새끼줄로 한데 묶어 목을 얽어 뒤에서 잡아끄는데, 그들이 왜국 말을 못 알아들어서 말을 듣지 않을 때는 채찍으로 매질하는 상황은 마치 죄인을 다루는 것과 같았다. 이는 마치 원숭이 떼를 엮어서 걷게 하는 것과 같았고, 소나 말을 다루듯 하는 광경은 차마 눈 뜨고 볼 수 없었다."

그저 이가 갈리고 피눈물만 나올 뿐이다. 훌륭한 임금을 가지지 못하고 좋은 나라 백성으로 태어나지 못한 죗값을 불쌍한 백성들이 치르고 있었다. 이렇게 유럽에 노예로 팔려간 조선 백성들이 지금은 유럽 여기저기에서 일가를 이루며 살고 있다. 간혹 조선의 후예라고 자처하는 사람들이 나타나곤 하는데, 이들이 바로 그들이다.

강항을 위시한 서생들은 그래도 임금이 있는 북쪽을 향해 절하고 그리워했다. 무엇이 그리 그립고 부끄러웠는지 『건거록』이라 쓰고 임금께 사죄했다. 자신이 왜 죄인인지 설명은 안 했지만 임금께 대한 죄인이란 뜻일 것이다. 사민으로 태어나서 아랫것들을 부릴 때, 그리고 그들에게서 존경받을 때 한 번도 생각지 않았던 죄의식이었다. 그러나 과연 조선의 임금은 이러한 충절들의 사랑을 받을 자격이 있는가?

임진왜란의 와중에 많은 조선인이 왜국으로 끌려갔지만 오늘날 그들의 실상을 정확히 알기는 어렵다. 조선인 포로들 중에는 전문적인 기능을 갖춘 장인 또는 일반 백성들도 있었지만, 양반들도 많았다. 양반을 제외한 나머지 사람들은 그들의 체험을 남길 수 있는 방법이 없었기 때문에, 이들의 행적에 대해서는 양반들이 남긴 기록을 통해 간접적으로 확인할 수밖에 없다. 이런 점에서 『간양록』은 강항 개인의 체험기일 뿐만 아니라, 조선인 포로들의 생활상을 대변하고 있는 생생한 기록이라고 말해도 좋을 것이다.

강항은 왜국 도착 후 오쓰성(大津城)에 갇혀 있다가 오사카를 거쳐 교토 후시미성으로 이송되었다. 강항은 그곳에서 당시 가장 유명한 승려이자 학자이고 기인으로 평가받는 후지와라 세이카(藤原惺窩)와 교유했으며, 사서오경을 왜어로 번역 간행하는 일에 참여하는 등 왜국의 주자학 발전에 크게 기여했다. 당시 왜국의 주자학은 수백 년 동안 학문이랄 것 없는 수준의 훈고학에 머물러 있다가, 임진왜란을 기화로 조선의 선진 성리학이 유입되었다. 훗날 왜국 주자학의 태두가 되는 후지와라는 강항으로부터 학문적 영향을 많이 받았다. 그때 강항과 후지와라 간에 주고받은 성리학 문답이 일본의 국립박물관에 보관되어 있다.

『간양록』을 보면, 그가 얼마나 왜인들을 경멸했는지 알 수 있다.

"왜인들은 흉악하고 간사한 음모가 이루 말할 수 없기 때문에, 만약 그들이 조선에 사신을 파견한다면, 감사나 병사가 미리 그들이 올 시일에 앞서 부산·동래에 집합하여 대응하는 것이 좋다. 굳이 한성으로 끌어들이느라 번거로운 비용을 지출하면서까지 도성의 허실을 알게 할 필요는 없다. 북도의 야인을 대하는 예에 의거하여 대략 토산품으로 그 예물에 응하는 것이 좋고, 반드시 영남의 전세를 수송해서 도적놈의 식량을 싸 줄 필요는 없다. 그들이 와서 공납하는 기일에 있어서도 반드시 일정한 달을 정하여 때 없이 왕래하는 폐단이 없게 하고, 공납하기 위해 오는 선박에 있어서도 반드시 미리 척 수를 정하여 배가 연달아 와 의아스러운 점이 없게 하여야 한다."

『간양록』의 기록 시기는 선조 30년(1597) 9월에서 33년(1600) 5월까지이다. 현존하는 판본은 필사본, 목판본이 있는데 서울대 규장각에 소장되어 있다.

조선 영조 때 문인인 안석경(安錫儆)은 '강항전(姜沆傳)'에서 강항을 극찬하였는데, 강항의 충절을 선양하는 의미도 있지만, 『간양록』이 가지고 있는 정보적 가치 또한 높이 평가한 것이다. 특히 17세기 이후 실학자들이 왜에 대해 보다 객관적으로 평가하고자 할 때 『간양록』을 근거로 하는 것만 보아도 그의 관찰력과 판단력을 존중하는 것이라 생각한다.

 1600년 강항은 포로 생활에서 풀려나 가족들과 함께 귀국했다. 강항이 적지에서 지켰던 지조와 그가 보낸 일본 관련 자료의 의미를 평가한 조정은 1602년에 그를 대구향교 학생들의 교수로 임명했다. 그러나 강항은 포로의 신세가 되어 죽음으로 절의를 지키지 못한 자신을 스스로 죄인이라 하여 얼마 후에 사임했고, 1608년에 순천향교 교수에 임명되었을 때에도 취임하지 않고 고향에서 독서와 후학 양성에 힘썼다. 강항은 일본 도쿠가와 바쿠후로의 귀화를 거부하고 억류 생활을 하던 중에 1600년 왜국의 많은 제자들의 도움으로 귀국했다. 그는 모든 관직에서 스스로 사직하고 고향 영광에서 후학을 양성했다.

 임진왜란 당시 강항뿐만 아니라 왜국에 끌려갔다가 탈출한 많은 전라도 선비들이 그때의 경험을 책으로 남겼다. 나주 출신 금계 노인(魯認)은 『노인금계일기(魯認錦溪日記)』, 함평 출신 정희득(鄭希得)은 『월봉해상록(月峯海上錄)』, 함평 출신 정경득(鄭慶得)은 『만사록(萬死錄)』 등을 남겼다. 그중에서도 영광 출신 강항의 『간양록』은 포로문학의 백미로 꼽힌다.

 『간양록』은 이수광(李晬光)의 『지봉유설(芝峰類說)』, 이익(李瀷)의 『성호사설(星湖僿說)』, 안정복(安鼎福)의 『동사강목(東史綱目)』 등에 영향을 주었고 조선통신사의 필독서가 되었다. 『간양록』은 일본의 잔학성을 기록하여 일제 강점기 때 총독부의 금서가 될 정도였다.

제11장

이슬다리에서 지다

이슬다리에서 지다 1

1598년 8월 18일, 도요토미 히데요시가 죽자, 왜국의 원로회의는 그 사실을 비밀에 부치고 전군에게 일단 부산으로 집합해서 늦어도 11월 보름까지는 전원 철수하라고 명령했다. 왜군 전체는 고대하던 지시에 신바람이 났다. 그리고 귀국 전에 조선 각지에서 인재들을 납치하고 선진 문물과 보물들을 강탈하느라 혈안이 되었다. 조선 전국의 각종 보물과 귀중한 책자 등이 보존되어 있던 수장고는 텅텅 비었다. 이것은 히데요시가 죽기 전에 각 장수들에게 수차례 강력히 지시한 바였고, 그들도 왜국의 미래와 발전이 여기에 걸려 있다는 것을 절실하게 깨닫고 있었기 때문이었다.

조선이 문약해서 그들에게 처절하게 당하긴 했지만, 실제로 와서 보고 느낀 조선의 상황은 모든 면에서 그들과는 전혀 다른 문화 선진국이었다. 이들이 당시 가져간 조선의 문물과 피랍된 조선의 인재들은 왜국의 발전에 몇 차원 다른 결정적 기여를 했다. 물론 이런 일은 왜국과 조선의 수천 년 역사상 언제나 그래 왔던 사실이지만 말이다.

고니시 유키나가는 전년도인 1597년 9월, 1만 5천의 군사와 함께 순천에 입성하여 왜식 성을 축성하기 시작하여 그해 12월 완성했다. 순천 왜교성에 수군 주둔 전진기지를 만들어 고니시는 이곳에서 1년여를 은신했다. 도요토미 히데요시의 죽음을 알게 된 고니시는 혼자 고립되었다는 사실에 매우 초조해했다. 이순신과 진린의 연합함대의 존재는 자신의 부대를 꼼짝달싹할 수 없게 만들었다.

조명연합군은 육군 제독 유정이 1만 5천군으로 순천 왜교성의 서쪽에 진출했고, 연합함대는 계속 왜교성의 바닷길을 지켰다. 고니시는 크고 작은 함선 5백여 척을 보유하고 있었지만, 그 함대는 깊숙한 방파제를 앞에 두고 숨어 있었다.

1598년 9월 20일, 조명의 수륙연합작전이 시작되었다. 유정의 육군은 여러 차례 성을 공격했다. 수군연합함대도 해안 쪽에서 대포를 쏘며 공격하니 적의 기세가 크게 꺾이며 움츠러들었다. 그러나 순천 왜교성은 서쪽 한 군데만 길이 있고 나머지는 절벽으로 둘러싸여 있어서 공격 루트는 아주 제한적이었다. 한번에 쳐들어갈 수 있는 병사는 기병, 보병 다 합쳐서 기껏 1~2천 명 정도였다.

거기에 결정적인 것은 명 육군 제독 유정의 전투 태도였다. 싸우려는 것인지 강화하려고 나온 것인지 알 수 없는 애매모호한 태도로 일관했는데, 장수로서 도저히 있을 수 없는 것이었다. 같은 명군의 장수 진린조차 그의 태도를 질타했다. 선전관으로 나온 이덕형은 상소에서 보고하기를, 제독 유정이라는 자는 무엇 하는 자인지 도무지 알 수 없다고 하였다.

어찌 되었든 간에 왜의 주둔군 모두가 정신없이 도주하고 있던 차에 자신의 군대만 퇴로가 차단되자 고니시는 초조하기 그지없었다. 더군다나 스스로 생각해도 자신에 대한 조선 조정의 배신감과 원한이 얼마나 큰지 알기에 고니시는 궁리 끝에 그의 특기인 간교한 계책을 생각해 냈다. 오사카 장사꾼의 아들답게 또다시 매수 작전으로 나왔다. 그는 먼저 명 육군의 유정 제독에게 접근했다.

9월 말이 되자 명의 수군 3개 부대에서 함대 1백여 척을 끌고 왔다. 왜성 앞바다에 거대한 명 함대의 불빛이 휘황찬란했다. 그러나 이순신은 명 수군의 전시 준비 태세에 항상 의문을 가지고 있었다. 그들 수군의 함선들은 하나같이 작고, 전선이라고 하기에는 너무 보잘 것 없었다.

10월이 되자 조선이나 명은 더 이상 인내할 수가 없었다. 고니시군은 초조함을 숨기고 무작정 소극적인 수성전으로 장기 태세에 들어가 있는데, 명군이 더욱 초조함을 드러냈다. 이순신은 명 장수들과 논의 끝에 적진으로 진군하기로 했다. 조선이 선봉에 서서 쳐들어가기로 하고, 아침 일찍이 조선 함대부터 나가서 싸웠다.

방파제 뒤에 숨어 있던 왜군 함선들이 응전했다. 수많은 왜적 함대를 공격하여 깨고 불태웠다. 적군도 많이 죽였지만, 적들의 마지막 필사적인 저항에 조선군 측에도 피해가 속출했다. 사도 첨사 황세득(黃世得)이 전사하고, 해남 현감, 진도 군수, 강진 현감 등이 탄환에 부상당했다. 전투가 서서히 격렬해지고 있었다. 이슬다리 노량(露梁)이 붉게 불붙기 시작했다.

진 도독이 명군을 이끌고 초저녁부터 자정까지 나가 싸웠는데, 적의 강력한 대응에 명의 함선 20여 척이 불타고 말았다. 진 도독이 처절하게 싸우는 모습은 장렬했다. 이순신은 예상치 않던 명군의 전투 모습에 감동받았다.

도원수가 편지를 보내 "명 육군의 유정 제독이 도주하려 한다"라며 분을 이기지 못했다. 10월 7일 유정의 군관이 도독부에 와서 보고하기를, 육군은 잠시 순천으로 퇴각했다가 재정비한 후에 돌아오겠다 했다. 이 무슨 작태인가! 일단 퇴각 후 재정비라니! 도주 방식이 교묘했다. 명 제독 유정과 고니시의 결탁이 분명했다. 옛날 평양성 전투 때의 비겁한 모습이 재현되고 있었다.

육군이 퇴각하니, 조명 연합수군도 하는 수 없이 일단 후퇴했다. 고니시는 뛸 듯이 기뻐했다. 그러나 연합함대가 본진에 귀환하자마자 진린이 급히 연락해 왔다. 고니시가 철수를 준비하고 있다는 정보가 있으니 진군해서 적이 돌아가는 길을 같이 막자는 것이었다. 진린 도독의 전투에 임하는 자세가 돋보였다. 유정 제독의 일로 명군의 체면이 많이 손상된 것에 대한 마음 씀씀이라 보인다.

11월이 되어 본격적으로 적진에 나아갔다. 왜군 10여 척이 나타나기에 바로 뒤쫓았더니 도주하여 다시는 나오지 않았다. 유정과의 거래로 조명 연합수군도 함께 물러간 줄 알았다가 조명 함대가 재출현하자 고니시가 기겁하여 움츠러들었다. 왜군 대부분이 도요토미 히데요시의 죽음으로 퇴각했거나 퇴각을 준비하고 있는데, 자신의 군대만이 순천 왜성에 갇혀 꼼짝 못하고 있으니 고니시는 초조하여 죽을 지경이었다.

11월 초순의 차가운 바람이 부는 날, 고니시는 진린 도독에게 서한을 보냈다.

"명과 왜군이 서로가 전투할 필요 없이 순천 왜교성을 비워 주겠다. 이 안에는 많은 보물과 군량이 있다. 그리고 조명연합군이 원하는 왜군의 시체가 많이 있다. 이 모두를 다 넘겨주겠다. 우리 군의 퇴로만 열어 달라."

고니시의 제안에 명의 장수들은 좋아라 응답했다. 그들은 다만 조선군의 이순신 장군이 문제니 그를 잘 설득하라고 고니시군에게 말했다. 고니시는 연일 진린에게 병사들을 보내어 술과 고기, 말과 조총, 창칼 등을 배에 싣고 와서 전달했다. 고니시는 처음에는 이리저리 눈치도 보고 조심하더니 나중에는 노골적으로 도독부에 부하들을 여럿 보내 보란 듯이 뇌물을 전했다.

급기야 노량 대첩 이틀 전인 11월 16일에는 진린이 부하 장수 진문동(陳文同)을 적 진영으로 보내기에 이르렀다. 이제 왜의 고니시군과 명의 진린군은 양쪽 모두가 적군이 아닌 것처럼 굴었다. 목불인견이었다.

진 도독이 이순신에게 은밀히 말하길, "이제 전쟁도 막바지인데, 서로 피 흘릴 필요 없이 왜군과 화친하는 것이 어떻겠느냐" 하였다. 이순신은 즉각 대답하길, "전투를 눈앞에 두고 대장 된 사람이 화친을 말하면 안 됩니다. 이 원수들은 결코 놓아 보낼 수 없습니다" 하였다. 이순신은 명과 왜가 노는 꼴을 줄곧 지켜보고 있었다. 이에 진린은 얼굴이 붉어졌다. 왜군 사자가 다시 와서 진린에게 부탁하니, "내가 통제사에게 너희 일을 부탁했다가 개망신을 당했다. 다시 말하지 말라!" 하였다.

고니시가 다급하여 이순신에게 총과 칼 등을 선물하며 직접 사정하니, "임진년 이후 무수히 많은 왜적들을 잡아 빼앗은 총과 칼이 산같이

쌓여 있는데, 원수의 심부름꾼이 여기는 뭐 하려고 왔단 말이냐?!" 하고
대갈일성을 지르며 내쫓았다. 또한 고니시가 사람을 보내 묻기를, "조
선 수군이 어떻게 해서 명의 수군과 같은 곳에 진을 칩니까?" 하고 코미
디 같은 질문을 하니, "우리 땅에서 우리가 우리 마음대로 진을 치는 것
에 왜놈들이 웬 잔말이냐!" 하였다. 고니시가 어지간히 다급했나 보다.
제정신으로 하는 소리 같지는 않다.

이슬다리에서 지다 2

진린 도독이 아무래도 먹은 죄가 있어서 왜군에게 길을 터 주려고 애를 썼다. "나는 잠시 여기를 놔두고 먼저 남해에 포로로 잡혀 있는 적들을 토벌하러 다녀와야 하겠습니다." 이에 이순신이 답했다. "남해에 잡혀 있는 사람들은 적군이 아니라 포로로 잡혀갔던 조선 백성들입니다." 진린은 "하지만 적에게 일단 붙은 이상 그들 역시 적이요. 거기 가면 힘 안 들이고 머리를 많이 베어 전과를 올릴 수 있을 거요" 하자, "귀국 황제께서 군을 보낸 것은 적을 베라고 보냈지, 무고한 작은 나라의 백성들을 죽이라고 보낸 것이 아니지 않소!"라고 받아쳤다. 진린은 다시 "황제께서는 나에게 긴 칼을 내려 주셨소!" 하고 응수하자, "한번 죽는 것은 아까울 게 없소! 나는 절대로 적을 놓아 주고 우리 백성을 죽일 수 없소!"라며 이순신은 맞받아쳤다. 두 사람은 한참을 서로 노려보며 이렇게 싸웠다. 그런데 어쩐지 싸운다기보다는 우애 있는 한집안 형제끼리의 장난 같은 모습이다.

고니시는 이래저래 형세가 여의치 않다고 판단하고 사천성에서 농성하는 시마즈 요시히로군과 아직 도주하지 않은 장수들에게 긴급히 지원을 요청했다. 시마즈는 난감했다. 상대가 다른 군도 아니고 이순신 연합함대와의 싸움이라니 보통 문제가 아니었다. 그러나 고니시는 히데요시의 핵심 인물이고, 귀국해서 여러 가지 일들이 걸려 있는데 마냥 모른 체할 수는 없었다. 게다가 사천에서 집결지 부산으로 가려면 어차피 노량을 거쳐 가야만 했다.

사천성에 주둔 중이던 시마즈 요시히로와 고성에 주둔 중이던 다치바나 무네시게, 남해에 주둔 중이던 소 요시토시 등은 내키지는 않지만 마지막으로 고니시 군을 구출하고 본국으로의 퇴로를 확보하기 위해 11월 18일 노량으로 향했다. 이때 왜적의 규모는 수군 6만여 명과 5백여 척의 함선이었다.

1598년 11월 18일 임진왜란의 마지막 대회전이 벌어진다. 드디어 역사적인 이슬다리 노량에서의 전투가 시작된 것이다. 길고 길었던 임진왜란이 종식되는 마지막 전투. 양측 모두의 처절한 싸움이 불타오르고 있었다.

저녁 무렵부터 적의 함대가 새까맣게 노량으로 몰려들었다. 조명 연합함대는 고금도 본영에서 밤 10시경 출발하여 새벽 2시경 노량에 도착했다. 이순신은 출진하는 함상에서 자정 녘에 몸을 정화하고 무릎을 꿇고 하늘에 기도했다.

"하늘이시여! 이 원수들을 모두 없앨 수 있다면 죽어도 여한이 없겠습니다!"

순천 왜교성에 도착하니, 사천성 등에 주둔하던 왜군들이 한꺼번에 노량으로 이동하여 적의 규모가 수백 척에 달한다는 급보가 왔다. 순천 왜성 앞에 약간의 순찰 함대만 남기고 조명연합군은 곧장 노량으로 향했다. 적선은 어림잡아 5백여 척, 조명연합함대의 총규모는 함대 약 250척, 군사 2만여 명(명군 1만 3천, 조선군 8천여 명)이었다. 그러나 사실은 조선 함대 80여 척의 단독 함대라고 말하는 게 정확한 표현이다. 명의 함대는 함선이라기에는 너무 작고 전투 함정의 모습이 아니었다. 그 이유는 둘 중 하나일 것이다. 왜군을 너무 우습게 봐서 명이 보유한 수군 함정 중에서 가장 작은 것을 끌고 온 것이 아니면 조선 수군에 모든 것을 맡기고 대충 때우고 시늉만 내려는 작전 중의 하나일 것이다. 그러나 지난 세월 동안 명의 남쪽에 자주 출몰하여 명의 백성들에게 참혹한 시련을 안겨줘 온 왜구의 전투력을 잘 알고 있는 명이 왜적을 우습게 알 리는 없는 노릇이다. 그러니 후자의 이유일 것이다.

하여간 역사상 최초의 조선과 명의 수군 연합작전이 벌어진다. 건곤 일척의 싸움을 앞두고 진린 자신도 명의 함선을 버리고 조선의 판옥선을 타고 전투에 임했다. 조명연합수군은 진린이 본진 함대, 좌선봉 등자룡(鄧子龍) 함대, 우선봉 이순신 함대로 편성되었다. 그런데 진린이 의당 이순신을 본진 사령관으로 했어야 했다. 진린은 지난번 이순신에게 솔직하게 토로한 적이 있었다. 전투가 벌어지면 이순신의 지휘를 받겠노라고⋯⋯. 조선의 바다에서 그것도 역전의 군신을 본진 사령관으로 해서 싸워야 무조건 승리할 수 있는 것이다. 조선의 지형도 잘 모르고 적에 대해서도 전혀 모르는 외국 군인이 어떻게 본진 함대 사령관을 자처했는지, 아무리 이순신이 사양했다 해도 그것은 결정적으로 잘못된 문제였다.

시마즈 요시히로 등이 이끄는 일본 함선 5백여 척이 노량에 진입하자 매복해 있던 우선봉 조선 함대가 일제히 공격을 개시했다. 이순신 함대가 순식간에 적선 50여 척을 격파하고 4천여 명을 죽여 바닷물에 처넣으니 적은 아비규환 혼비백산했다. 이순신 함대의 위용은 가히 명불허전이었다. 명의 진린도, 왜의 시마즈도 경외심으로 그들의 본분을 잊고 조선 함대의 전투 모습을 관전했다.

11월 19일 아침까지 불을 뿜는 치열한 전투가 벌어졌다. 사천에서 나온 시마즈의 함대는 처음부터 이순신의 조선 함대는 비껴가며 만만한 본진 함대 명의 진린을 노리고 기습을 시도했다. 한밤중의 전투로 일진일퇴하던 명군과 왜군 양쪽 함대는 어느덧 노량 옆 좁은 관음포구로 접어들었다. 전투 중에 서로가 서로를 포위하는 양상으로 치달았다. 새벽녘 진린 본진 함대에서 갑자기 진린의 대장선이 위험하다는 급보를 올렸다. 이순신 함대는 지체 없이 진린을 구하기 위해 관음포구로 달려들었다.

관음포구는 좁고 외진 곳이어서 전투 함대가 전략상 들어갈 곳이 못 되었다. 이곳 관음포구와 남해안 일대는 왜적이 이순신에게 계속 깨져 가면서 왜성을 구축하여 도주하고 숨고 놀던 앞마당이다. 지리도 잘 모르는 명군은 자신들도 모르게 시마즈 함대가 몰아가는 대로 포구 안으로 끌려갔던 것이다. 관음포구로 일단 들어오면 그때부터는 왜적의 독무대다. 그들은 좁고 얕은 곳에 적 함대를 몰아넣고 백병전을 벌이거나 사정거리가 가까운 조총 사격을 해 대는 전술을 구사했다.

이순신의 조선 함대는 이런 지형에서의 전투는 절대 금기로 삼았다.

조선 함대의 장기인 대포와 천지현황포의 운용이 어렵고, 학익진 대형으로 적을 몰아서 한방에 보내기가 어렵기 때문이다.

이미 좌선봉 등자룡이 이곳에서 사령관 진린을 구하려다가 적의 조총에 맞아 전사하고 말았다. 이순신은 어떡하든 진린을 구해야 했다. 조명 연합군의 마지막 전투에서 명의 사령관만 죽고 조선군의 사령관 홀로 살아 돌아갈 수는 없는 일이었다. 이순신 함대는 앞뒤 재고 자시고 할 겨를이 없었다. 이곳에 진입한다는 것이 매우 위험하다는 생각은 했지만 진린을 혼자 죽게 내버려둘 수는 없다. 그를 구하는 것이 최우선이다. 이순신과 그의 장수들 모두 위험을 무릅쓰고 목표를 향해 달려갔다. 오직 명의 도독 진린을 구해야 한다는 지상목표뿐이었다.

11월 19일 오전 7시경 겨울바다의 아침 햇살은 차츰 무겁게 떠올랐고, 모든 것을 예견이라도 하듯이 격랑을 치고 있었다. 어쩔 수 없이 포구 안에 밀려들어 온 진린 함대는 왜적의 포위망에 걸려 옴짝달싹할 수 없었다.

그러나 시마즈의 함대 또한 거의 궤멸 상태에 있었다. 5백여 척 중에서 50척도 안 남아 있었다. 그들은 오직 진린 함선만을 공격했다. 처음부터 진린 선단을 맹렬히 공격하던 시마즈의 함대 30여 척은 멀리서 진린을 구하기 위해 관음포구로 맹렬하게 쳐들어오는 함선 10여 척을 보았다. 그것은 조선 대장선 깃발을 높이 매단 이순신 선단이었다. 순간 정신이 번쩍 든 적장 시마즈는 전 함대에 다급하게 명했다. 공격하던 진린 선단은 제쳐두고 남은 전 병력이 모두 각 함선의 선미에 조총을 들고 집결했다.

그들 수백, 수천 개의 총구가 하나같이 이순신의 대장선으로 집중했다. 왜군의 총구들이 초긴장으로 벌벌 떨었다. 순간 위기를 느낀 이순신 선단의 병사들은 모든 방패를 들었다. 거의 동시에 울려 퍼지는 조총군단의 총성들! 군신을 향한 총구들이 미친 듯이 울었다. 모든 총알들이 비껴가거나 방패에 튀었다.

그러나 단 한 발이 모든 방패와 인의 장막을 피해 갔다. 단 한 발만이 절묘하게 모든 것의 사이를 뚫었다. 왜적들은 기어코 군신을 쓰러뜨렸다. 총알은 정확히 가슴 한가운데를 관통했다. 이순신은 모든 것을 미리 알고 있었다는 듯이 조용히 눈을 감았다. 다만 "싸움이 급하다. 나의 죽음을 절대로 알리지 말라" 하였다.

그때 이순신의 맏아들 회와 조카 완이 너무도 황망하여 싸우던 활을 들고 옆에 앉아 임종했다. 그들은 터져 나오는 통곡을 깊이 삼키며 시신

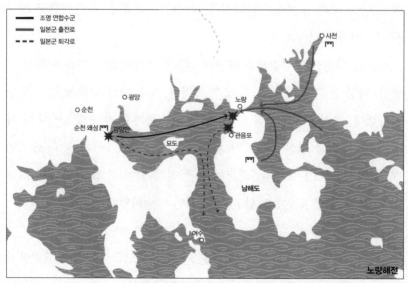

노량 해전. 출처: 『충무공 이순신과 임진왜란』(문화재청 현충사관리소, 2011)

을 안고 배 안쪽으로 들어갔다. 오직 두 사람과 시종 한 사람, 합쳐서 세 사람만이 이 사실을 알았다. 가장 가까운 부장 송희립조차 몰랐다. 그는 부상으로 혼절해 있었다. 그리고 완은 깃발을 휘둘렀고, 회는 북을 계속 쳤다. 그들은 세 시간여를 더 싸웠고, 시마즈의 함대는 거의 궤멸 상태로 도주했다. 고니시 유키나가는 그 와중에 잽싸게 전장을 멀리 돌아 도주에 성공했다.

전투는 조명연합군의 완승으로 끝났다. 왜군 함대는 처절하게 거의 다 깨졌고, 왜성은 고니시의 도주로 텅 비었다. 이슬다리는 왜적의 시체 다리로 변했다. 전투가 끝나자마자 진린이 배를 몰고 다가와서 소리쳤다. "통제사! 어서 나오시오! 우리가 이겼소!" 하였다. 이 소리에 완이 나가서 울며 말했다. "통제사께서 돌아가셨습니다!" 하자, 도독은 그 자리에서 세 번이나 넘어지고 뒹굴며 큰소리로 통곡했다. "공은 죽은 뒤에도 나를 구해 주셨소!" 하면서 한참이나 통곡했다. 조명연합군 병사들 모두가 울었다.

사령관 이순신과 임진왜란 해전의 전설적인 영웅들인 가리포 첨사 이영남, 낙안 군수 방덕룡, 초계 군수 이언량, 홍향 현감 고득장 등이 모두 전사했다. 조선군 3백여 명 사상, 명군 장수 등자룡 전사 및 5백여 명 사상, 왜군 지원군 전선 2백여 척 침몰, 연합함대에게 1백여 척 나포, 150여 척 파손, 3만여 명 사상, 왜군 주둔군 전선 60여 척 침몰 및 파손, 1만여 명 사상, 왜군 3천여 명 탈출. 역사적인 대승이었다!

군신의 영구는 일단 수군 병영 본진이 있는 고금도에 안치되었다가 그 해 12월 아산으로 옮겨졌다. 이듬해 2월 매장되고, 16년 후 지금의 장지에 이장되었다. 그 장지는 충남 아산시 음봉면이다.

진린은 전후 명 황제에게 뜨겁고 길게 보고했고, 황제는 이순신에게 명 도독 벼슬과 도독인, 보검 등 8가지 하사품을 내렸다. 군인으로서는 최고의 예우였다.

이로써 길고도 길었던 임진왜란이 끝났다. 침략당했던 조선과 침략했던 왜국 모두가 엄청난 변화를 겪게 되는 전쟁이 끝난 것이다. 조선은 백성들의 삶과 사고방식, 사회체제 등 모든 것이 변했고, 오히려 침략했던 왜국에는 상상을 초월하는 격변이 일어났다. 오사카와 교토의 전통 왕정 수호세력이 지고 신흥 도쿠가와 이에야스 세력이 일어나 바쿠후 시대를 열었다. 그들은 메이지유신까지 260여 년간 바쿠후 독재시대를 이어 갔다. 도요토미 히데요시의 헛된 꿈은 역시 망상으로 끝맺었다.

이순신과 유성룡 1

이순신과 유성룡! 그들은 갔지만, 우리들 가슴속에는 오직 슬픔만이 가득 남아 있다. 그 무엇으로도 채울 길 없는 이 적막감과 비통함은 어찌된 노릇인지 모르겠다. 그렇지만 이순신과 유성룡이 걸어간 길을 하나하나 되새겨 보면 그들이 우리에게 던져 준 감동도 또한 크다. 감동은 그들의 삶 전체가 그러하였고, 슬픔은 그 삶의 빛이 굴절되고 꺾였기 때문이다. 아무도 가지 않은 그 길을 온전히 다하지 못했기 때문이다. 옛날 촉한의 왕 유비의 무능한 2세 유선(劉禪)에게 올린 제갈공명의 출사표를 읽고 아무런 이유 없이 홀로 수덕사 밤길을 걸었던 추억이 새롭다. 이제 마지막 장에 그들에 관한 몇 가지 이야기를 하면서 마무리 짓는다.

이순신은 정말 자살했을까? 논란 많은 그의 자살설을 뒷받침하는 여러 가지 정황을 살펴본다. 그의 전투에 임하는 자세로 볼 때, 마지막 이슬다리 전투에서의 행태는 이해 안 가는 부분이 많다. 그렇게 생각하는 배경이 몇 가지 있다. 이순신 역시 뜨거운 피와 눈물을 가진 인간이기 때문이다. 다만 그 뜨거움이 좀 더 진했다.

첫째, 의병장 김덕령의 조선 당국에 의한 어처구니없는 고문사 이후 뜻있는 인사들이 전부 좌절하여 몸을 숨기거나 뜻을 바꿨다. 의병장 곽재우가 그 대표적 인사이다. 그는 그 사건 이후 몸을 피하여 세상을 등졌다.

둘째, 이순신의 경우는 원균의 끝없는 모함과 당쟁, 그리고 조정의 증오심으로 직접 지옥길에 들었었다. 그때 그는 세속의 모든 것을 버렸다. 수군통제사로 재임용되었을 때의 그의 태도는 이미 마음이 떠난 사람의 그것이었다.

셋째, 임진왜란이 거의 끝나갈 때 자신의 지기이며 동지인 개혁 재상 유성룡이 탄핵과 실각을 당한다. 선조는, 거침없이 반대를 일삼는 이순신의 평생 동지인 유성룡을 버리고 입에 혀 같은 북인을 선택한다. 선조의 유일한 특기인 오랜 동안의 능란한 정치 방식이 전쟁 종식과 함께 재개된다. 선조는 과거 정여립의 난이 일어났을 때, 이를 기화로 문제를 키워서 기축옥사를 일으키고 동인을 버린 바 있다.

이순신은 이제 마지막이라는 절체절명의 위기의식 속에서 이슬다리 전투에 임한다. 노량 해전이 끝나고 왜란이 승전으로 마무리됐을 때, 조선 조정은 어떤 모습으로 다가왔을까? 이에 관하여 선조와 좌의정 이덕형, 그리고 유성룡과 이원익을 살펴본다.

"좌의정 이덕형의 급보. 이달 19일에 적 3백여 척이 합세하여 노량도에 도착, 통제사 이순신이 명 군사와 함께 곧바로 나가 싸웠습니다. 왜적이 크게 패하여 배 2~3백여 척이 박살나고, 물에 빠져 죽은 자가 헤아릴 수

충무공 영정. 출처: 『충무공 이순신과 임진왜란』(문화재청 현충사관리소, 2011)

없고, 수만 명이 사상, 왜적의 시체와 깨진 배로 바다를 뒤덮었고, 바닷물
이 온통 시뻘겋게 물들어 물이 흐르지 못할 지경에 이르러, 고니시 유키
나가도 먼 바다로 돌아 도주했습니다."

이에 사관도 길게 덧붙였다. 그 사관은 평소 사사건건 트집 잡던 북인
측 인사였다.

유성룡 영정

"이순신은 충성스럽고 용맹한 장수이며, 규율을 세우면서도 군사들을 사랑했기에 모두가 그를 따르고, …… 이순신이 전사했다는 소식이 알려지자 온 지방 사람들이 심지어 늙은 할머니와 어린아이들까지 슬퍼하며 눈물 흘리고, 아, 애석하다, 만약 정유년에 그를 통제사의 직위에서 교체하지 않았다면 호남과 호서가 적의 소굴이 되었을까."

그런데 이에 대한 선조의 답변이 우리를 놀라게 한다. 아니, 놀랍지 않다.

"수군이 대승을 거두었다는 설은 과장된 듯하다."

이덕형이 다시 그게 아니라고 거듭 말해도, 선조는 다시 옆에 있는 명
장수 유정에게 말하길, "조선이 보전된 것은 순전히 대인의 공덕입니
다. 앞으로도 그저 대인만 믿을 뿐입니다" 하였더라.

유정이 누군가! 노량 전투가 벌어지기 한 달 전에 이미 고니시에게 매
수되어 일찌감치 도주한 자가 아닌가! 선조의 의도는 분명했다. 그 누구
도 이 전쟁에서 공로를 인정받아서는 안 된다는 것이다. 7년간 전쟁을
이끌어 온 전시 재상 영의정 유성룡도, 군신 이순신도, 신하들 중 아무
도 그를 제치고 전쟁 유공자가 되어서는 안 되었다. 전쟁 초기부터 자신
의 도주로 조선 전체가 아비규환의 수라장이 되고 엉망진창이 되어버린
것을 새삼 공로 문제로 누구라도 기억해서는 안 되었다.

많은 학자들이 말한다. 어떻게 전장에서 사령관이 군복이 아닌 평상
복을 입고 대장선 위에서 북채를 잡고 전투를 지휘한다는 게 말이 되느
냐고. 그건 자신을 죽이라고 부탁하는 것과 진배없다는 주장이다. 전쟁
이후부터 정조 대까지 조선의 엘리트들이 주장해 왔고 현대에도 많은
사학자들이 주장하는 내용이다.

그러나 이에 대해서는 설이 엇갈린다. 그럴 리가 없다는 말이다. 일반
평상복은 입지 않았다고 주장한다. 언제나 정확하게 사실을 기록하여
왜국에서조차 자기네들의 기록이나 보고서보다 사실성을 더 인정하는
이순신의 『난중일기』가 그날부터 없었으니 아무도 그 무엇도 증명해 줄

것이 없었다. 후에 정조도 『이충무공전서』를 발간하면서 이를 언급하지 않았다.

전장에 이순신, 정계에 유성룡이 있어 조선은 전란의 지옥을 극복했다. 전쟁 당사국인 왜국에서도 항상 히데요시와 이순신을 비교했다. 아울러 유성룡을 전시 재상이라는 타이틀로 존경했다. 선조에 대해서는 일절 언급이 없다. 전쟁이 끝나자마자 곧 바로 유성룡이 탄핵된다. 7년의 전쟁을 끝내니 나니 개혁 재상, 전시 재상이 저격당한 것이다.

기가 막힌 노릇인 것이, 이런 조정의 탄핵이 놀랍거나 이상하지 않고 누구라도 예상하고 본인도 알고 있던 결과라는 사실이다. 다만 예상보다 빨리 왔을 뿐이다. 조선의 척박하기만 한 이러한 정치 풍토는 늘 이어져 내려왔다. 단 한 번의 예외도 없었다.

피아 붕당 모두가 유성룡의 개혁 정책에 반기를 들고 그를 해치려 한다는 것은 삼척동자도 알고 있는 상황이다. 그의 개혁은 모두를 괴롭게 했다. 특히 양반 사대부들의 안전과 안락을 해치는 그의 정책은 그들 모두를 한통속으로 만들었다. 아무도 그를 지지하지 않았다. 임금에서 말단 지방 관원까지 반대했다. 오직 아무것도 가진 게 없는 백성들만 그의 편이었다. 한국 정치사에 이런 경세가가 있었던가? 오늘도 대통령 앞에서 그저 받아 적기 바쁜 고관대작들, 목숨 걸고 천하를 논하는 개혁 경세가는 눈을 씻고 봐도 찾을 수 없구나!

전란의 조선 땅, 전장에 군신 이순신이 있었다면 정계에는 개혁 재상 유성룡이 있었다. 조선 최초의 직업 군인제인 훈련도감 설치에서부터 양반 천민 모두가 군대에 편입시키자는 속오군제, 땅 가진 자들은 모두 똑같이 그 가진 형편에 따라 세금을 내고, 특산물을 쌀로 균등하게 내자는 대동법, 국제무역과 소금의 생산 방식을 바꿔서 관염에서 사염도 가능하게 한 개혁 등등 실로 아무도 흉내조차 낼 수 없는 개혁정책을 목숨 걸고 추진한 인물이 유성룡이다.

거기에 또 한 가지 선조와 격하게 대립한 일이 있었다. 명이 그 잘난 지원군 보내 준다고 슬슬 엉뚱한 짓을 벌이려 했었다. 누차 이야기지만 명이 조선에 지원군을 보내 준 건 고맙긴 하지만 사실 뭐 조선만 좋으라고 보낸 건 아니다. 조선이 그 지긋지긋한 왜놈들을 육지에서나 바다에서나 죽어라 막아 주고 있으니 거기에 군대 좀 보내 주면서 수저 하나 올리는 격이다.

만약 조선이 히데요시의 요구대로 왜군이 명을 침입하는 길을 터 주거나 도왔다면 실로 가공할 결과가 연출됐을 것이다. 당시 국제정세가 그랬다. 북방에서 후금 즉 여진족이 들끓고 있었기 때문이다. 별것도 아니라고 여겼던 북방의 여진족, 그들은 오랫동안 중국이나 조선의 정벌 대상이었다. 그런 여진족이 누루하치의 원대한 야망대로 1616년 북방을 평정하고 곧 바로 명을 침공하여 천하통일의 길로 향했다. 그런 상황에서 조선이 명을 지켰다.

선조 30년 1597년 봄, 명이 평안도에 둔전과 상주 관청을 설치하겠다고 나선 일이 있었다. 선조는 명의 일이라면 앞뒤 안 보고 일단 좋다고 하였으나, 유성룡은 펄펄 뛰었다. 선조가 전국에 설치하는 것도 아니고 평안도 한 고을에 그거 하나 설치하는 게 뭐 그리 문제 될 거 있겠냐 하고, 유성룡은 나중에 어떻게 하려고 그러느냐, 조선을 통째로 먹으려고 할지도 모른다며 막았다. 고려 때 원나라 하던 짓도 안 봤냐 하며 극력 반대했다.

물론 판돈녕 부사 이산해는 선조가 한마디 하니, 즉각 둔전을 여러 곳도 아니고 한 군데 정도 한다면 못 할 거 있겠냐며 선조 편을 들었다. 결국 유성룡과 그를 따르는 젊은 엘리트들이 죽어라 반대하니 선조도 명도 슬그머니 둔전과 상주 관청 설치안을 철회했다.

전쟁도 거의 끝나 가고 평소 사사건건 반대만 해 온 유성룡이 거북하고 불편해지자, 선조는 자신에게 편한 하수인들과 새 정치판을 짜기로 결심했다. 그는 이미 30년 이상 이력이 난 붕당 정치를 이용하기로 결심했다. 이에 지평 이이첨 등 북인들이 편승하여 유성룡에 대한 탄핵 상소를 올렸다. 그들은 연달아서 유성룡을 탄핵하는데, 윤홍(尹宖), 홍봉선(洪奉先), 최희남(崔喜男), 유숙(柳潚) 등이 신바람을 내면서 달렸다. 탄핵 사유는 탄핵하는 자들도 잘 몰랐다. 아무도 몰랐다. 이에 만사가 귀찮고 조정에 대한 혐오감으로 가득 찬 유성룡이 즉각 응했다.

"신이 탄핵당한 것은 중요한 일이니 얼굴을 들고 다닐 수 없습니다. 사는 것이 죽는 것만 못합니다. 신의 형벌을 논하여 주십시오."

죽더라도 이유나 알고 죽자는 뜻이다. 유성룡 쪽에서도 그 꼴을 그냥 두고 볼 수는 없었다. 홍문관 부제학 김륵(金玏), 부응교 홍경신(洪慶臣) 등 젊은 엘리트들이 반박 상소를 올렸다.

"간사한 자들이 남을 모함할 때는 반드시 임금의 마음이 동요되는 틈을 이용합니다. 저 재앙 일으키기 좋아하는 무리들이 어진 자와 정직한 자를 해칠 계획을 하면서."

그러나 반대 당에서 상소가 계속해서 올라오니, 유성룡은 더 이상 못 참고 억울한 심사를 격하게 토로했다.

"조정에서 대신을 예우하는 것은 체모가 있어 죄가 있건 없건 마땅히 예의로써 진퇴시켜야 하고, 상소 내용에 대해 말을 하자니 역겹고 보고 있자니 놀라운 내용으로."

그러나 드디어 사헌부가 종지부를 찍었다. 사헌부가 나섰다는 것은 임금의 내락이 떨어졌다는 뜻이다.

"풍원부원군 유성룡은 본래 재치 있고 언변이 뛰어난 재주와 문필의 하찮은 기예를 가지고 오랫동안 국정을 전담하고 조정의 권력을 농락하여 국가를 그르치고 백성을 병들게 했으니, …… 왜적을 토벌하고 중흥의 업을 이룰 수 있었을 텐데, …… 인심이 해이해지게 하고 혼란에 이르게 하여 …… 이러한 죄를 지고서는 관작을 보존케 할 수 없으니, 삭탈관직시키소서."

도대체 이런 상소가 있을 수 있는지, 도무지 말이 앞뒤가 안 맞고 내용도 무슨 말인지 알 수가 없다. 온몸으로 전쟁을 막아 내고 목숨 걸고 명과 왜를 상대해 온 전시 재상에게 이럴 수 있을까? 명색이 유생이라는 사람들이 글을 써 놓고도 스스로 부끄러워 다시 쳐다보지 않았을 내용이다. 실로 역겹고 놀랍다.

선조는 기다렸다는 듯이 1598년 11월 19일, 유성룡을 파직했다. 그날

은 바로 이순신이 전사한 날이다. 무슨 기이한 운명인가. 북인들이 하이
에나 떼처럼 몰려들었다. 파직이 아니라 삭탈관직하라고!

"유성룡이 훈련도감과 속오, 작미법을 만들고 이것을 빙자하여 이익을
탐냈으므로 마침내 백성들이 도탄에 빠지고……, 천한 신분의 것들을 발
탁하여 그들로 하여금 둔전을 파수하는 관원으로 설치한 바 ……."

그러면 그렇지! 막판이 되니 이제야 속마음이 여실히 나온다. 유성룡
의 병역 개혁과 세제 개혁으로 불만이 쌓이고 쌓여 손보고 싶던 차에 이
런 호기가 오다니, 놓칠 수 없는 노릇이다. 얼마나 많은 양반 사대부들
이 피아 당파를 구분할 것 없이 일심으로 유성룡을 저주했던가. 양반이
어떻게 병역을 치르며, 어떻게 개돼지 같은 백성들하고 균등하게 세금
을 내겠는가! 천한 것들이 어떻게 벼슬길에 오르겠는가! 그동안은 전쟁
중이어서 죽은 듯이 엎드려 있었지만 이제는 전쟁도 끝나가고 거리낄
게 없었다.

이순신과 유성룡 2

임금이 유성룡을 버리는 것이 확실한 마당에, 그를 아주 골로 보내자는 음모로 조정이 시끌시끌했고, 이를 알고 있던 이순신은 너무도 비통하여 깊은 병을 앓았다. 노량 해전을 바로 눈앞에 두고 순천성 공략에 몰두하던 때에 이런 어처구니없는 현실을 목도해야 하니 살아서 무얼하나? 이것이 이순신 자살설의 제일 확실한 근거다. 이런 조정을 앞에 두고 나라의 장래를 운위할 수 있을까? 이처럼 군신 관계를 병들게 하는 이 조정의 작태는, 당연히 이 꼴 저 꼴 안 보고 조용히 가버리는 게 상책이라는 생각이 들게 한다.

만약 이순신이 살아서 그가 전쟁을 종식시켰다는 영광을 누리고 온 나라의 백성들에게서 칭찬을 받는다면, 그리고 다시 한 번 명 황제로부터 극찬까지 받게 된다면, 그 결과는 심히 끔찍할 것이다. 각 당파의 진영에서 이순신과 유성룡을 한데 묶어서 사생결단하려고 덤벼들 것이다. 유성룡의 참담한 모습을 보면서 이순신은 조용히 그 삶을 전쟁과 함께 끝내기로 결심했을 것이다.

유성룡도 결심했다. 11월 19일, 그날로 조용히 한성을 떠났다. 오랫동안 생각해 오던 일이었다. 떠나는 길에 이순신의 죽음을 알았고, 그는 절망했다. 그러나 그것으로 끝나지 않았다. 그에 대한 삭탈관직 요구는 집요하게 계속되었고, 선조는 어쩔 수 없다는 듯이 그렇게 처리했다. 이에 이원익과 이항복은 당파는 서로 달랐지만 경악했다. 인간들이 이럴 수가 있는가! 그들은 누구에게인지 모를 고함을 질렀다. 자신들도 삭탈관직해 달라고 엎드려 울며 요구했다. 선조는 물론 거부했다. "너희들이 나를 버리고 진나라로 갈 거냐, 초나라로 갈 거냐?" 하였다.

유성룡은 고향에 은거했다. 그는 경상북도 안동시 풍천면 하회리에 끝까지 은거했다. 유성룡은 심지어 후에 선조가 주는 어떤 작위도 거부했다. 대표적으로 부원군으로 복귀하라는 것과 공신록에 등재하라는 것 등 양반 사대부가 바라는 모든 것을 거부했다. 이것은 의미심장한 것으로 죽음으로 왕의 권위를 거부하겠다는 뜻이다. 그리고 죽는 날까지 부귀를 버리고 청빈을 택하겠다는 것이다.

그는 당시 자신의 심사를 이렇게 토로했다. "나쁜 버릇이 생겨서 남의 발소리만 들어도 곧바로 가슴이 두근거리며 두려워하였다." 1604년(선조 37), 그는 자신의 회고록 『징비록』을 썼다. '징비(懲毖)'란 『시경』 '소비편'의 '징계해서 후환을 경계한다(予其懲而毖後患)'는 말에서 따온 것으로, '지난 잘못을 반성하여 미래를 대비한다'는 의미이다.

1607년 그가 죽자 조정에서는 사흘 동안 휴무했고, 수천여 명이 그의 집에서 애도했고, 사흘 동안 전국의 시정은 철시했다. 선조도 그다음 해 2월에 죽었다. 광해군 조에 임금이 유성룡을 기려 고향에 병산서원(屏山書院)을 세웠다.

정조는 이순신을 흠모하여 규장각의 젊은 엘리트들과 함께 『이충무
공전서』를 편찬했다. 정조의 권두언을 통해 우리는 선조에게 그토록 질
렸던 마음을 조금 위로받을 수 있을까? 정조는 이순신을 통해 새로운 정
치를 펼치고 싶었을 것이다. 아니 새로운 역사를 만들고 싶었을까? 그리
고 자신의 선조(先祖)인 선조가 행한 이순신에 대한 패악을 위로하고 싶
었던 것일까?

"내 선조께서 나라를 다시 일으킨 공로에 그 기초가 된 것은 오직 충무공
한 분의 힘, 바로 그것에 의함이라. 내 이제 충무공에게 특별한 비명을 쓰
지 않고 누구 비명을 쓴다 하랴. 당나라 사직을 안정시킨 이성과 한나라
왕실을 회복시킨 제갈량을 합한 분이 충무공이다."

조명연합함대 사령관인 명의 도독 진린. 사실 그는 입이 열 개라도 할
말이 없을 것이다. 그를 구하려다 이순신이 죽었기 때문이다. 도대체 조
선 남해의 지형지물에 대하여는 아무것도 모르는 사람이, 그리고 왜군
의 전략전술에 대하여도 전혀 모르는 사람이, 더욱이 고니시 유키나가
의 간계에 빠져 뇌물이나 받고 흐물흐물해진 장수가 어떻게 함대 전체
를 지휘하는 조명연합함대 사령관을 맡았는지 아무리 생각해도 모르겠
다. 그것이 단순한 명예 문제라면 1백 번이고 그리했겠지만, 이것은 조
선과 명나라의 수만 병사들의 생사와 나라의 존망이 걸린 전쟁이 아닌
가! 진린은 몇 번이나 사령관직을 사양했을 거고, 이순신이 강하게 사령
관직을 강권했겠지만, 그것은 있을 수 없는 일이었다.

그렇기 때문에 그는 왜군 장수 시마즈의 작전에 말려 관음 포구로 밀려들어 간 것이다. 도대체 수군 도독이라는 자가 수군 작전의 기본 개념도 전혀 없고 적에 대한 사전 연구도 없이 전투에 임한 것이다. 조조가 역사상 최고최대의 해전인 적벽 대전에서 80만 대군의 위세만 믿고 공격하다 제갈량과 주유의 5만 수군에게 처절하게 당했다. 육전에만 능했고 수전의 기본도 없던 조조는 물의 나라 동오(東吳)의 수군 작전에 전멸했다.

이를 누구보다 잘 알고 남해 일대 해전에서는 단 한 번도 패해 본 적이 없던 이순신이기에 그가 한없이 원망스럽다. 그래서 많은 사가들에게서 이순신 자살설이 나오는 것이다. 노량 해전은 무엇으로 보나 군신의 작전이 아니었다. 그냥 자신을 내던진 것이다. 사쓰마 번의 번주 시마즈 요시히로는 도공 심수관의 성주. 그는 이슬다리 전투에서 진린을 공격하다가 그를 구하러 오는 군신을 향해 벌벌 떨면서 수천 병사들에

현충사 본전. 출처: 『충무공 이순신과 임진왜란』(문화재청 현충사관리소, 2011)

게 이순신을 저격하라 명령했다. 분명 이순신은 그를 쏘아보았을 것이다. 시마즈는 감히 그를 쳐다보지 못했다.

그렇게 자신을 내던졌어야 했을까? 조선은 곧 바로 정묘와 병자호란이라는 더 큰 치욕을 당하지 않았던가! 수백 년간 조공을 받아오고 신하로서 대하던 오랑캐 여진족의 나라에게 삼전도의 치욕을 당하지 않았던가! 정말 군신 이순신의 최후가 그런 것이었어야 했을까? 생각하면 생각할수록 가슴이 저려오고 피눈물이 난다. 이 나라의 백성들은 대대로 억울하고 분하여 항상 눈자위가 퉁퉁 부어올라야 하는가! 남한산성에서의 일을 떠올리며 또 이를 갈아야 하는가?

1598년 11월 임진왜란이 끝나고 얼마 지나지 않은 1636년 12월 한겨울, 병자호란 당시 청 태종과 인조의 삼전도 굴욕 사건 내용은 대략 이러하다. 말하기도 싫지만 꼭 말해야 한다.

임진왜란 이후 불과 30년도 안 된 1627년 정묘년, 청 태종 홍타이지(皇太極)는 관성대로 명나라를 돕는 인조를 공격하면서 조선이 후금의 형제국이라는 점을 강조한다. 그러나 광해군과 달리 국제 감각이 없는 인조는 오히려 아무런 대책도 없이 후금과의 전면전을 준비하라고 명령한다. 이 명령은 후금에게 발각되고, 조선의 오만함과 적의를 알리게 되는 계기가 된다. 당시 조선 조정의 정세 판단의 안이함과 공리공담(空理空談)은 한숨만 나오게 하고, 군대의 지휘관들과 그들의 전시 준비 태세에 대해서는 아무런 말도 하고 싶지 않다. 임진왜란이라는 전대미문의 참담한 전쟁을 치르면서 왜적과 명나라에 말할 수 없는 치욕을 당하고 백성들을 그토록 오랜 기간 고통 속에 몰아넣었으면, 죽음과도 같은 반성과 앞날에 대한 철저한 대비가 있어야 했다. 그들은 조금도 달라지지 않았다.

새 나라 중흥의 기상으로 거칠 것이 없는 홍타이지는 1636년 4월 11일, 문무백관들을 이끌고 선양성의 천단으로 나아가 청의 황제의식을 거행한다. 이때 각국에서 온 사신들과 대신들 모두가 머리를 조아리며 예를 다하는데, 유독 조선의 사신들만 고개를 빳빳하게 들고 예를 갖추기를 거부했다. 당연히 청나라의 모든 인사들이 크게 노하여 조선 사신들을 죽이려 했지만, 청 태종은 그들을 살려주며 대신 조선 왕이 사죄하라는 국서를 써 준다. 하지만 조선 사신들은 끝까지 이를 무시하며 도중에 내버린다. 이것이 병자호란의 단초를 제공하는 빌미가 된다.

홍타이지는 당시 조선 사신에게 전달한 국서에서 조선 신하들이 "책은 읽었지만 백성과 나라를 위해 경륜을 발휘할 줄은 모르면서 한갓 허언만 일삼는 소인배들이며, 세상 물정을 모르는 그들 서생들이 10년간 이어져 온 후금과의 화의를 폐기하고 전쟁의 단서를 열었다"라고 비난했다.

그해 1636년 12월, 조선 조정의 근거 없는 오만함과 도전적 태도에 분개하여 청나라 2대 황제 태종 홍타이지는 직접 12만 대군을 거느리고 청의 수도 선양을 떠나 압록강을 건너서 조선으로 쳐들어온다. 사전에 이를 전혀 몰랐던 인조는 소현세자와 신하들을 거느리고 남한산성으로 피신한다. 1637년 정월 초하룻날, 청 태종은 남한산성 아래 탄천에 12만 청나라군을 집결시켜 남한산성을 완전히 고립시켜 버린다. 청 태종은 최후통첩을 인조에게 보낸다. 그 내용이 실로 가관이다.

"인조야, 내 말 잘 들어라. 네가 감히 정묘년의 원한을 갚겠다며 속으로 칼을 갈고 있었다며? 근데 또 지금 나 때문에 그 안에 고립되어 있으니 어떻게 하나. 그렇게 해서 원수를 갚을 수 있겠느냐? 그 안에서 몇 천 년을 살래? 너는 결국 네 후손들의 웃음거리밖에는 안 될 거다. 인조야, 너는 나를 오랑캐라고 모욕하며 나를 황제로 인정할 수 없다고 떠들어 댄다며? 더럽게 웃기는 소리하고 있구나. 네까짓 것이 뭐라고 나를 황제로 인정하니 마니 입을 놀린단 말이냐? 필부도 하늘의 도움이 있으면 황제가 되는 것이고, 황제도 하늘의 노여움을 사면 외로운 필부가 되고 마는 것이다. 너희는 명나라를 어버이라고 숭상하고 있다. 짐이 직접 이곳에 왔는데 너희가 어버이라고 칭하는 명나라가 너희들을 구원할지 어디 한번 보자."

청 태종의 예언대로 인조는 수차례 명나라에 도움을 청했으나, 청나라의 침공을 두려워하고 있던 명나라는 단 한 사람의 원군도 보내지 않았다. 그 당시 남한산성 안의 조선군은 1만 3천 명가량이었으며, 산성 안에 비축해 둔 식량은 겨우 50일 지탱할 수밖에 없는 정도에 불과했다. 45일을 버틴 조선 조정은 결국 청 태종의 항복 요구를 받아들일 수밖에 없었다.

그야말로 분별력 없는 허언만이 가득한 척화파는 상황 파악을 전혀 못 하고 있었고, 청군은 삼전도 동쪽 20여 리 밖에서, 동상에 걸린 맨발로 10여 명의 궁인들과 도망 중이던 인조를 발견, 체포하여 청 태종 홍타이지가 있는 삼전도로 압송했다. 살을 에는 듯한 강추위가 몰아치는 삼전도 나루터, 청 태종은 높이 쌓아 올린 제단 위에 앉아 그 제단 1백 보 앞까지 자갈을 깔아 놓았다. 그리고 인조를 청 태종 앞으로 엎드려 기어오도록 한 후에, 청 태종 앞에 있는 단에 와서는 머리를 9번 찧으며 절하며 "대죄를 용서해 주소서"라고 말하도록 했다. 이때 청 태종은 소리가 나지 않는다고 하여 인조는 사실상 수십 번 머리를 부딪쳤고 무릎과 이마에는 선혈이 낭자하여 온몸이 피투성이가 된다. 이때 청 태종이 인조에게 다음과 같이 말했다.

삼전도비

"너를 반드시 죽일 것이로되, 우리 민족 전통의 예를 지켜 왕권만은 유지시켜 줄 것이니 앞으로 백성을 위해 바른 정치를 하도록 하라."

바로 이와 같은 사태를 몇 십 년 전에 미리 예견하고 진린이 명나라의 황제 신종(만력제)에게 다음과 같은 서신을 올렸는지도 모르겠다.

"황제폐하, 이곳 조선에서 전란이 끝나면 조선의 왕에게 명을 내리시어 조선국 통제사 이순신을 요동으로 오게 하소서. 신이 본 이순신은 지략이 매우 뛰어날 뿐만 아니라 성품과 또한 장수로 지녀야 할 덕을 고루 지닌바, 만일 조선수군통제사 이순신을 황제폐하께서 귀히 여기신다면 우리 명국의 화근인 저 오랑캐를 견제할 수 있을 뿐 아니라, 저 오랑캐의 땅 모두를 우리의 명국으로 귀속시킬 수 있을 것이옵니다.

조선 국왕은 원균에게 조선통제사 지휘권을 주었으나 원균이 자만심으로 인하여 수백 척에 달한 함대를 전멸케 하였고 단 10여 척만이 남았으며, 이에 당황한 조선 국왕은 이순신을 다시 불러 조선수군통제사에 봉했으나, 이순신은 단 한 번의 불평 없이 충의를 보여 10여 척의 함대로 수백 척의 왜선을 통쾌하게도 격파하였나이다."

다음은 명의 사신 이운덕이 본 이순신. 사신이 남긴 보고서에 있는 글이다.

"하루는 어두운 밤, 눈이 몹시 내리고 그 바람이 칼날 같아서 살결을 찢는 듯한 날 밤에, 통제사 영감이 그 속을 홀로 지나가 도착한 곳은 왜놈이 잡혀 있는 감옥이 아니던가. 밖에서 보니 통제사 영감은 그 왜군에게 『명심보감』 중 '효행' 편을 읽어 주고 있는 것이 아닌가? 그 왜군의 나이는 열다섯. 열 살의 어린 나이에 병사가 되어 포로로 잡혀 있을 때 5년 동안을 이순신이 거두었다고 한다."

나는 이 부분을 가장 좋아한다. 이보다 더한 헌사는 없다. 이순신은 휴머니스트고 감성이 풍부한 인간이었다. 미국과 영국의 해군사관학교와 세계 각국의 사관학교에서는 생도들에게 역사적으로 유명한 세계 4대 해전을 가르치고 있다. 4개 대전 모두가 세계사를 바꾼 역사적인 전투이다.

첫째, B. C. 480년 그리스의 데미스토클레스 제독의 살라미스 해전.

둘째, 1588년 영국과 스페인 무적함대의 칼레 해전.

셋째, 1592년 이순신 제독의 한산 대첩.

넷째, 1805년 영국 넬슨 제독의 트라팔가 해전.

마지막으로 일본의 국민작가 시바 료타로가 본 이순신. 그는 역시 대단한 이야기꾼으로, 이 이야기를 기회 있을 때마다 한다.

"이순신은 청렴한 인물로, 그 통솔력과 전술 능력으로 보나, 충성심과 용기로 보나 이러한 인물이 실재했다는 자체가 기적이라고 할 수밖에 없는 이상적 군인이었다. 영국의 넬슨 이전의 가장 이름난 장수이기도 하거니와 세계 역사상 이순신만 한 사람이 없으며, 이 인물의 존재는 조선에서도 잊혀지지 않겠지만, 오히려 일본 사람의 편에서 그에게 존경심이 계승되어 메이지유신 기간에 해군이 창설되기까지 했으니, 그 업적과 전술이 연구되어져야 한다."

이제 『나의 징비록』을 끝내려 한다. 오랫동안 쓰고 싶었던 이야기를 일단 마쳤다. 쓰면서 역시 만족보다는 고통이 더 많았다. 슬픔이 더해 갔다. 그러나 후회는 없다. 나의 이 고통과 슬픔은 나만의 것이 아니라 생각하며, 가슴속에 남아 있는 것은 다음 이야기로 넘긴다. 성원해 주신 독자 분들께 그저 감사한 마음뿐이다.

| 참고문헌 |

〈명실록〉, 〈선조수정실록〉, 〈선조실록〉, 〈행록〉, 〈행장〉 등.
가타노 츠기오, 『이순신과 히데요시』, 김택수 역, 광명당, 1992.
『국립진주박물관 종합도록』, 국립진주박물관, 2012.
류성룡, 『징비록』, 돋을새김, 2014.
민족문화추진회, 『국역 연려실기술(11)』(고전국역총서 11), 2014.
박기봉 엮음, 『충무공 이순신 전서(1~4)』, 비봉출판사, 2006.
이덕일, 『난세의 혁신리더 유성룡』, 역사의아침, 2015.
이순신 역사연구회 엮음, 『이순신과 임진왜란(1~4)』, 비봉출판사, 2006.
이순신, 『난중일기』, 노승석 옮김, 여해 , 2014.
이순신, 『임진장초』, 조성도 번역, 연경문화사(연경미디어), 1991.
『임진왜란 조선인 포로의 기억』, 국립진주박물관, 2010.
『진주성도』, 국립진주박물관, 2013.
『충무공 이순신과 임진왜란』, 문화재청 현충사관리소, 2011.
『충무공정신』, 명지출판사, 1980.

각 언론 신문 기사 등.